*À Paul*
*À Binkie*

# Préambule

À l'instar du forum de Davos, Jackson Hole est le lieu de rendez-vous annuel des maîtres de l'univers. Chaque été, la Réserve fédérale américaine convie dans cette élégante station de ski du Wyoming l'élite des gouverneurs des Banques centrales, des grands argentiers, des patrons et des banquiers. En août 2007, le thème dominant du symposium organisé dans cette petite ville de cow-boys de l'ouest des États-Unis tout droit sortie d'un western de John Wayne était « La cause de la crise ».

Les nuages de la tourmente des subprimes s'accumulaient alors sur la planète financière. La faillite de deux des fonds spéculatifs de Bear Stearns, l'une des plus vieilles banques d'affaires de Wall Street, le sauvetage par l'État allemand d'IKB Deutsche Industriebank, le gel de trois fonds par BNP Paribas contenant des avoirs toxiques immobiliers et l'injection concertée de liquidités par les principales Banques centrales ont alimenté toutes les conversations de ce rendez-vous convivial à la fois simple – la cravate est interdite – et extrêmement codifié au milieu des ours, des bisons et des élans.

Quand vient le tour de l'économiste Paul McCulley de prendre la parole, les happy few présents écoutent d'une oreille distraite l'économiste en chef de Pimco, le premier fonds obligataire au monde. L'œil embrassant les pics enneigés du Grand-Teton derrière le lac, cet expert à l'allure décontractée confond la tribune et le mont Sinaï : « Le grand danger qui nous guette, ce sont les banquiers de l'ombre, une soupe de structures, d'entités et d'intermédiaires hors des circuits traditionnels qui sont endettés jusqu'au cou. »

À écouter ce spécialiste dont le visage n'est pas sans rappeler celui d'Einstein ou de Mark Twain, les « non-banques », en raison de leur taille, alimentent les bulles et aggravent les crises en agissant en meute. Hedge funds, firmes de capital-investissement, banques d'affaires, spéculateurs sur les matières premières, chambres de compensation ou sociétés hors bilan sont en train de créer un risque systémique un peu comme la grenouille de la fable qui veut se faire plus grosse que le bœuf. Cette économie parallèle mal régulée considère la planète comme un vaste casino où l'on peut miser sur tout et n'importe quoi en contournant en toute légalité les marchés organisés « vanille » (*plain vanilla*), comme on dit en anglais du sexe sans trop d'imagination. Les professionnels les mieux formés peuvent facilement perdre la boule dans l'ivresse du jeu, de l'appât de bonus mirobolants et de la lutte des egos surdimensionnés.

L'effet de la diatribe de Paul McCulley est aussi foudroyant qu'éphémère. Le public, qui a l'esprit ailleurs, applaudit poliment le Cassandre à l'éloquence un peu guindée. Personne ce jour-là n'imagine que la grande crise surviendra un an plus tard. Obnubilée par les stars très sollicitées, la presse passe sous silence l'avertissement de cet universitaire inconnu au hit-parade des économistes de renom. Pimco, supermarché des obligations : ce sont un peu les ploucs de la profession comparés aux alchimistes des fusions-acquisitions ou aux gestionnaires de grosses fortunes. Paul McCulley retombe dans l'oubli. Il n'est pas bon d'avoir raison top tôt.

Au début 2011, après vingt-sept ans de bons et loyaux services, l'inventeur du concept de la finance de l'ombre a pris sa retraite de Pimco. Entre-temps, la crise a coûté l'équivalent d'environ 10 % du produit national brut de la planète au contribuable, obligé de renflouer les banques qui avaient percuté l'iceberg à grande vitesse dans un naufrage hollywoodien digne du *Titanic*. Les retombées du choc de l'automne 2008 – le krach boursier et la récession économique – ont propulsé à la une de l'actualité la sphère financière jusque-là invisible. Partout, l'heure est à une austérité draconienne – prestations sociales plus frugales, retraites plus minces et plus tardives, réduction du rôle de l'État – pour tenter de régler l'addition salée des indécentes années-fric. Pendant ce temps, les milieux financiers, qui n'ont rien appris mais tout compris, ont renoué sans rire ni honte avec leurs mauvaises habitudes : arrogance, bonus, refus de toute réglementation, chantage au départ dans des lieux plus accueillants et spéculation sur les matières premières créatrice de graves poussées inflationnistes.

À l'auteur, Christine Lagarde, ancienne ministre française de l'Économie et des Finances et aujourd'hui directrice générale du Fonds monétaire international, a dit sans prendre de gants que le capitalisme de l'ombre est aujourd'hui devenu largement hors la loi. Ce qui ne l'empêche pas de jouer à armes égales avec l'économie régulée et (relativement) contrôlée : « Le G20 de Washington a décidé que tous les acteurs financiers devaient être régulés. On a bien travaillé jusqu'à présent sur le secteur bancaire et financier, mais il faut qu'on aille voir ce qui se passe à la périphérie. On a un certain nombre de risques qui se trouvaient dans le système qui sont en train de partir à l'extérieur. »

En vérité, l'ampleur de ce capitalisme-là est sidérante. C'est un monstre. En 2010, les grosses têtes de la Réserve fédérale de New York ont synthétisé graphiquement ce concept. Les panneaux de configuration ont recouvert tout un mur de la salle du conseil d'administration du fameux édifice de granit du 33 Liberty Street.

De nos jours, ce système opaque tient en otages non seulement les États mais aussi les entreprises et les consommateurs. La course à la taille ou l'âpreté au gain facilitent le passage de la lumière à l'ombre. Il n'y a plus d'interdits. La boussole morale est devenue intermittente. Et dans ce décor de salles des marchés affolées, d'ordinateurs pris de la danse de Saint-Guy et du culte des actionnaires passent aussi la silhouette légèrement voûtée d'un Bernard Madoff ou celle, plus mince, d'un Jérôme Kerviel. La finance peut être illustrée par trois cercles à la fois séparés et imbriqués l'un dans l'autre. Parfois ils se croisent. Le premier représente le capitalisme de la lumière, le deuxième celui de l'ombre, le troisième est carrément mafieux.

Raconté comme un polar à partir d'histoires vraies, ce livre propose une immersion au cœur de cette face cachée du capitalisme qui dirige la planète en toute impunité. Le but est de décrypter l'hyperpuissance de ces acteurs, personnages fascinants promenant leur vie comme des funambules perchés sur le fil du rasoir. Par le truchement de ces hommes et de ces femmes (en plus grand nombre qu'on ne le pense) hors normes, nous allons essayer de saisir le mépris des règles, l'opacité, les conflits d'intérêts à répétition pour mieux nous interroger sur les risques que ce système parallèle fait peser sur l'économie mondiale. Ces boulimiques, ces irresponsables ont compris que le fonctionnement des marchés est imparfait et qu'en agissant en coulisse, ils peuvent gagner gros. La maxime ultime de Yuri Orlov, le supervilain marchand d'armes interprété par Nicolas Cage dans le film *Lord of War*, revient en mémoire : « Il y a trois types d'opérations de vente d'armes, blanche et légale, noire et illégale et celle que je préfère, la grise et ses circonvolutions multiples. »

Un empire, Goldman Sachs, banque désormais mythique à laquelle j'ai consacré récemment un livre[1], illustre jusqu'à la caricature cette coexistence entre deux branches du même système économique. L'établissement a une face éclairée regroupant les activités classiques (fusions-acquisitions, transactions boursières, émissions de titres…), mais aussi une face cachée où la spéculation la plus effrénée fait appel à des instruments et à des structures souvent invisibles. Combien d'autres grandes maisons fonctionnent selon le même schéma ? Combien de grands empires industriels font cohabiter des départements ou des métiers à la transparence variable ? Les contours de l'ombre sont difficiles à préciser.

En tant que journaliste financier basé successivement à New York, Washington, Bruxelles et Londres, je n'ai cessé de croiser et parfois de rencontrer les principaux

1. *La Banque : comment Goldman Sachs dirige le monde*, Albin Michel, 2010.

protagonistes de cette économie parallèle, qui m'a réservé de belles surprises. En couvrant depuis plus de vingt ans les grandes places financières pour *Le Monde*, j'ai cherché à explorer les recoins de ce secteur mystérieux pour tenter d'expliquer les rouages de la mondialisation actuelle, qui, désormais, font peur aux gouvernements qui s'en sont longtemps accommodés. À *tous* les gouvernements ? Peut-être pas, on le verra.

Aujourd'hui, les ouvrages sur la crise abondent dans toutes les langues. Paradoxalement, les livres sur ce thème de l'économie de l'ombre sont rares. Il y avait donc une lacune à combler. Pourtant, cette filière a été très exploitée par les romanciers. Thackeray, Trollope, Balzac ou Francis Scott Fitzgerald ont décortiqué les vicissitudes du capitalisme. *De sang-froid* (*In Cold Blood*), le récit saisissant de Truman Capote, l'un de mes livres favoris, dessine la manière de penser des personnages de notre aventure. Le motif de l'assassinat de toute une famille, le 15 novembre 1959, dans le Texas, perpétré par deux désœuvrés ? L'argent. L'explication de cette barbarie est fournie par Perry Smith en fouillant la bourse de la petite Nancy : « La pièce de un dollar en argent est tombée par terre. J'ai dû me mettre à genoux puis ramper sur le ventre pour voler un dollar à un enfant. Ça m'a rendu fou de rage. » Capote met en scène le désespoir, l'âpreté au gain qui poussent ceux qui, humiliés par la misère, perdent les pédales. Les paumés texans ont recueilli un butin de 43 dollars. Ceux de la haute finance, des milliards.

Est-on impuissant face à ce pouvoir occulte ? Faut-il écarter la possibilité d'un nouveau krach ? La lutte contre la folie spéculative ne passe-t-elle pas par une régulation plus stricte des paradis offshore (qui offrent aussi, il ne faut pas nier l'évidence, des avantages pour l'économie mondiale) ? C'est toute la question de l'évasion fiscale au niveau mondial qui est posée. L'économie de l'ombre provient-elle par ailleurs de la tendance du système à créer des monopoles ? Et des monopoles bien vus de l'État ? La banque joue un rôle clé dans le financement des acteurs économiques. Apparemment, c'est une entreprise comme une autre. Ses atouts sont : le nom, l'outil informatique, les hommes, les fonds propres et les clients. Dans les faits, les banques sont des entités bien particulières. Sans elles, il n'y aurait pas de croissance et c'est pourquoi elles bénéficient, gratuitement, de la garantie implicite de l'État.

Quant à la spéculation, elle a toujours existé. Bien réglementée, cette pratique exerce une fonction essentielle – et qui peut être positive – dans les rouages du système mondial : elle consiste à fluidifier les échanges et les prix au profit, à terme, du consommateur.

Le capitalisme libéral reste, malgré tout, le meilleur système qui soit, à l'image de la démocratie. La beauté de ce système – dont le principe n'est ni moral ni amoral –, c'est que, si chacun prend des décisions dans son intérêt, la somme de ces décisions individuelles doit profiter à l'ensemble de la société. Mais l'économie de l'ombre fausse les règles du jeu. En créant des inégalités illégitimes et en aggravant les risques d'un nouveau krach, ce capitalisme-là a échappé à toute forme de contrôle. C'est ce que j'ai voulu raconter.

La difficulté de ce livre était triple. D'une part, il fallait raconter cette saga d'une manière qui soit à la fois compréhensible aisément du profane et intéressante pour le spécialiste. D'autre part, le thème de l'économie de l'ombre est pain bénit pour les adeptes des théories du complot. Le culte du secret que partagent ses professionnels est malheureusement propice à la propagation de rumeurs, d'informations de seconde main, difficiles à vérifier. Il fallait à tout prix éviter le conte moral retraçant l'affrontement entre le Bien et le Mal. Enfin, comme on dit familièrement, dans cet univers secret, ceux qui parlent ne savent pas, ceux qui savent ne parlent pas. L'enquêteur qui veut explorer les coulisses, les règles, les codes et les petits secrets de l'économie de l'ombre se heurte constamment à la règle : « Circulez, il n'y a rien à voir. »

Le défi, espérons-le, a été relevé.

Le lecteur trouvera en fin de volume un lexique des principaux termes financiers employés dans l'ouvrage.

Première partie

# LES COULISSES DU CASINO

# 1

# L'hypocrisie des banquiers

Les palmiers se balancent mollement le long des interminables plages blanches aux eaux limpides. Dans les bars, les vacanciers portant chapeau de paille et chemise à fleurs sirotent des cocktails multicolores, un œil sur la retransmission d'un match de foot américain par la chaîne ESPN. Des adeptes de la plongée sous-marine partent explorer les tréfonds des abysses du grandiose océan. Les îles Caïmans, ce sont les Antilles exotiques de Ian Fleming et de V.S. Naipaul, magie noire, délinquance et mendicité en moins, et mode de vie totalement américanisé en plus.

Au fond, à l'exception du fait que, sous la pression des églises protestantes, les casinos et le port du monokini sont prohibés, on a l'impression que rien ne vient troubler la quiétude de ce caillou de 260 kilomètres carrés posé à quelques encablures de Cuba. Il n'existe ni syndicats ni partis politiques dignes de ce nom, ni État-providence dans cette société autosatisfaite, gouvernée par le poids du « *it's not done* » (« cela ne se fait pas »).

Et pourtant, il s'en passe des choses dans cette colonie de la Couronne nichée à 7 000 kilomètres de la métropole. La façade de carte postale de cet ancien repaire de flibustiers et de gueux des mers dissimule une nouvelle race d'aventuriers, eux aussi impropres au repentir, qui se gorgent d'or et de rhum en fuyant patrie et catéchisme. Des financiers offshore.

À quelques lieues de la célèbre plage de sable fin de Seven Mile est nichée la cinquième place financière au monde, derrière New York, Londres, Tokyo et Hong Kong : George Town, chef-lieu de ce sanctuaire de l'argent baladeur que sont les Caïmans, qui accueillent les plus prestigieuses enseignes bancaires ainsi que plusieurs milliers de comptables, d'avocats d'affaires et de fiscalistes spécialistes des montages financiers les plus sophistiqués. Des centaines de compagnies d'assurances établies par des multinationales, des sociétés-écrans par dizaines de milliers et des hedge funds à la pelle sont immatriculés dans l'île aux crocodiles découverte par Christophe Colomb en 1503. Les professionnels, muets comme des carpes, travaillent dans de petits immeubles de deux ou trois étages bâtis dans le style caraïbe.

Eaux transparentes et fonds opaques : les Caïmans sentent l'économie de l'ombre à plein nez. Profitant sans fausse honte d'avantages fiscaux massifs, le secteur financier, grâce auquel le revenu par tête est le plus élevé de la région caraïbe, représente la moitié du PIB.

Mais ce lieu tranquille est aujourd'hui dans l'œil du cyclone. À l'issue du sommet du G20 d'avril 2009, ce confetti de l'Empire britannique s'est retrouvé sur la liste « grise » de ce que l'OCDE, l'Organisation de coopération et de développement économiques, a appelé les « centres financiers non coopératifs » en matière fiscale.

Même si ce territoire est sorti de la liste des bannis en signant des accords internationaux avec plus de douze pays dont la France, les banques de l'Hexagone se sont retirées de George Town. Conformément à l'engagement pris en 2009 de quitter les paradis fiscaux « gris » d'ici mars 2010, BNP Paribas, la plus active sur place, a mis fin à ses activités de banque privée aux Caïmans. Il s'agissait de donner des gages au gouvernement et de faire amende honorable. Une partie de ses actifs ont été rachetés par une banque canadienne. Le Crédit Agricole et la Société Générale ont fait de même.

La filiale BNP de George Town avait-elle de vilains secrets à cacher ? Le siège parisien interdisait en tout cas aux journalistes de passage tout contact avec la mystérieuse BNP Bank & Trust Company. L'auteur avait trouvé porte close.

Une consœur du *Point* avait même été menacée d'arrestation par les gardes de sécurité de l'entité pour avoir emporté une brochure mise à la disposition du public sur les activités de la filiale.

À écouter la banque, il n'y avait rien à voir. La directive de l'Union européenne sur l'épargne, imposant de déclarer au fisc du pays d'origine du client tout intérêt gagné sur les dépôts, était appliquée à la lettre aux Caïmans. Les contrôles des régulateurs étaient menés avec zèle et efficacité. L'ouverture d'une filiale bancaire était soumise au blanc-seing du pays d'origine. L'audit devait être confié à un grand cabinet comptable. Mais la décision de mettre la clé sous le paillasson montre que la banque est à l'écoute de la société française. Tout simplement.

Dans le best-seller de John Grisham, *La Firme*, des avocats véreux se servaient des îles Caïmans pour blanchir l'argent sale de la mafia. Le sacro-saint secret bancaire, dont la violation était passible de prison et que cultivait amoureusement ce petit paradis, permettait à des individus à lunettes noires et revolvers à la hanche de déposer des valises bourrées de billets aux guichets des filiales des plus grandes banques de la planète. Les mafiosi et trafiquants de drogue pouvaient investir leurs fonds sales dans l'immobilier, l'hôtellerie ou les commerces de luxe dans cette île peu regardante sur l'origine de l'argent. Ils étaient en bonne compagnie. Le célèbre pirate Barbe-Noire avait enterré son trésor de guerre, il y a plus de trois siècles, sur la Seven Mile Beach, surplombée aujourd'hui par des immeubles cossus de verre et d'acier à duplex.

« N'essayez pas à tout prix de mettre des chapeaux sur les portemanteaux. C'est du passé tout cela. Les Caïmans ne vivent pas de la gestion des patrimoines privés louches qui veulent échapper aux autorités, mais de sociétés internationales qui ont besoin d'une juridiction neutre sur le plan fiscal. » Tony Travers est l'un des fondateurs de cette place financière bâtie de toutes pièces en 1962 pour attirer les capitaux, surtout américains, fuyant l'instabilité des Bahamas. Le financier avait jeté son dévolu sur cet endroit perdu pour une simple raison : l'île est un paradis fiscal au sens propre depuis 1794 quand, en remerciement de l'aide apportée par des pêcheurs locaux aux dix navires de Sa Majesté qui s'étaient échoués sur les récifs, la royauté avait dispensé d'impôts ses heureux habitants.

Avec un petit groupe d'avocats d'affaires anglo-saxons, ce juriste britannique au visage idéal de publicité pour vieux whisky a transformé cette colonie de la Couronne dépourvue d'électricité, de téléphone et infestée de moustiques en une plaque tournante majeure de la haute finance internationale. Bénéficiant de l'éloignement géographique, ces aventuriers ont tiré profit en toute impunité du désintérêt de la puissance tutélaire comme de la corruption des élites locales ou de l'absence d'autorité de régulation digne de ce nom pour faire prospérer leurs affaires en toute quiétude. Les règles financières ? Ils les ont rédigées eux-mêmes ! Ils y ont ajouté un secret bancaire d'airain pour « sanctuariser » les avoirs venus d'ailleurs. Tout cela dans une parfaite légalité, cela va de soi. Et dès que le gouverneur représentant la reine, en charge des Affaires étrangères et de la Défense, en particulier de la signature de traités internationaux, levait le petit doigt, il se faisait accuser de colonialisme !

Tony Travers a côtoyé dans le passé des gens de tous les milieux. Et du milieu tout court. Il ne s'en cache pas : on ne fait pas de la finance avec des enfants de chœur. Mais ce bon vieux temps est bel et bien révolu. Aujourd'hui, il faut éliminer tout client suspect de vouloir blanchir des fonds liés au terrorisme, à la drogue, à la fraude fiscale ou au racket. D'ailleurs, l'écrivain John Grisham n'a plus de résidence secondaire aux Caïmans depuis des lustres. Et en 2004, l'ouragan Ivan a détruit l'hôtel Hyatt où Tom Cruise avait offert à un client véreux de blanchir ses fonds.

Pourquoi, dans ces conditions, le réseau de recherche anti-évasion Tax Justice Network accuse-t-il toujours les Caïmans d'être une « lessiveuse » qui, comme la caque, sent toujours le hareng ? Le réquisitoire de Nicholas Shaxson, *Treasure Islands : Tax Havens and the Men who stole the World*[1], sur le trou noir de l'économie mondiale que sont les places financières extraterritoriales est féroce pour l'archipel. L'absence de protection des actionnaires minoritaires attire aussi les grosses sociétés mondiales. Le registre de commerce de George Town dresse un rideau occultant les tenants et aboutissants des structures offshore immatriculées sous ces cieux cléments. Si officiellement le secret bancaire n'existe pas, la divulgation d'informations est un délit criminel passible de deux ans de prison et d'une lourde amende. Les régulateurs, en nombre insuffisant, sont incapables

1. Éditions The Bodley Head, 2010.

de pister l'argent trouble au milieu de la masse des capitaux qui transitent quotidiennement. Bien malin qui arrive à en déceler l'origine. Les délais de transmission des informations réclamées par l'étranger sont souvent scandaleusement longs.

Il était une fois un éden tropical couvert de cocotiers dont les habitants indolents vivaient de la pêche et de l'agriculture… Tous les récits consacrés aux paradis fiscaux (les *tax havens*) commencent invariablement par le séduisant paradoxe de la plage de sable transformée en un centre financier. L'atlas mondial de l'argent offshore est composé d'une soixantaine de territoires regroupés en quatre zones.

L'Europe continentale, d'abord, comprend, pêle-mêle, la Suisse, le Luxembourg, les Pays-Bas, l'Autriche, Monaco, le Liechtenstein – encore que tous ces pays n'aient pas exactement les mêmes pratiques. Ensuite, l'espace britannique, le plus important, incluant autour de la City de Londres les territoires de la Couronne ou les ex-colonies : Caïmans, îles anglo-normandes, îles Vierges, Gibraltar, Hong Kong, Irlande ou Dubaï. Tertio, l'espace américain, centré sur Wall Street, le Delaware, le Wyoming et la Floride – trois États aux règles particulières – auxquels s'ajoutent les protectorats éloignés, American Virgin Islands, Samoa, les îles Marshall ou Panama. Enfin, les autres, essentiellement des confettis du Pacifique placés sous l'égide de l'Australie (Vanuatu, Nauru) ou de la Nouvelle-Zélande (îles Cook, Niué). Quant à la France, elle a longtemps toléré la minuscule principauté d'Andorre dont elle assure la cosouveraineté avec l'Espagne.

Que font les banques internationales dans ces paradis fiscaux ? Comment expliquer la présence persistante des établissements français malgré leurs vertueuses proclamations ?

En vérité, ces lieux servent d'abord de rabatteurs de capitaux approvisionnant les grands centres mondiaux en liquidités. L'argent collecté à George Town, à Wilmington, à Macao ou à Monaco n'est pas détenu dans les coffres-forts des établissements financiers du cru, mais transféré dans les banques de la City, Wall Street, Singapour ou Paris.

L'évasion fiscale, baptisée pudiquement « optimisation fiscale », au profit des multinationales et des grosses fortunes privées est une autre raison d'être de ces paradis bien abrités. Pour payer le moins d'impôts possible, les multinationales peuvent utiliser ces places offshore pour jouer sur le prix des échanges de biens entre la maison mère et les filiales. Afin d'alléger l'impôt, les profits sont alloués aux entités créées dans ces pays à faible taxation sur les bénéfices des sociétés. Quant aux coûts, ils sont domiciliés dans les pays à haute fiscalité pour gonfler les frais généraux. En vue de faciliter ces opérations d'alchimie comptable, les banques, les cabinets d'avocats ou les commissaires aux comptes montent au profit de ces groupes internationaux des entités idoines appelées *special purpose vehicles*, ou SPV.

Ces « coquilles vides » destinées à structurer les transactions abritent tout et n'importe quoi, avions en leasing, coentreprises pétrolières et toute enseigne voulant éviter la double taxation. Quand l'opération est terminée, le SPV s'autodétruit et disparaît. Les économies colossales réalisées sur les impôts permettent de « gâter » les actionnaires en réduisant les coûts et en augmentant le dividende, ni vu ni connu. L'attrait de cette ingénierie fiscale explique que la moitié du commerce mondial transite par des paradis fiscaux offrant une échappatoire aux règles fondamentales selon lesquelles l'impôt est un devoir et l'évasion fiscale une pratique légale, mais immorale. Tax Justice Network estime à 20 000 milliards de dollars les actifs qui seraient cachés dans les zones extraterritoriales.

Les sanctuaires anglophones sont aussi le repaire des hedge funds du monde entier dont un bon tiers est immatriculé aux îles Caïmans. Ces fonds spéculatifs sont très peu taxés et disposent en toute liberté d'importants effets de levier. Mais il s'agit parfois de firmes fantômes abritées dans un bureau d'avocats ou d'experts-comptables. Le siège et les salles des marchés sont situés à Londres, New York ou Singapour.

Autre spécialité locale, la création de « trusts » permettant à un détenteur de biens de les confier à un tiers, le « trustee », au profit de bénéficiaires. Ces structures de préservation du patrimoine propres aux pays anglo-saxons, totalement impénétrables, permettent de fuir le fisc dans la mesure où le bénéficiaire ultime n'est pas connu. Les deux îles anglo-normandes de Jersey et de Guernesey sont le royaume de ces « trusts », entités à la fois légales et virtuelles.

Tout va très bien, madame la marquise. Piloté par la Fédération bancaire française, le mouvement concerté de retrait des banques de l'Hexagone des juridictions mises au ban de la communauté internationale a été applaudi par les pays développés comme dans le tiers-monde. « Celui qui veut frauder n'aura nulle part où se cacher », a proclamé l'OCDE, après l'engagement de la quasi-totalité des paradis fiscaux de coopérer avec les administrations des grands pays développés. Face aux pressions des actionnaires, eux-mêmes soumis à la volonté de transparence de leurs mandants, bon nombre d'institutions financières quittent les paradis les plus voyants pour se rabattre sur des territoires offshore mieux réglementés.

En réalité, les gouvernements restent assis sur un baril de poudre. En effet, ces zones demeurent un risque systémique pour l'économie mondiale. L'économie offshore a joué un rôle indéniable dans la crise financière de l'automne 2008. Grâce à l'utilisation virtuose de l'exemption et du dégrèvement fiscaux, la sous-imposition des plus-values a contribué à la tourmente. Les produits toxiques subprimes étaient souvent domiciliés dans ces paradis. L'endettement sans limite des hedge funds a également alimenté la bulle spéculative. Le manque de zèle et d'efficacité des régulateurs locaux, privés des moyens humains et financiers à la hauteur de l'enjeu, a laissé le champ libre aux financiers. Surtout, la loi du silence en vigueur a fortifié les réseaux de l'argent « gris » voire sale. Dans cet univers en vase clos, où tout le monde se connaît, le dénonciateur est mis au ban de la société, perd son emploi et est constamment victime de harcèlement. L'oligarchie des affaires se défend bec et ongles malgré les avancées, ces dernières années, d'une certaine transparence, initiée notamment par l'OCDE.

Un homme l'a appris à ses dépens. Cet ancien banquier privé suisse a remis le 17 janvier 2011 à Wikileaks deux CD contenant les noms de deux mille clients de la filiale de l'établissement helvétique Julius Baer aux îles Caïmans qui sont soupçonnés d'évasion fiscale. « Aux îles Caïmans, j'ai tiré sur la queue d'une souris et j'ai découvert un dragon à plusieurs têtes crachant le feu, mon employeur, la presse suisse et l'Association suisse des banques » : c'est ainsi que celui par qui le scandale Julius Baer est arrivé raconte son parcours qui se perd dans les méandres de la haute finance offshore. Expert-comptable de profession, Rudolf Elmer a été pendant une dizaine d'années directeur opérationnel de l'enseigne Baer aux Caïmans. Choqué par les structures d'évasion fiscale domiciliées par son employeur au sein de la filiale, le banquier a multiplié les interventions auprès de ses supérieurs hiérarchiques pour que cessent ces pratiques. Mis à pied en 2002, il a purgé une peine de trente jours de prison en 2005 pour violation du sacro-saint secret bancaire de la Confédération.

Devant le refus des milieux financiers, des médias, des universités suisses ou des autorités fédérales d'écouter ses doléances, l'imprécateur s'est tourné « en désespoir de cause » vers Wikileaks, « en vue d'éduquer la société ».

Qui est ce Suisse allemand de 55 ans, au regard sévère, raide comme un officier de cavalerie, aujourd'hui exilé à l'île Maurice ? Délateur mégalomane – menteur et amer, pour ses détracteurs –, il apparaît à ses défenseurs comme un David engagé dans un combat désespéré contre le Goliath de la finance. Les organisations non gouvernementales le considèrent comme un héros de la lutte engagée à l'échelle planétaire contre la finance de l'ombre. Mais deux jours après avoir remis les deux CD, Elmer a été jugé coupable par un tribunal de Zurich de violation du secret bancaire et condamné à une amende assortie d'une peine de deux ans de prison avec sursis. Jonathan Swift avait donc raison quand il constatait dans son *Essai critique sur les facultés de l'esprit* que « les lois sont comme les toiles d'araignée, elles prennent les petites mouches mais laissent passer les guêpes et les frelons ».

Comme on le voit, le système offshore a encore de la ressource. Et pour cause, les grands pays protègent ce réseau qui leur permet de cacher leurs pratiques peu avouables. Malgré la légende, Monaco n'est pas, pour les Français, un refuge idéal à cause des conventions fiscales liant les deux pays, lesquelles prévoient une coopération de fait en cas de fraude ou d'évasion. Il en va autrement pour certaines bases arrière en Afrique, au Gabon comme en Côte d'Ivoire. Dans ces anciennes colonies, le recyclage des bénéfices du pétrole ou des matières premières agricoles est une réalité. Et pour aider LVMH dans sa tentative de prise de contrôle d'Hermès, l'un des joyaux de l'industrie française du luxe, qu'ont fait les banques françaises conseil de Bernard Arnault ? Elles sont passées par des sociétés panaméennes et luxembourgeoises. Dans l'indifférence générale : ni la presse ni la classe politique ne s'en sont émues.

La Belgique, de son côté, se sert du Rwanda ou du Niger comme point de transit des diamants de contrebande en provenance du cône sud du continent noir à destination d'Anvers. La Chine a manifesté, sur ce plan, son arrogance : elle a utilisé ses propres places comme Hong Kong ou Macao qu'elle a obtenu de faire sortir de la liste noire des paradis fiscaux établie par l'OCDE. Une performance, d'autant qu'elle a aussi recours, à l'occasion, aux îles du Pacifique. L'Inde a la mainmise sur le centre financier de l'île Maurice. La Russie recourt à Chypre, Gibraltar ou Genève, mais aussi à l'île de Nauru, un État du Pacifique de 21 kilomètres carrés au paysage lunaire qui pue le phosphate. Les États-Unis, qui donnent des leçons de morale au monde entier, disposent du Delaware.

La moitié des sociétés américaines cotées à Wall Street ont leur siège social dans ce minuscule État de un million d'habitants à peine, qui ne taxe pas les bénéfices réalisés à l'étranger par les sociétés qui y sont domiciliées. L'identité du créateur de la société-écran n'est pas exigée. De plus, la protection des actionnaires comme des consommateurs qui s'estiment lésés n'est pas assurée dans ce royaume du dumping fiscal. Les professions libérales et les entrepreneurs d'outre-Atlantique peuvent également utiliser des « trusts » dans l'archipel des Samoa, État indépendant du Pacifique sud, en gardant le contrôle total de leurs avoirs. Quant au Royaume-Uni, il a su utiliser à bon escient ses places de l'ex-Empire inféodées à la City. Ce laxisme explique qu'une grande partie du krach de 2008 comme de la crise de la dette souveraine de 2010 ont leurs origines dans les filiales londoniennes de Lehman, AIG ou Goldman Sachs. Ses détracteurs accusent la City d'être le plus gros paradis fiscal au monde, recyclant les fonds d'origine douteuse qui affluent de partout dans les caisses de ses banques.

Face à ces accusations, Stuart Fraser, l'un des pontes de la City of London Corporation, organisme responsable de l'administration de la place financière londonienne, se drape dans l'étendard emblématique de celle-ci : les deux griffons, les animaux de la mythologie avec des ailes, une tête d'aigle et un corps de lion enserrant dans leurs griffes un bouclier frappé de la devise *Domine deripe nos* (« Mon Dieu, guidez-nous »). « En tant que centre financier international fort de sa tradition séculaire de gestion de patrimoine, nous attirons des fonds du monde entier, dit-il, agacé par les accusations. Depuis des décennies, Jersey, Guernesey et d'autres centres similaires nous procurent des capitaux. Ces rabatteurs offshore respectent la législation de l'Union européenne. »

La reine anoblit même des exilés fiscaux notoires comme Lord Ashcroft ou Philip Green. Le premier, fait baron, plus gros donateur du Parti conservateur britannique, milliardaire, ne paie qu'une infime partie de ses impôts au Royaume-Uni. Ses affaires sont pour l'essentiel domiciliées à Belize, paradis fiscal d'Amérique centrale, et il bénéficie du statut de « non domicilié », qui l'autorise à n'être taxé que sur les revenus qu'il perçoit en Grande-Bretagne. Fondateur de la holding de distribution Arcadia, qui possède la chaîne TopShop, Philip Green, élevé à la dignité de chevalier, conseiller du Premier ministre conservateur David Cameron et important contributeur à la caisse électorale de la droite britannique, a payé une misère en taxes lors de l'exercice fiscal 2010. Pour ce faire, ce résident monégasque a trouvé une astuce : il a versé l'équivalent de 1,3 milliard d'euros de dividendes à son épouse pour cette période !

Ils sont culottés, les banquiers ! Après avoir provoqué la tempête, tendu la main pour se faire recapitaliser par les États partout dans le monde, échappé à toute sanction, repris leurs mauvaises habitudes en s'offrant des bonus mirobolants et en pratiquant l'esquive fiscale à tire-larigot, voilà qu'ils refusent de faire l'a b c de leur métier : prêter de l'argent ! Les banques, y compris celles que l'État a sauvées ou renflouées, refusent d'ouvrir le robinet du crédit en prêtant aux petites et moyennes entreprises ou aux firmes intermédiaires qui ont réussi à traverser la crise. Obtenir un crédit relais ou un supplément de fonds de roulement pour financer temporairement l'expansion de l'activité relève du parcours du combattant. Les critères prudentiels ont été durcis, en particulier pour les plus petites structures, incapables de trouver les fonds nécessaires au financement de leur développement. Les particuliers ne sont guère mieux lotis. Pas étonnant que la *vox populi* se déchaîne contre une telle ingratitude, contre une telle hypocrisie.

À leurs détracteurs, les milieux financiers ont beau jeu de répliquer qu'ils ne sont pas les seuls à pratiquer l'optimisation fiscale. Ils ont raison. Les organisations internationales ne sont pas en reste. Le Fonds monétaire international, la Banque mondiale, la Banque européenne d'investissement, la Banque européenne de reconstruction et de développement ou la Banque centrale européenne, pour ne citer que les plus connues, ont participé à l'aventure des instruments financiers complexes pour engranger de juteuses commissions versées par… des banques d'affaires. Leurs responsables crient haro sur les paradis fiscaux mais leur direction financière les utilise pour « faire tourner » le portefeuille d'actifs de l'organisation, une opération consistant essentiellement à vendre et acheter des titres dans des conditions d'« optimisation fiscale ». Ce cynisme des grandes organisations internationales est ignoré.

Bienvenue par exemple à la Banque européenne de reconstruction et de développement, la Berd, chargée de faciliter la transition des ex-pays communistes vers l'économie de marché ! Cette institution inédite, mi-banque d'affaires, mi-banque de développement, imaginée par Jacques Attali en 1991, est l'un des pivots de la nouvelle Europe, des pays de l'Est membres de l'Union européenne à la Mongolie en passant par les Balkans et, depuis le « printemps arabe », de l'Afrique du Nord et du Proche-Orient. Immeuble vitré au cœur de la City semblable à la plupart de ceux du voisinage, hôtesses, lumières feutrées et moquette arborant le sigle vaguement olympique de deux cercles enlacés… Il convient, surtout, de ne pas s'arrêter au calme ambiant du magnifique hall d'honneur décoré de marbre de Carrare, aux bonnes manières des administrateurs et au flegme des professionnels. Car en coulisse, cette entité publique domicilie bon nombre de ses investissements dans d'étranges endroits.

Imaginons un oligarque russe soutenu par un groupe de financiers locaux qui aimerait investir dans une entreprise pharmaceutique nationale en partenariat avec la Berd. Mais pour échapper aux vicissitudes politiques, juridiques et fiscales de l'ex-URSS, à la corruption des officiels ou au harcèlement policier, il obtient de l'organisation internationale l'immatriculation de cette coentreprise dans une zone offshore, la plupart du temps à Chypre, au Luxembourg, aux îles Caïmans ou aux îles Vierges britanniques… Ce scénario se reproduit dans au moins 20 % des projets de l'établissement.

La réponse de la Berd ? C'est légal. Certes, mais le problème relève de la morale. En effet, au passage, cette domiciliation permet à la partie russe de payer un minimum d'impôts sur les sociétés. Par ailleurs, côté Berd, on peut s'interroger sur le bien-fondé d'un arrangement violant l'éthique la plus élémentaire de la transparence de la part d'une banque internationale publique. L'argent du contribuable fait de surcroît vivre une légion d'avocats, de comptables et autres experts de la délocalisation dans les centres financiers extraterritoriaux. Enfin, la mission officielle de la banque – favoriser le décollage des anciens pays d'Europe de l'Est – n'est-elle pas d'encourager avec les deniers publics le développement d'un capitalisme ouvert, par définition contraire à la philosophie des paradis fiscaux ?

Le président de la Berd, Thomas Mirow, ancien secrétaire d'État allemand aux Finances, ramène la question aux dimensions d'un fait banal. « Nous nous sommes engagés à ne pas investir dans les paradis fiscaux qui ne respectent pas les critères de l'Organisation de coopération et de développement économiques. Par ailleurs, nous faisons notre propre évaluation au cas par cas des raisons d'une telle domiciliation pour s'assurer qu'il ne s'agit pas d'échapper à l'impôt », nous dit le patron de la banque chic en charge de l'Europe des pauvres, dans son grand bureau londonien du 1 Exchange Square. Le sujet, manifestement, ne le rend pas bavard.

Mario Draghi, nommé en juin 2011 à la présidence de la Banque centrale européenne (BCE), est encore moins prolixe que le patron de la Berd sur le sujet du capitalisme hors la loi. L'ancien gouverneur de la Banque d'Italie ne se laisse jamais aller à la moindre confidence, de peur de faire tomber le masque de l'impérium. Successeur idéal sous bien des aspects du Français Jean-Claude Trichet, ce sosie de Buster Keaton est d'un naturel taiseux. En particulier sur une période trouble dont il s'est efforcé de minimiser l'importance avec la complicité d'amis haut placés et de la presse italienne : entre 2002 et 2005, il fut vice-président pour l'Europe de Goldman Sachs International, à Londres.

C'est là son talon d'Achille. En effet, Goldman a mené en 2000 l'opération de maquillage des comptes grecs, permettant à Athènes d'adhérer un an plus tard à l'euro en trompant son monde. Pour sa défense, Draghi rappelle que l'opération s'est déroulée avant son arrivée et qu'il a quitté l'établissement de Fleet Street avant la reprise officielle des contacts entre son ancien employeur et Athènes. À bon entendeur…

L'intéressé joue sur les dates. Officiellement, ce banquier classique, associé au département « banque d'investissement », était en charge des « États souverains et des grandes entreprises ». Son titre de *partner* (associé) n'est pas donné aux simples « ouvreurs de porte », ces conseillers recrutés pour leur entregent et leur carnet d'adresses. Cette voie royale est réservée aux brasseurs d'affaires. L'intitulé du poste laisse supposer une implication dans la dette des États du Sud, ce qui devrait logiquement l'avoir amené à assurer le suivi du contrat grec. Il ne l'a pas initié mais était au courant de ses arcanes.

L'autre zone d'ombre concerne les circonstances des privatisations italiennes de 1994-1995 dont il s'était occupé en tant que directeur du Trésor. Parmi les banques étrangères, Goldman Sachs s'était taillé la part du lion de ce gigantesque programme. Certains à Rome ont accusé Draghi d'avoir favorisé son futur patron dans l'attribution de contrats de dénationalisations. Lui-même s'en est toujours défendu. En 2008, alors que son nom circule pour diriger un gouvernement de techniciens, l'ancien président de la République, Francesco Cossiga, a relancé cette thèse : « Impossible de l'imaginer au Palazzo Chigi [équivalent de Matignon]. C'est un vil affairiste qui vendra l'économie italienne à quelques connaissances de son ancienne banque d'affaires, comme il l'avait fait lorsqu'il était directeur du Trésor. »

Pourquoi ce premier de la classe est-il allé se fourvoyer dans l'aventure de Goldman Sachs ? L'argent ? Peut-être. La culture d'entreprise ? Probablement. L'homme avait le profil type pour réussir dans cette prestigieuse banque d'affaires américaine : une intelligence vive, la discrétion, le goût du travail en équipe. C'était aussi un bosseur qui ne se plaignait jamais des longues heures au bureau, des innombrables voyages d'affaires ou des vacances écourtées. Vénération de l'univers des affaires anglo-saxon ? Sans doute. Surnommé « l'italo-américain », l'ancien haut fonctionnaire du Trésor italien n'a jamais caché son admiration pour Goldman Sachs et ses moines-banquiers tirés à quatre épingles, aux costumes aussi sobres que les siens. En 2006, Luca Montezemolo, l'ex-président de Fiat et l'un de ses anciens condisciples, a révélé que la famille Draghi passait régulièrement ses vacances dans le sud de l'Italie en compagnie de Robert Rubin et des siens. Or cet ex-secrétaire au Trésor de Bill Clinton a fait toute sa carrière chez Goldman Sachs avant d'en assurer la coprésidence entre 1990 et 1992. À l'époque, il est vrai, la banque régnait en maître sur la finance mondiale. C'était avant les scandales…

Un ancien *partner* de Goldman à la BCE ! Pour ses détracteurs, avec ce fidèle d'entre les fidèles, l'empire américain possède désormais un fantastique relais au sein de la forteresse de l'euro du 29 Kaiserstrasse à Francfort. Qui sait ? Draghi pourrait s'avérer utile pour en savoir plus sur les politiques de taux des Banques centrales. Après tout, voilà un homme qui connaît les coulisses des marchés : en ces temps de méfiance envers les États et de volatilité des cours de Bourse, un tel profil peut aussi se révéler fort utile.

Au verso de sa carte de visite remise à l'auteur, le régulateur de la place offshore de Port-Vila, capitale de la République du Vanuatu, recycleur d'argent sale situé au nord de la Nouvelle-Calédonie, avait inscrit ce passage de la Bible : « Notre mission : servir l'humanité avec dignité. » Dieu reconnaîtra les siens.

# 2

# Une bombe à retardement

Pensons un instant à nos représentations d'un directeur financier. Aussi gris que son pantalon de flanelle, aussi discret que sa mise sobre et son allure modeste, l'intéressé est à des années-lumière de la moindre fantaisie ! Honnête et circonspect, cet être méthodique est dépourvu du moindre petit commencement de brio. Dans les réunions, les résultats sont garantis, avec lui on s'ennuie – pour s'exprimer poliment.

Croisez maintenant Erin Callan au 31e étage, le saint des saints de la direction générale de Lehman Brothers. Un corps d'adolescente glissé dans un tailleur griffé fort bien coupé et une veste du meilleur cuir provenant de Bergdorf Goodman, le grand magasin le plus chic de Manhattan, relevé d'un sautoir de perles blanches multirangs que n'aurait pas renié Coco Chanel. Des jambes fines chaussées d'escarpins à talons aiguilles dont les couleurs flamboyantes arrêtent le regard. Une bouche canaille toujours savamment dessinée d'un rouge sanguinolent. Le sourire est en permanence accroché à un visage qui exprime la vivacité, l'intelligence, l'assurance. Si la directrice financière, nommée en septembre 2007 numéro trois de l'institution fondée en 1850 par les trois frères originaires de

Rimpar, en Bavière, Henry, Emanuel et Mayer Lehman, ne vient pas de chez *Vogue*, on s'y tromperait…

Observez-la, à l'époque, sur le front, pondérée, précise dans ses dossiers, directe dans ses contacts, port altier et gestes élégants. Écoutez-la, arguments minutés, rassurer analystes et journalistes au téléphone ou parler – et avec quel talent ! – sur la chaîne financière CNBC : un générique à elle seule. Guettez-la flirtant discrètement avec son mentor, le président opérationnel John Gregory, à qui elle doit sa promotion. On est bien loin du stéréotype de la businesswoman de Wall Street, à la coiffure sévère, au tailleur-pantalon standard.

Son histoire est banale, seule la fin est spectaculaire. C'est une histoire de réussite sociale américaine. Fille d'un policier new-yorkais d'origine irlandaise, Erin Callan avait franchi tous les obstacles non sans brio, avec l'acharnement de ceux qui ne sont pas nés avec une cuiller d'argent dans la bouche. Elle qui, à 10 ans, proclamait qu'elle deviendrait un jour la femme la plus puissante de Wall Street, est aujourd'hui au pinacle : un poste prestigieux, un salaire mirobolant, un bonus stratosphérique et l'espoir d'un prochain déménagement au 15, Central Park West, l'immeuble fétiche des stars de la place financière avec vue imprenable sur le parc.

Mais pour ses détracteurs, la brillante juriste experte en fiscalité, diplômée de la New York University et d'Harvard, avait été choisie au poste clé de *chief financial officer* pour les mauvaises raisons. Les dirigeants de la firme entendaient montrer l'exemple de la diversité au sommet en nommant une femme, disaient-ils. Surtout, la nouvelle star de Lehman était une spécialiste des montages financiers, un exercice qu'elle avait pratiqué pendant des années en tant que responsable de la clientèle hedge funds, les fonds spéculatifs, au sein de la banque d'investissement. C'était la face cachée de l'établissement.

Symbole par excellence de l'économie de l'ombre, il y avait une bombe nichée au cœur du système Lehman Brothers : le hors-bilan. Pour multiplier en toute quiétude et au mépris des règles prudentielles les investissements hypothécaires risqués, Lehman avait ainsi créé à grande échelle un complexe réseau de structures nouvelles, les *special investment vehicles* (SIV), dans lesquelles avaient été domiciliés les crédits subprimes vérolés. Avantage : la réglementation comptable autorisait – autorise toujours malgré quelques changements – à ne faire apparaître les pertes qu'en marge des comptes, très discrètement. On parle beaucoup des paradis fiscaux : mais le paradis le plus sûr, et le plus facile d'accès, n'est-ce pas cette porte ouverte à tous les camouflages pour les banques comme pour les grandes multinationales du monde entier, le hors-bilan ?

L'attrait, pour la banque, de ces instruments très souples est triple. Tout d'abord, en sortant certains risques du bilan, elle allège ses besoins en fonds propres. Si les marchés suivent de près les ratios de solvabilité et la rentabilité des liquidités, les engagements hors bilan sont difficiles à analyser. Cette partie artificielle des comptes est toujours présentée en annexe du bilan officiel. Grâce aux SIV, les profits sont donc gonflés d'une manière factice et dans l'opacité, car les évaluations qui y figurent permettent toutes les interprétations. Parfois, certains bilans ont tout de la voiture d'occasion maquillée pour faire illusion ! C'est le beurre et l'argent du beurre puisque le risque est nul.

Deuxièmement, cette déconsolidation des actifs permet d'user et d'abuser des effets de levier, le recours à l'endettement pour acheter des actifs qui entre-temps se sont révélés dangereux. Jusqu'en 2007, Lehman emprunte trente dollars pour chaque dollar de capital tangible. La plupart de ses actifs sont financés de cette manière.

Troisièmement, ces structures SIV qui renferment les avoirs toxiques sont en général immatriculées dans un paradis fiscal où elles échappent à toute régulation digne de ce nom. Le régulateur des îles Caïmans ou des îles Vierges britanniques où étaient installés les SIV de Lehman Brothers est tout simplement incapable de comprendre ces montages financiers sophistiqués réalisés par le truchement d'opérations de titrisation ou l'utilisation de dérivés de crédit. La première technique transforme une créance en un avoir financier cédé à un tiers, la seconde permet de vendre le risque de contrepartie à un intermédiaire.

Outre les SIV, Lehman a recours au Repurchasing Market, le marché Repo, pour cacher ses investissements massifs dans l'immobilier. Cette institution permet, en échange du dépôt d'une garantie, d'obtenir des prêts importants à très court terme, vingt-quatre heures. L'opacité du Repo, qui n'est pas soumis à la loi normale sur les faillites, est totale.

Dick Fuld, le P-DG de Lehman, son fidèle lieutenant, John Gregory, et Erin Callan étaient les seuls à avoir une vue d'ensemble du réseau officieux maison de SIV et des activités sur le Repo. Ce monopole de l'information qui permet de renforcer le pouvoir en brouillant les pistes est une caractéristique de l'économie de l'ombre.

Depuis son entrée en fonction, en 1994, le patron de Lehman, Richard Fuld, avait fait passer l'action de 4 à 82 dollars. Sa méthode : la prise de risque. « Le risque, encore et encore : c'était ça du haut en bas de l'échelle[1] », insiste Larry McDonald, un ex-vice-président auteur d'un récit accablant. Ce goût de l'aventure sans ceinture de sécurité a permis à Fuld d'engranger, en quinze ans au sommet de l'organisation, entre 310 et 500 millions de dollars d'émoluments. Un pactole faramineux qui va jouer un rôle de pousse-au-crime dans la prise de risques.

Comme tous les Américains, Erin Callan a été très marquée dans son enfance par la comédie musicale *Le Magicien d'Oz*, l'histoire d'une jeune orpheline à la recherche d'un magicien prétendument doué de tous les pouvoirs. Lors de sa première présentation des résultats devant les analystes new-yorkais, la jeune femme se transforme en Dorothy au pays des Merveilles : « Nous sommes satisfaits de notre performance. Les résultats sont la preuve indéniable de notre stratégie de diversification de ces dernières années. » D'un coup de baguette magique, la directrice financière dissipe les nuages devant un aimable parterre d'experts aux anges, bluffés par ses explications un peu emberlificotées sur l'estimation des actifs hypothécaires logés hors bilan. En particulier, elle passe sous silence un méga-investissement dans un complexe d'appartements de luxe qui absorbe 20 % des liquidités de Lehman. Surtout, elle reste vague sur la composition des profits qui proviennent entre 30 et 50 % des crédits hypothécaires subprimes.

En mars 2008, la banque d'investissement américaine Bear Stearns, en faillite en raison de ses mon-

1. *A Colossal Failure of Common Sense. The Inside Story of the Collapse of Lehman Brothers* (« Un fiasco colossal du bon sens. L'effondrement de Lehman raconté de l'intérieur »), Crown Business, 2009.

tagnes de subprimes, est acquise par JP Morgan Chase, opération rendue possible par une aide de l'État pour racheter les actifs toxiques. Cette intervention fédérale expose le « risque moral » suivant lequel les intervenants agiront imprudemment s'ils ne sont pas obligés d'assumer les conséquences de leurs actes.

Dans ce contexte, l'annonce, le 18 mars 2008, par Lehman, de bénéfices de 489 millions de dollars pour le premier trimestre est accueillie favorablement. Un chiffre certes en chute de 57 %, mais rassurant par les temps difficiles qui courent car Wall Street s'attendait à pire. Callan a été contrainte de fournir des éléments beaucoup plus détaillés pour surmonter la méfiance des marchés quant à la fiabilité des données qui leur sont livrées : « Les banques d'investissement devront être à l'avenir beaucoup plus honnêtes dans leurs présentations, a-t-elle osé dire ce jour-là. Il est douloureusement évident que ce sera là un grand changement. » L'action Lehman reprend dans la journée 46 %, comme quoi un résultat en forte baisse peut générer une envolée instantanée de la valeur sur un marché au bord de la crise de nerfs.

Les explications d'Erin Callan intriguent toutefois David Einhorn, une star montante des hedge funds. Le jeune prodige en mathématiques, féru de données comptables, n'a pas été convaincu par ses réponses. Elle lui semble légère, dépassée par la mission, trop novice pour ce job terriblement exigeant. Elle a utilisé « fabuleux » quatorze fois, « incroyable » huit fois et « fort » vingt-quatre fois. Elle en fait « trop », comme si elle n'avait pas la conscience tranquille. Le spéculateur est toujours réticent à investir dans des compagnies dont il ne comprend pas les structures. À l'évidence, cette jeune femme séduisante et pleine d'aplomb n'a ni solution magique ni recette miracle pour gérer une situation à hauts risques.

Vient inévitablement le jour où le charme n'opère plus, où les mots ne suffisent plus face aux doutes. Où la gentille sorcière du *Magicien d'Oz* devient la fée Charabia. Aux yeux d'Einhorn et de ses petits génies de Greenlight Capital, les difficultés de Lehman, c'est Bear Stearns au centuple. Le manager du hedge fund n'a jamais pris au sérieux la note maximum AAA accordée par les agences de notation. Trop de créances pourries ont été placées hors bilan, transformant la banque en une véritable bombe à retardement. Les actionnaires du monde entier, et même beaucoup de gestionnaires de fonds, ont eu, eux, la naïveté de se fier aux grandes agences de notation. C'était une grave erreur !

Le 21 mai 2008, lors d'une conférence devant des investisseurs, Einhorn enfonce le clou : « J'espère que les autorités vont contraindre Lehman à se recapitaliser dans l'espoir d'éviter de faire appel à l'aide fédérale. » Le jugement du gourou de la place est implacable. Lehman est dans de sales draps. Le lendemain, le cours de la banque d'affaires flanche de 5 %, une glissade qui va vite prendre des allures de sauve-qui-peut.

Erin, elle, continue à se voiler la face : l'action ne cesse de dégringoler, une chute activée par la rumeur. Lehman aurait des engagements sur les titres de dette immensément plus importants qu'elle ne l'admet. La banque apparaît plus que jamais vulnérable : sa capitalisation boursière a perdu 73 % au cours du premier semestre 2008. L'inquiétude monte de jour en jour.

Et, en septembre 2008, c'est la catastrophe : les échafaudages hors bilan, les constructions financières tarabiscotées s'effondrent les uns après les autres. Comme dans une partie de mikado, la sécurité de la chaîne est dictée par son maillon le plus faible. D'autant qu'à l'exemple de Lehman, toutes les institutions ébranlées par la crise se sont adonnées à ces artifices comptables pousse-au-crime. Sauvé in extremis par l'État fédéral, le conglomérat d'assurances AIG, à la réputation jusque-là excellente, était ainsi une pieuvre tentaculaire gourmande de SIV. Ces entités permettaient à l'assureur américain de garantir une hausse des profits annuelle de 15 % quelle que soit l'ampleur des catastrophes naturelles ou des accidents survenus de par le globe. Surtout, ce stratagème permettait à la compagnie de cacher les énormes investissements dans des subprimes pourris réalisés par sa filiale financière, AIG-FP, basée à Londres. C'est d'ailleurs cette sulfureuse filiale qui mettra le groupe au bord de la faillite, puisque, depuis, l'État américain a injecté environ 150 milliards de dollars dans cette société !

Pour sa part, la caisse hypothécaire britannique Northern Rock, nationalisée en février 2009, affectait toutes ses créances douteuses à sa fondation philanthropique. L'établissement allemand IKB, lui, avait créé une SIV baptisée Rhinebridge en juin 2007 pour dissimuler les fameux produits toxiques Abacus que Goldman Sachs lui avait vendus de façon douteuse. Même l'État américain avait utilisé les deux géants du refinancement du crédit immobilier, Fannie Mae et Freddie Mac, détenteurs ou garants de 5 300 milliards de crédits hypothécaires (45 % du montant total aux États-Unis) comme SIV pour masquer l'ampleur des engagements pris.

Car l'objet de ces entités parallèles est en fait assez clair : il s'agit de tromper les investisseurs.

Pourtant, le scandale Enron, la plus spectaculaire faillite de l'histoire des États-Unis, aurait dû mettre la puce à l'oreille des régulateurs. En décembre 2001, le plus gros courtier en énergie au monde, miné par l'endettement, s'était effondré comme un château de cartes. La compagnie avait – déjà – recouru massivement au hors-bilan en vue d'améliorer d'une façon substantielle la profitabilité et la solvabilité apparentes de l'entreprise. Masquant la réalité, les dirigeants par lesquels le scandale est arrivé, Kenneth Lay et Jeffrey Skilling, avaient menti pour s'en mettre plein les poches. Le négoce énergétique était le joyau de la compagnie. Comme on le sait, ce type d'activité ne se distingue guère par sa transparence. Un lobbying intense avait permis de soustraire cette machine à spéculer à toute supervision de Washington.

Les banquiers n'ont jamais épluché de trop près les comptes d'Enron, un géant dont l'expansion tous azimuts produisait de juteuses commissions. Les analystes ont maintenu les notes favorables jusqu'à la faillite. Qui a le temps de lire les petites notes en bas de page pour expliquer les profits ? Le secteur énergétique est terriblement complexe. Les comptes forment souvent une véritable usine à gaz. Incapable de limiter les excès du marché, le régulateur, la Securities and Exchange Commission, est resté les bras croisés. La presse financière était captivée par la transformation en quinze ans d'un exploitant de gazoducs en supermarché du négoce énergétique. Quant à l'auditeur, Arthur Andersen, à la fois contrôleur et consultant, il a sciemment fermé les yeux sur les pratiques véreuses de la direction.

Durcissement des normes comptables et d'audit, utilisation de produits dérivés, encadrement prudentiel… les promesses faites par les autorités américaines à la suite des enquêtes de la justice et de plusieurs commissions parlementaires n'ont pas eu de suite. Proche des milieux d'affaires, l'administration Bush a mis au placard le projet de durcissement de la réglementation des zones d'ombre chères aux milieux d'affaires pour qui tout peut être régulé par le seul marché.

Résultat, comme le montre la tourmente qui nous frappe depuis le krach de 2008, l'habillage des comptes, en créant une richesse qui n'existe pas et en cachant la dette – qui, elle, existe ! –, s'est poursuivi de plus belle pendant près d'une décennie jusqu'à l'éclatement de la bulle.

En fait, la grande mansuétude comptable dont ont fait preuve les entreprises, en particulier les banques, n'avait rien d'illégal en soi. En effet, la souplesse des ratios de solvabilité élaborés et des prescriptions en matière de division des risques définies par un groupe spécial, le Comité de Bâle de supervision bancaire, encourageaient les établissements financiers à jouer du hors-bilan. De plus, ces techniques controversées remontent aux années 60, à la création du marché de l'eurodollar à Londres. Il s'agit des dépôts en dollars dans un établissement bancaire situé hors des États-Unis, en particulier en Europe. Ce dispositif devait permettre aux capitaux des multinationales américaines de migrer en toute liberté d'un continent à l'autre.

Mais tout a basculé le 12 juin 2008, trois jours après l'annonce du pire : la révélation par Lehman d'une perte trimestrielle de 2,7 milliards de dollars et d'une recapitalisation de 6 milliards. Le P-DG, Dick Fuld, a un ami de vingt ans : Joe Gregory, le président opérationnel. Sans prendre des gants, à son habitude, il lui annonce son limogeage. Ce dernier demande à sa protégée de démissionner, par solidarité. Totalement prise au dépourvu par cette requête, Erin Callan obtempère, épuisée par le manque de sommeil, le travail, le stress.

Fuld s'est débarrassé de ses deux principaux fusibles pour tenter de sauver sa peau. Mais il a en réalité commis la faute qui va le faire tomber : il a surestimé son aura. En décapitant la direction, il a perdu ses deux meilleurs alliés. L'action plonge devant ces deux évictions qui ont pris Wall Street par surprise.

Lundi 15 septembre, à 0 h 57, heure de New York, la faillite est officielle, les documents déposés devant un juge. La bombe a fini par exploser ! La chute de cette vénérable institution bancaire provoque la crise financière la plus grave depuis le krach de Wall Street en 1929, suivie de la crise économique la plus dramatique depuis la Grande Dépression. La déconfiture de la banque d'investissement sonne le glas d'une époque unique dans les annales financières. Sur le plus grand marché boursier du globe, rien ne sera plus jamais comme avant.

# 3

# Liaisons dangereuses

Sur le parcours menant de la gare à la Thurstrasse, au cœur du centre d'affaires de Zoug, en Suisse, le paysage est plutôt tristounet. Partout se dressent des petits bâtiments de verre et d'acier, fonctionnels, sans prétention ni luxe inutile, coincés entre un lac aux rives coquettes et un chapelet de collines verdoyantes. Zoug, c'est aussi le domaine des arbres et des pelouses. Située à guère plus de vingt minutes en train de Zurich, la petite ville apparaît comme une bourgade banale, tranquille et industrieuse. Dominée par la haute silhouette du mont Rigi, cette cité de vingt mille âmes est un peu la « Suisse de la Suisse »…

Le numéro 30, un immeuble banal, abrite une étrange société de services parapétroliers. Il s'agit du leader mondial du forage en haute mer, qui incarne à lui seul les liaisons dangereuses souvent inhérentes à un capitalisme douteux.

Le nom de ce mystérieux groupe helvétique ? Transocean. C'était lui le véritable propriétaire de la plateforme Deepwater Horizon utilisée par le pétrolier britannique BP dont le naufrage, le 22 avril 2010, dans le golfe du Mexique, avait provoqué la pire marée noire de l'histoire américaine. Le drame avait fait onze morts et dix-sept blessés parmi les cent vingt-six employés travaillant à bord de la plate-forme explorant le puits de Macondo situé à 5 kilomètres de profondeur.

Derrière les derricks d'acier qui prospectent, forent et exploitent le sous-sol marin, les pipe-lines qui fouillent les entrailles de l'eau bleue, les soutes et le personnel d'élite très bien payé chargé de recueillir les huiles provenant de cet eldorado niché au large des côtes de Louisiane, se tapit cette étrange créature. Sur le papier, la multinationale est presque trop belle pour être vraie. Cotée en bourse à New York et à Zurich, c'est un modèle de croissance et de réussite plus solide que jamais. Fondé en 1954 au Texas, Transocean est devenu un groupe international de dix-huit mille personnes. Lors de la tragédie, la société possédait cent trente-huit plates-formes installées au large de l'Afrique de l'Ouest, du Proche-Orient, des Antilles ou des États-Unis. L'organisation est simple : le siège juridique à Zoug ; deux QG opérationnels : à Genève, centre international du trading énergétique, et à Houston, la capitale américaine du pétrole.

Cette championne du service à l'industrie énergétique était totalement inconnue du grand public, comme il sied à un secteur discret travaillant dans l'ombre des majors de l'or noir. En vérité, c'est une pièce maîtresse du grand Meccano pétrolier au sein duquel les compagnies comme BP se recentrent sur leur métier de base : produire, transformer et distribuer les hydrocarbures. Si nous comparons avec ce qui se passe dans le secteur de la construction, les majors de l'or noir sont les architectes d'un gisement, les parapétroliers sont les entrepreneurs du bâtiment. La spécialité de Transocean est la quête du pétrole enfoui sous la mer, ce qui nécessite immense savoir-faire et poches profondes.

Le patron, l'Américain Steven Newman, apparaît comme une personnalité insignifiante. Maniaque du secret, il fuit les journalistes et les mondanités et n'apparaît que très rarement en public. Il mène une vie disciplinée, presque austère, loin des coups de gueule des *roughnecks*, les nuques de cuir baraquées de l'exploration-production, ou des frasques des traders pétroliers. La seule excentricité qu'on lui connaisse est son goût prononcé lorsqu'il est à Zoug pour les multiples formules de la *kirschtorte*, la spécialité de la vénérable pâtisserie Etter installée dans un édifice baroque du XIVe siècle, à deux pas du mur d'enceinte médiéval. La tourte crémée et meringuée est arrosée de kirsch, un alcool blanc puissant caché sous son apparence fruitée : voilà, apparemment, le talon d'Achille de notre homme.

Pour répondre à l'immense défi de la prospection offshore, Transocean va grandir vite, très vite. Trop. En fusionnant en 2007 avec son principal concurrent, Global Santa Fe, la firme se transforme en un mastodonte ingérable. Pour calmer ses actionnaires inquiets de cette course au gigantisme, l'entreprise leur verse un colossal dividende. Les investisseurs sont comblés mais les marchés s'inquiètent de cette générosité et des difficultés d'intégration des deux firmes. Pour les calmer, la direction sabre dans les coûts de fonctionnement, en particulier dans la sécurité et la maintenance. Trop occupé à la création de synergies en vue d'impressionner les analystes dubitatifs, l'état-major délaisse l'aspect opérationnel de l'exploration-production en haute mer. Derrière son antienne à l'efficacité, à la productivité et son ode au progrès technique rampe la cacophonie des pannes. Frénétiquement, ses dirigeants colmatent les brèches au jour le jour, en même temps qu'ils déploient de nouvelles plates-formes.

La voix est blanche mais bien posée et au ton régulier. Seuls les yeux humides de cette jeune femme blonde disent l'émotion contenue. Natalie Roshto serre les dents : « Sean n'arrêtait pas de me dire que Deepwater Horizon avait des tas de problèmes techniques, que c'était un véritable bordel. Le puits Macondo avait mauvaise réputation », dit-elle le 7 juin 2010, avec cet accent traînant et nasal du sud des États-Unis, devant les membres de la sous-commission des affaires énergétiques de la Chambre des représentants qui s'est déplacée en Louisiane. Au mur de la salle de réunion pend un énorme tableau représentant la victoire des armées de la nouvelle République des États-Unis, à La Nouvelle-Orléans, le 26 janvier 1815, contre le corps expéditionnaire de l'ancienne puissance tutélaire. Tout un symbole en ces temps de fièvre patriotique antibritannique.

Son époux, âgé de 22 ans, travaillait pour Transocean comme manœuvre à bord de la plate-forme Deepwater Horizon dans le golfe du Mexique. Il a disparu lors de la première explosion, le 20 avril, à 21 h 49. Ils s'étaient rencontrés dans la petite ville de Liberty, une bourgade pauvre du Mississippi, à l'âge de 15 ans, s'étaient mariés à 18 ans, avaient eu immédiatement un fils, Blaine. Sean avait inscrit les dates de son mariage et de la naissance de son enfant à l'intérieur de son casque comme porte-bonheur. « Il adorait son métier dans l'exploration sous-marine. Ce métier dangereux a tué une merveilleuse histoire d'amour », dit, la gorge serrée, cette femme digne, sans histoire. Le couple était heureux. La vie familiale était simple, modeste, cadencée par les séjours en mer de Sean – quinze jours de plate-forme, quinze jours de repos.

Le réquisitoire de cette femme timide mais qui se tient avec tant de grâce à la barre confirme les pratiques troublantes à bord de Deepwater Horizon. Les retards dans les réparations se multiplient. On bricole en cas de panne. La plate-forme, vieille de neuf ans, n'a jamais été ramenée à terre pour un contrôle technique, au mépris des règles d'entretien les plus élémentaires. Le chargement des batteries n'est pas vérifié. À ce catalogue de graves dysfonctionnements s'ajoutent les pressions constantes sur le personnel pour taire le non-respect des normes de sécurité. Les mêmes pratiques de harcèlement avaient d'ailleurs cours à bord des plates-formes de Transocean en mer du Nord, à en croire un rapport d'un organisme de régulation britannique, le Health and Safety Executive.

Par ailleurs, par souci d'économie, la charge de travail des équipes offshore est sans cesse alourdie. Le manuel de sécurité, totalement incompréhensible car rédigé en termes juridiques, explique sans doute pourquoi l'alerte a été donnée trop tardivement. L'explosion a été causée par une mauvaise interprétation des tests de pression. Le naufrage, le 22 avril à 10 h 22, qui provoque la marée noire, est le résultat des déficiences du système de lestage.

La société a une position simple : elle dément tout en bloc. Depuis des semaines, BP était pressé d'en finir avec les travaux en cours sur la plate-forme qui, en raison d'une série de contretemps, accusaient un gros retard. L'accélération des réparations exigée par la compagnie pétrolière a entraîné la destruction d'une partie du dispositif de sécurité anti-explosion à la suite d'une erreur de manipulation que les cadres de BP, présents sur la plate-forme, ont jugée sans importance particulière. La justice tranchera.

Reste que Transocean était conscient de ces problèmes au point d'avoir commandité à un consultant indépendant une investigation de quatre de ses installations nord-américaines quelques semaines avant l'explosion. Et que tous les ingrédients étaient réunis pour provoquer une catastrophe écologique – pêcheurs ruinés, littoral souillé, faune et flore polluées – et une grave crise diplomatique entre les États-Unis et le Royaume-Uni.

Pour comprendre cette stratégie de réduction des coûts, il faut revenir à Zoug. Comme tant d'autres, si la compagnie s'est domiciliée dans ce coin de Suisse alémanique, ce n'est pas par amour du paysage à la beauté sereine ou des liaisons régulières avec la terre entière offertes par l'aéroport international de Zurich. Personne n'est dupe. Le vrai secret de la réussite du canton le plus dynamique et le plus riche de la Confédération, c'est bien sûr sa fiscalité ridiculement basse. L'impôt total, cantonal et fédéral, sur le revenu est la moitié de la moyenne suisse, le tiers du niveau britannique. Le taux frappant les bénéfices des entreprises-boîtes aux lettres est inférieur à 10 %. Les gains en capital ne sont pas taxés. Les rentiers qui n'ont pas d'activité régulière peuvent négocier un forfait avec le fisc. Les nouveaux venus échappent à l'arsenal pesant des réglementations européennes ou américaines sur les rémunérations, les primes ou les éléments du train de vie professionnel. Et on ne poursuit pas l'évasion fiscale, au nom du sacro-saint « droit à la discrétion ». D'ailleurs, à l'heure du déjeuner, un flot de jeunes cadres parlant toutes les langues se déverse dans la Bahnofstrasse, l'artère principale de cette cité charmante, tranquille et immaculée. Les étrangers forment un cinquième de ses résidents. Les enfants remplissent les quatre écoles internationales. Des services publics de tout premier ordre déroulent le tapis rouge devant cette immigration dorée.

Outre l'aspect fiscal, Zoug trouve grâce auprès de Transocean en raison de la flexibilité du marché du travail – recrutements et licenciements sont faciles – qui rappelle le Texas des origines. Les hedge funds, les firmes de capital-investissement, les officines chargées de la gestion des grands patrimoines, les filiales spécialisées dans la protection des brevets, les sociétés de négoce et de gestion privée alternative, tous ces acteurs, par essence très mobiles, apprécient cette culture sociale libérale à tous crins et peu conflictuelle. Individualisme, loi du plus fort, goût du travail sont les principes de la philosophie locale.

L'enregistrement d'une société par des intermédiaires attitrés – cabinets juridiques ou sociétés fiduciaires – prend… une journée. Investisseurs et exilés fiscaux tirent également profit de la bataille acharnée des subventions que se livrent les « vallées de l'argent » rivales qui foisonnent dans ce petit pays de huit millions d'âmes – Genève, Zurich, ou Pfäffikon, dans le canton voisin de Zurich – pour s'attirer leurs bonnes grâces. Même si la Suisse coopère désormais pour lever le secret fiscal dans des conditions, il est vrai, exceptionnelles (elle gèle régulièrement les comptes des dictateurs, ainsi, récemment, ceux de Ben Ali ou de Moubarak), les scandales n'ont pas vraiment entamé l'attrait du label helvétique, au contraire semble-t-il. Pas de hors-bilan en l'occurrence, juste la rencontre d'une volonté, d'une législation et d'une organisation par poulies qui disperse les risques.

Considérées comme des navires, les plates-formes pétrolières doivent arborer un pavillon maritime. Pour des raisons évidentes, il est difficile d'utiliser la croix blanche suisse, symbole d'un pays enclavé ! Transocean a donc inscrit toutes ses structures au registre maritime des îles Marshall. Deepwater Horizon portait les couleurs de ces îles, l'étoile blanche de la chrétienté sur fond bleu azur de l'immense Pacifique. Placé sous protectorat américain, cet archipel de la Micronésie situé entre la Nouvelle-Guinée et Hawaii a créé un registre de navires géré par une compagnie basée en Virginie. C'est la mondialisation ! Outre des frais d'inscription dérisoires et des facilités fiscales, ce confetti perdu dans l'océan, réputé pour ses timbres-poste et ses cocotiers, se moque des contrôles de sécurité et du respect de l'environnement. Pour impressionner l'organisme chargé sur place des vérifications, l'inspection du site du golfe du Mexique avait été confiée à une agence de classification renommée, l'American Bureau of Shipping. Mais, comme dans les villages Potemkine érigés pour Catherine de Russie, les dysfonctionnements de Deepwater Horizon étaient bien cachés.

Dans le capitalisme de l'ombre, les pavillons fantômes sont au transport maritime ce que les paradis fiscaux sont à la haute finance : des territoires, qui sont la forme la plus aboutie de la mondialisation où la loi du silence est, là aussi, de rigueur. Le monde pétrolier, en vérité, n'a-t-il rien appris des tragédies précédentes, le *Prestige*, l'*Erika*, l'*Exxon Valdez*, l'*Amoco Cadiz*, la plate-forme Piper Alpha et aujourd'hui Deepwater Horizon ? Ou, au contraire, s'est-il organisé pour échapper à toute responsabilité en cas de catastrophes ?

Jusqu'au drame, BP et Transocean étaient les meilleurs amis au monde. Aujourd'hui, les deux compères ne se parlent que par avocats interposés. Évoquant des responsabilités partagées, BP a décidé de traîner en justice ses sous-traitants, le propriétaire de la plate-forme mais aussi le cimentier ou les coactionnaires du gisement.

Issu de la filière *upstream*, l'exploration-production, le directeur général de BP, Tony Hayward, était conscient des carences de ses sous-traitants. Lorsque ce géologue de formation remplace le *cost cutter* Lord Browne en 2007, il met l'accent sur la sécurité, au détriment du dividende versé aux actionnaires. Mais en 2009 cette quintessence du BP *Man* change brutalement de stratégie. Découvert le 2 septembre 2009, le gisement Tiber auquel appartient le puits Macondo est un véritable pactole potentiel, avec 500 millions de barils exploitables.

À la Bourse de Londres, le titre de la major, aux réserves gonflées à l'heure de la raréfaction de l'offre, s'envole. « BP vit aux frontières de l'industrie énergétique », se gausse Hayward lors de la célébration en grande pompe, au British Museum, en octobre 2009, du centième anniversaire d'un groupe désormais numéro un européen devant son rival historique, Royal Dutch Shell. Le patron de l'enseigne vert-jaune a baptisé l'un des puits les plus prometteurs « Macondo », du nom du village condamné tiré du chef-d'œuvre de son auteur favori, Gabriel García Márquez, *Cent ans de solitude*. Le choix, pour le moins risqué, souligne l'arrogance et l'ego démesuré du directeur général de BP à qui, à l'époque, tout réussit.

Hayward doit sa nomination de président de BP à Peter Sutherland ; bon père de la finance à l'allure de boucher, le sourire en permanence, l'ancien commissaire européen à la concurrence dans les années 80, ex-directeur général du Gatt, l'ancêtre de l'Organisation mondiale du commerce, dirige aussi Goldman Sachs International, filiale européenne, basée à Londres, de la célèbre banque d'affaires américaine. Exemple type du conflit d'intérêt qui prospère à l'ombre des transactions officielles, un véritable cordon ombilical relie, via Peter Sutherland, BP à son principal banquier-conseil. Goldman Sachs a été étroitement associé à la boulimie d'acquisitions de la major des hydrocarbures ou à l'essor de son activité de trading de pétrole et de gaz. Il y a là une discrète alliance qui n'a rien de répréhensible, bien sûr. Si ce n'est qu'elle va avoir des conséquences.

En effet, Hayward offre toutes les garanties de la continuité. Il sait choyer la City en coupant les frais généraux à la hache et en lui garantissant le versement du plus gros dividende jamais octroyé au Royaume-Uni. En mars 2010, un mois avant l'accident, le coût d'extraction d'un baril de Brent BP tombe à son record historique : 12 dollars. Avec un prix du pétrole avoisinant les 80 dollars le baril, l'entreprise est une poule aux œufs d'or. Mais, parallèlement à cette expansion, les manquements à la sécurité se multiplient chez BP comme chez Transocean. En 2009, l'administration américaine avait accusé la compagnie britannique de quelque sept cents violations dont elle s'était vigoureusement défendue. Mais, à coups de promesses, l'empire réussit à gagner du temps.

C'est dans ce contexte que survient le désastre. « BP est responsable, BP paiera » : ce leitmotiv répété par les dirigeants américains, jusqu'au président Barack Obama, après le début de la marée noire, fait chuter dramatiquement le cours du groupe britannique. Quand les télévisions repassent en boucle les images de la gigantesque marée noire et des pélicans englués, les analystes pétroliers jouent le titre à la baisse. Sauf ceux de Goldman Sachs, les plus réputés de la profession. Leur réaction est ahurissante. Au lieu d'admettre la gravité de l'explosion de la plate-forme, ils en minimisent l'effet sur le bilan de la compagnie. « La réaction des marchés est exagérée et nous réitérons notre conseil d'acheter des titres BP. Nos estimations et nos objectifs de cours [de BP] sont inchangés » : dans une étude publiée le 30 avril 2010, la banque s'efforce avec un incroyable aplomb de rassurer les marchés en montrant une admirable sérénité de façade.

Car BP et Goldman Sachs, c'est un peu cousin-cousine ! La compagnie pétrolière rame dans le fioul, mais à écouter la banque, si c'est bien du pétrole BP, ce n'est pas une plate-forme BP et ainsi de suite. Goldman ferme les yeux sur les sous-évaluations par BP de l'ampleur de la fuite de pétrole (un millier de barils-jour), alors que les spécialistes américains évoquent des quantités dix fois, voire vingt fois supérieures. BP surestime constamment la capacité de ses techniciens à arrêter l'écoulement du brut et son principal allié dans la City comme à Wall Street se fait le relais de ces mensonges délibérés.

Plus le temps passe, plus le fioul monte. Il faut attendre le sommet de la crise, le 7 juin 2010, dans la foulée de la dégradation de la dette à long terme de BP par deux agences de notation, pour que Goldman Sachs change son fusil d'épaule. BP passe de « valeur d'achat » à « neutre » (ce qui reste une évaluation favorable vu le contexte !). « Une catastrophe limitée, mais de grosses incertitudes demeurent », reconnaît enfin le temple new-yorkais de la haute finance.

Pas un jour ne se passe en effet sans qu'analystes et gazettes n'évoquent un « scénario Texaco », un placement de BP sous le régime des faillites, comme avait dû le faire le pétrolier Texaco en 1987, ou une OPA, ou encore une cure d'amaigrissement radicale. Rendue vulnérable à une éventuelle prise de contrôle hostile à la suite de la chute de son action, BP doit se protéger. Qui la compagnie choisit-elle pour la conseiller face aux pressions de prédateurs potentiels et parer à toute éventualité ? Goldman Sachs, bien sûr.

Attaqué de toutes parts, surnommé l'homme le plus haï d'Amérique en raison de ses gaffes à répétition, Hayward est finalement contraint à la démission en juillet 2010. Sa désinvolture devant les morts causées par le drame ainsi que son incapacité à faire acte de contrition ont révulsé les médias, les responsables politiques et l'opinion des États-Unis… où BP possède la moitié de ses actifs. Bob Dudley, qui ne porte pas les stigmates de cet aveuglement, même si, comme patron des activités américaines, il ne peut être exonéré de toute responsabilité, lui succède.

Malgré la facture phénoménale de la marée noire estimée à plus de 40 milliards de dollars, BP a rapidement renoué avec les profits. La compagnie n'exclut pas une future exploitation du gisement qui est pourtant désormais cimenté. Le goût du profit n'a pas de limites dans certains secteurs ! Quant aux principaux protagonistes de la triste saga Deepwater, ils se sont facilement recyclés, comme le veut l'économie de l'ombre. Tony Hayward siège désormais aux conseils d'administration de Glencore, la multinationale du négoce des matières premières, et de la coentreprise russo-américaine TNK-BP dont BP est actionnaire à 50 %. Steven Newman, le directeur général de Transocean ? Il est toujours aux commandes. En dépit de l'explosion meurtrière suivie d'un drame écologique – la marée noire –, l'intéressé a eu droit à un bonus de 343 000 dollars pour 2010, qui a été, selon la firme, sa « meilleure année en matière de sécurité » ! S'il a été remplacé en janvier 2010 par le Suédois Carl-Henric Svanberg à la présidence de BP, Peter Sutherland est resté administrateur de BP et patron de Goldman Sachs International.

Plus les plates-formes coulent, moins ça change…

# 4

# Les agences de notation sont éternelles

L'entrepreneur français Marc Ladreit de Lacharrière a quelques principes en béton et une poigne de fer derrière un vaste sourire. Pourtant, avec sa physionomie d'ours débonnaire et sympathique, le principal actionnaire de Fitch Ratings, la troisième agence de notation au monde, paraît presque timide. Le président fondateur de la holding française Fimalac, qui détient 60 % de Fitch, peut s'enorgueillir d'avoir donné une *French touch* à ce métier. Ce métier ? Il consiste à évaluer la solvabilité des titres de créances émis par les États, les sociétés ou les collectivités locales du monde entier pour apprécier la probabilité qu'une émission spécifique d'obligations sera honorée. Toujours écoutées religieusement par les grands investisseurs et les petits porteurs, variables obligées de l'humeur des marchés, les agences de notation évaluent la volonté et la capacité de remboursement, en temps et en heure, du principal et des intérêts. À l'heure de la crise, il s'agit désormais d'un pouvoir considérable. Normalement, le capitalisme de l'ombre ne le concerne pas. Et pourtant….

Président de Fitch, Marc Ladreit de Lacharrière est en tout cas fier de voir jouer la première firme européenne dans la cour des grands face aux deux mastodontes historiques, les américaines Moody's et Standard

& Poor's (S & P) : « L'une des raisons de la création de Fimalac en 1991 était mon désir de créer en Europe une agence de notation, explique-t-il. Un monde nouveau nous attendait avec la mondialisation en gestation. J'étais convaincu de l'ampleur de la mutation qui naissait. La déréglementation financière, la liberté des mouvements internationaux des capitaux, la prolifération des innovations financières allaient déclencher une transformation radicale des financements des entreprises, des collectivités, des États. L'avenir de la notation me semblait ainsi très prometteur. » On serait vaniteux à moins.

Car les affaires vont très bien, merci. Malgré les harcèlements des politiciens et des régulateurs, en dépit des critiques les désignant comme les grands coupables du cyclone financier de 2008 et de la crise de l'euro, en particulier de la dégringolade de la Grèce, le modèle de base, très contesté, de ce secteur a été sauvegardé.

Leur histoire, peuplée de rebondissements, se confond avec celle du capitalisme américain. En 1909, un journaliste, John Moody, a créé Moody's, au départ une publication de statistiques sur le commerce des actions qui s'est ensuite concentrée sur les obligations. Standard & Poor's, elle, est le résultat de la fusion, en 1941, de Poor's Publishing Company, créée en 1860, et du Standard's Statistics Bureau. Fitch Ratings est le fruit de la fusion, en 1997, de la société Fitch Investors Service, établie en 1922, et du britannique IBCA fondé en 1976, racheté par Fimalac en 1992, auxquels sont venus s'ajouter l'américain Duff &&Phelps et le canadien BankWatch.

Les régulateurs ayant ancré dans la législation la nécessité d'évaluer, à travers des notations, la solidité des emprunteurs, ces entités sont devenues au fil des ans le carrefour des émetteurs et des investisseurs. Les notes par ordre décroissant d'appréciation rythment la vie des affaires. Elles se lisent comme une partition : de AAA (sécurité maximale), le meilleur des titres de qualité d'investissement, à B (qualité moyenne), ou à C (risque substantiel pour les obligations ayant un caractère spéculatif), à D pour le débiteur en défaut de paiement.

Mais surtout, Moody's, Standard & Poor's et Fitch sont devenus des contre-pouvoirs capables de faire sauter la planète financière. Le 18 avril 2011, Nikola Swann, l'une des responsables de la dette souveraine chez S &&P, y est presque parvenue. En changeant, pour la première fois depuis 1941, la perspective des États-Unis de positive à négative en raison du gonflement de son déficit budgétaire, l'analyste, basée à Toronto (Canada), a ébranlé d'un seul mot la confiance dans la première puissance économique mondiale et fait plonger toutes les Bourses. Elle n'en démord pas : le défi fiscal à moyen et à long terme auquel l'Amérique est confrontée et l'absence d'accord entre républicains et démocrates avant l'élection présidentielle de novembre 2012 créent « un risque accru » pour les détenteurs de dette américaine. La dame n'exclut pas une dégradation – « une chance sur trois qu'elle intervienne d'ici deux ou trois ans » – de la note AAA, la plus haute possible, dont le pays est affublé depuis toujours.

Les investisseurs, qui ont besoin de cette information indépendante et fiable pour mesurer la capacité d'un émetteur de faire face à ses engagements, prennent peur. L'once d'or, valeur refuge par excellence, gagne 14 dollars en dix minutes pour atteindre le cours record de 1 497,20 dollars. L'indice Dow Jones des principales valeurs industrielles perd 200 points en un tournemain tandis que son alter ego britannique, le FTSE-100, dégringole subitement après des semaines de hausse. Les bons du Trésor américain, autre valeur sûre en période d'incertitude, chutent brutalement. Les marchés se calment toutefois dans les jours qui suivent. L'or cède du terrain tandis que les indices boursiers se redressent. Entre-temps, les spéculateurs s'en sont mis plein les poches…

Nikola Swann, elle, est une forte en thème, à la fois douée pour les chiffres et au fait des arcanes de l'économie américaine. Avec une poignée de collaborateurs, elle a longtemps examiné un puzzle d'informations brutes provenant des comptes publics pour déterminer trois éléments fondamentaux dans le calcul de la note : la dette publique en pourcentage du PIB, le déficit budgétaire et le coût des intérêts. L'analyse est toujours comparative, en fonction du secteur et dans une optique internationale. Ses conclusions ont été ensuite soumises à un comité de notation regroupant les analystes du secteur dont la décision sur le niveau de la note est collégiale.

Le président Obama a réagi à la nouvelle avec mesure en insistant sur la volonté des deux camps, démocrate et républicain, d'arriver à un accord budgétaire. Après tout, les États-Unis disposent d'une liquidité externe sans équivalent, le dollar en l'occurrence, seule vraie monnaie de réserve mondiale, qui leur permet de faire tourner la planche à billets pour honorer leurs échéances financières. Cette retenue s'explique aussi par le fait que Standard & Poor's comme Moody's sont américains. Fitch a un siège social à New York où sont basés son directeur général et la majorité des analystes.

Comment, dès lors, expliquer les débats enflammés que l'affaire Swann a suscités dans les médias et au Congrès américain ? La notation touche à l'orgueil et à la fierté d'un pays comme d'une entreprise. Au-delà de ses conséquences sur l'accès au marché, toute dégradation est vécue comme une blessure d'amour-propre, d'où la vivacité de la réaction des gouvernements comme des P-DG qui, imbus de leur légitimité, s'estiment mal notés.

La mise sous surveillance d'un pays par les agences de notation sonne comme une punition. Georges Papaconstantinou, le ministre grec des Finances jusqu'à l'été 2011, en a fait plutôt l'amère expérience. Formé dans le moule de la London School of Economics et de la New York University, cet économiste raisonnable au ton professoral ne donne jamais le sentiment d'avoir réponse à tout ni d'avoir une religion toute faite. De par sa nature, il est peu porté sur la ciguë des complots, ou les tourments des destins tragiques. Pour cette personnalité adepte du compromis, entre gens de bonne volonté, on trouve toujours une solution.

Or, depuis le triomphe du parti socialiste de Georges Papandréou aux élections législatives du 4 octobre 2009, le grand argentier a consacré l'essentiel de son temps à déminer les situations désespérées – crise immobilière, effondrement bancaire, trucage des comptes publics, absence de compétitivité et longue série de plans d'austérité – qui ont mis la République hellène à genoux. Et dans cette longue dérive grecque, les agences de notation ont joué un rôle de déstabilisation important. Quand l'une d'elles réduit la cote du pays, les autres suivent, les marchés, tout aussi moutonniers, s'émeuvent, le différentiel entre les obligations de l'État grec et les bons du Trésor allemand s'accroît et Athènes doit serrer encore plus la vis de l'austérité.

Le *Sun* anglais, le *Bild* allemand, très lus par les

traders de la City ou de Francfort, mettent de l'huile sur le feu en évoquant ces gens du Sud, nonchalants, fainéants et futiles, qui tendent la sébile aux pays industrieux du Nord qui font la richesse de l'Union européenne. En Grèce, une partie de l'argent des nantis fuit dans les paradis fiscaux limitrophes, Chypre, Malte, ou en Suisse et au Royaume-Uni. Totalement exclues du marché interbancaire, les banques helléniques sont contraintes de se refinancer auprès de la Banque centrale européenne. Menacé d'implosion, l'euro est sauvagement attaqué par les spéculateurs. Dans un tel cercle vicieux, les agences réagissent aux marchés qui répondent aux premières et ainsi de suite.

C'est exactement ce qui se déroule le 7 mars 2011 quand Moody's abaisse la note de la dette souveraine de la Grèce de trois crans, la faisant basculer dans la catégorie hautement spéculative. Pour expliquer sa décision, l'agence souligne les risques qui pèsent sur la mise en œuvre du programme de réforme budgétaire du gouvernement de gauche, et la possibilité d'une restructuration de la dette. Plus grave, la perspective attachée à cette note est négative, ce qui signifie, dans le langage des agences, qu'un nouvel abaissement de la note n'est pas exclu dans les dix-huit mois à venir.

Le ministre grec des Finances ne peut se cacher qu'il y a un temps pour tout, même pour l'impatience, et que la modération n'est pas toujours la mère de la médiation. Pour lui, trop c'est trop. Il s'agit d'une question de fierté et d'honneur. La « colombe » se transforme en « faucon ».

Dans une lettre cinglante de protestation, l'intéressé dit à Moody's ses quatre vérités, sans tergiverser ni chercher à composer : « Cette décision illustre moins la situation réelle ou les perspectives de l'économie grecque que le fait que les agences de notation n'ont pas de comptes à rendre. Après avoir complètement raté l'accumulation de risques qui a conduit à la crise financière de 2008, elles se battent aujourd'hui entre elles pour être les premières à identifier les risques qui déboucheront sur la prochaine. » Sabre au clair, le spadassin d'Athènes a touché son adversaire.

Car le moment est propice pour réagir aux oukases de Moody's. Dans son rapport remis le 27 janvier 2011, la commission d'enquête sur la crise financière désignée par le Congrès américain avait qualifié les agences de notation de « rouages essentiels de la destruction financière ». Ces institutions se sont retrouvées au cœur de la folie des crédits à risques subprimes dont elles ont été des acteurs de premier plan puisqu'elles n'avaient rien vu. Or l'explosion des déficits budgétaires, aux États-Unis comme au Royaume-Uni, en France, ou à la périphérie de l'Union européenne, est le résultat direct du plan de sauvetage des banques au bord de la faillite en raison de leurs transactions sur ces mêmes crédits à risques. Les agences – et Moody's en particulier, à lire le livre de Joe Nocera et de Bethany McLean[1] qui fait autorité sur les origines de la crise financière – ont totalement ignoré les graves dysfonctionnements du système bancaire et des risques qu'il a fait peser sur l'économie mondiale. Complaisance ? Aveuglement ?

Pourquoi n'ont-elles pas compris ce qui se passait ? L'explosion de la titrisation des créances hypothécaires toxiques, auxquelles les agences donnaient, les yeux fermés, les meilleures notes, était, il faut bien

1. *All the Devils Are Here*, New York, Portfolio Hardcover, 2010.

le dire, un business très profitable. D'autant que les pourvoyeurs de crédits hypothécaires pouvaient procéder à plusieurs émissions directes de créances, chaque mois voire chaque semaine, qui toutes devaient être notées. Lors du premier semestre 2007, alors que les nuages s'accumulent au-dessus des places financières, Moody's affiche les meilleures performances financières des cinq dernières années.

Par ailleurs, pour combler leurs actionnaires, les agences font la chasse aux coûts, recrutent à moindres frais des jeunes diplômés rapidement formés à l'analyse de bilan et limitent l'envoi de missions d'enquête sur le terrain. Ainsi, pour jauger la dette souveraine grecque, une seule personne est envoyée en Grèce une demi-journée deux fois par an, alors que les délégations du Fonds monétaire international, composées de plusieurs experts, restent en général une semaine sur place !

Les détracteurs soulignent aussi les conflits d'intérêts intrinsèques à un secteur oligopolistique dans lequel les emprunteurs paient en général pour être notés. En menaçant de retirer le mandat en cas de note décevante, les clients peuvent parfois obtenir gain de cause auprès d'une direction obsédée par ses propres bonus et par la conquête de parts de marché. Tout aussi inquiétante est l'absence de mobilité de cadres engoncés dans des habitudes de réflexion à long terme alors qu'ils ont affaire à un environnement de plus en plus imprévisible. Le statu quo arrange tout le monde : Wall Street, les régulateurs, les investisseurs pris dans l'euphorie du boom économique, qui n'ont aucun intérêt à trouver des solutions alternatives.

En vérité, le bilan des agences de notation en matière d'alerte de crise est loin d'être brillant. Leur vigilance a souvent été prise en défaut. La « bande des trois »,

Moody's, S & P et Fitch, a raté successivement la quasi-banqueroute de New York, la faillite du comté d'Orange en Californie, la déroute du hedge fund Long Term Capital Management (LTCM), les scandales comme ceux de la Bank of Credit and Commerce International (BCCI) et du papivore Robert Maxwell, la déroute des caisses d'épargne américaines ou des « obligations pourries » (junk bonds), l'effondrement frauduleux d'Enron, de Worldcom, de Tyco et, enfin, de… Lehman Brothers ! La liste des ratés est longue.

Le Sisyphe grec ploie aujourd'hui sous le poids de sa dette sur fond d'une économie en perte de vitesse dont la situation dramatique est aggravée par les coupes drastiques, le manque de revenus fiscaux et le fossé grandissant entre pauvres et riches. Face aux attaques des marchés téléguidés, à leurs yeux, par les agences de notation, les Grecs s'adonnent à leur passion favorite : la recherche de boucs émissaires. La nation hellène regarde traditionnellement vers l'ouest depuis qu'au v^e^ siècle avant Jésus-Christ, ses cités refoulèrent les hordes perses. L'Union européenne, dont le pays est membre depuis 1981, apparaît comme la moderne héritière des cités grecques antiques. Mais la Grèce, c'est aussi l'Orient, la superstition et la théorie des complots.

On ne se débarrasse pas facilement de quatre cents ans d'occupation ottomane. L'auteur en a fait lui-même l'expérience lors d'une conférence qu'il a donnée le 5 avril 2011 à la librairie Ianos d'Athènes sur son dernier livre[1]. La traduction grecque sera pendant plusieurs mois en tête de toutes les ventes. Et la quasi-totalité des questions de ce public évolué d'étudiants

1. *La Banque. Comment Goldman Sachs dirige le monde*, *op. cit.*

et de cadres concernera cette sinistre « conspiration anglo-saxonne » contre la pauvre Grèce !

Les accusations sans preuves, les informations tronquées ou tordues, les desseins abominables pleuvent dru. Si le gouvernement socialiste de Costas Simitis (1996-2004) a abusé de la confiance des partenaires européens pour rejoindre l'euro en 2001, ce ne serait pas sciemment, mais en raison de l'absence d'un outil statistique nécessaire réclamé pour satisfaire aux critères de Maastricht. Tout cela serait aussi la faute des dirigeants de Goldman Sachs et de leur satanée banquière d'origine grecque, Antigone Loudiadis, dont le montage financier destiné à cacher le poids des dépenses militaires substantielles a fait gagner à son employeur une petite fortune tout en provoquant, neuf ans plus tard, la plus grave crise de la zone euro. Goldman Sachs, c'est aussi Otmar Issing, son puissant conseiller international, ex-économiste en chef de la Bundesbank et ancien vice-président de la Banque centrale européenne. Ce chantre de l'opposition à toute aide européenne à la Grèce incarnerait l'arrogance allemande, le souvenir douloureux de l'occupation nazie et du vol de l'or de la Banque de Grèce. C'est aussi George Soros, le diable incarné, le fer de lance d'un supposé « lobby juif », spéculateur devant l'Éternel, qui, n'aimant pas l'euro, appuie sur son maillon faible, la Grèce. Ce sont enfin les agences de notation, fer de lance des États-Unis, alliés traditionnels de la Turquie, l'ennemi juré. Le registre est connu, le livret établi, la musique classique. La presse locale fourmille de telles références, plus ou moins absurdes, insultantes ou antisémites, à un prétendu complot. Il n'y a évidemment rien de tel.

Que fait l'auteur à son retour d'Athènes ? Il envoie un courriel aux trois agences pour rencontrer les évaluateurs de la crise grecque. Moody's, la plus critiquée pour ses errements, est aux abonnés absents malgré plusieurs appels au bureau de Londres. Fitch refuse la rencontre mais envoie des arguments polis, des documents massifs et délègue son président, Marc Ladreit de Lacharrière : « Le cas grec illustre le mauvais procès qui est fait aux agences : la notation ne crée pas la crise, c'est au contraire son rôle d'alerter sur le risque d'insolvabilité engendré par une situation financière critique. » Le 16 décembre 2004, Fitch a d'ailleurs été la première à dégrader la Grèce, enclenchant un processus progressif de baisse provoqué par le poids considérable de la dette publique qui rend le pays vulnérable à des chocs extérieurs. Ce qui n'enlève rien au constat que la Grèce avait été jusque-là particulièrement mal gérée et que ses gouvernements successifs n'ont tenu aucun compte des avertissements des agences.

Standard & Poor's accepte, en revanche, de jouer totalement le jeu en organisant au siège parisien un déjeuner sandwichs-eau minérale de deux heures avec ses experts européens. Les tourments de la Grèce paraissent bien éloignés de ces bureaux high-tech diffusant une paix studieuse et une puissance tranquille. Dans cette usine à idées où les analystes travaillent d'arrache-cerveau, tout est calme, froid et propre.

Le message est sans ambages : « Dès la création de la monnaie unique, S & P a attribué des notes qui reflétaient les différences au sein de l'eurozone. La Grèce n'a jamais dépassé le A+ à la mi-2003. Quand la Grèce a adhéré à l'euro, cela s'est fait sur la base d'un audit d'Eurostat [NDA : l'office de statistiques de l'Union européenne]. Mais on n'a jamais considéré Eurostat comme parole d'Évangile. La note de la Grèce a toujours été la plus faible de l'eurozone en raison de problèmes structurels, tels que l'état de ses finances publiques et son manque de compétitivité économique qui lui a valu de voir sa note abaissée dès 2004. En janvier 2009, soit peu avant l'arrivée au pouvoir de Georges Papandréou, elle a été à nouveau rétrogradée, vu qu'à nos yeux, le risque hellène continuait de se différencier du reste de l'eurozone. La note a encore été abaissée fin 2009, sans que cela suscite autant d'émotion qu'au printemps 2010.

On prêchait dans le désert, comme l'attestent les marges [*spread*] nulles et l'absence d'écho de nos avertissements répétés entre 2004 et 2009. Il était de notoriété publique que la Grèce retouchait les comptes publics d'année en année, un des éléments expliquant sa note inférieure à celle des autres. »

Trois facteurs ont masqué la dégradation de la situation de la périphérie de l'Europe. Tout d'abord, la perception des investisseurs non européens, peu sensibles aux différences nationales ou aux arcanes de la Commission européenne, était que la zone euro formait un tout, une sorte de super-État fédéral à l'image des États-Unis, fondée sur le principe de solidarité et de subsidiarité. S'ajoutait le fait que ces placements se sont portés sur les secteurs les moins productifs de ces pays. Enfin, la crise financière de 2008 a occulté pendant un temps la faillite du secteur bancaire en Irlande, l'aggravation du déficit budgétaire grec et la crise de la construction en Espagne.

Grattez le vernis d'un agencier spécialiste du marché de la dette souveraine et vous trouverez un analyste du risque dont la mission est bien précise : défendre les porteurs d'obligations. L'intéressé ne se prononce pas sur la politique, par exemple pour déterminer si la Grèce a menti ou pas pour adhérer à l'euro. Ne le comparez pas à un consultant puisqu'il ne dit pas aux gouvernements ce qu'ils doivent faire. La couleur politique n'a pas d'importance, ce qui compte c'est la capacité d'une équipe au pouvoir de prendre des décisions pour mettre en œuvre son programme. La note sur les États comprend une comparaison entre pays de même catégorie pour aider l'investisseur. En vertu de la réglementation européenne, le pays, comme la société, doit être averti seulement douze heures auparavant pour éviter les fuites, les risques de délit d'initié ou les manœuvres dilatoires.

Des conflits d'intérêts ? Les analystes en charge d'un secteur ne peuvent pas avoir de relation commerciale avec l'émetteur (un État, ou une multinationale), ne sont pas rémunérés à la commission et ne participent jamais au développement commercial, à l'inverse des cabinets-conseils ou des banques d'affaires, chargés de générer un flux d'activités avec les clients. Les agences sont un gage d'indépendance, ce qui ne serait pas le cas d'une entité d'État ou d'une Banque centrale qui seraient juge et partie. La profession ne commente jamais les rumeurs du marché. La méthodologie est accessible à tous via les sites internet. Tendance à la dégradation systématique ? Si les notes ont diminué dans l'eurozone, elles ont augmenté ailleurs, comme dans les pays émergents. Enfin, S & P, Moody's et Fitch s'ignorent et n'ont aucun contact. Contrairement à une opinion largement répandue, ils ne se parlent pas, ne coordonnent jamais leurs décisions, mais arrivent souvent aux mêmes conclusions. Dans cette citadelle de matière grise dotée d'équipes internationales et décentralisées, formées de professionnels expérimentés, le travail en commun est considéré comme une vertu cardinale – divas et têtes brûlées s'abstenir ! Tel est le leitmotiv.

Autre argument, une notation n'est qu'une opinion prospective sur la solvabilité à terme d'un émetteur, fondée sur des faits fournis par ce dernier ou appartenant au domaine public. Ce jugement n'est pas infaillible. Les notes ne sont que des prévisions et l'avenir est difficile à jauger. Saine prudence (quoique récente).

Cette ligne de défense a laissé les hommes politiques de marbre. « Dégrader systématiquement la note de pays sous assistance est une ineptie, lance Christine Lagarde, à l'époque ministre de l'Économie et des Finances. Il faudrait une catégorie particulière pour des pays sous programme d'aide, comme c'est le cas de la Grèce ou de l'Irlande dont on sait très bien qu'ils ne peuvent pas se financer sur le marché. Ça rime à quoi d'abaisser la note d'un pays comme cela si ce n'est pour l'enfoncer encore davantage ? »

Aux yeux du G20, les agences de notation cumulent désormais tous les défauts de l'économie de l'ombre. La « bande des trois », qui contrôle 97 % des notes, est un cartel comme on en fait rarement, même si des oligopoles existent encore, ici ou là, dans d'autres secteurs de l'économie. En se référant aux agences pour élaborer leur stratégie, les Banques centrales et les régulateurs abdiquent une partie de leurs responsabilités. En influençant le crédit bancaire, les agences peuvent créer un risque systémique. In fine, la santé financière d'un État dépend de la seule opinion d'entités privées, poursuivant des objectifs de rentabilité déconnectés de ceux de la société civile.

Les pressions exercées pour avoir un gouvernement en Belgique, le lobbying en faveur d'un accord budgétaire entre le président Obama et les républicains, ou l'encouragement donné à la politique d'austérité engagée par la coalition britannique entre conservateurs et centristes témoignent de ce rouleau compresseur. Autre exemple, quatre jours après la fuite du dictateur Ben Ali, Moody's abaissait la note de la dette souveraine de la Tunisie d'un cran tandis que ses deux concurrents plaçaient le pays sous « surveillance négative ». Une insulte à la révolution du jasmin, ont insisté les thuriféraires du « printemps arabe », même si les agences de notation affirment haut et fort leur préjugé favorable pour les démocraties, jugées plus efficaces à long terme, plus stables sur le plan économique, donc plus profitables pour le détenteur d'obligations d'État.

Malgré ces points noirs, les réformes des agences de notation (la loi Dodd-Frank aux États-Unis les soumet désormais à une réglementation stricte), dont on a tant vanté les mérites, n'ont guère remis en question leur influence tentaculaire. Ce serait même plutôt le contraire, si l'on examine de près le renforcement des fonds propres bancaires (« Bâle III ») qui est fondé sur les… notations des agences. Les régulateurs continuent à se défausser sur elles en ancrant la nécessité de notes dans la législation.

À l'évidence, le régulateur traite les agences comme Churchill le faisait de la démocratie : « Le pire des régimes à l'exception de tous les autres. »

# 5

# Les paradis fiscaux ne sont pas là où l'on croit

Dès 5 heures du matin, dans les ruelles marchandes déjà grouillantes du Hong Kong populaire, à quelques blocs des beaux quartiers, les petits nuages de vapeur qui s'échappent des échoppes appellent à la collation solennelle du matin. L'heure est aux *dim sum*, raviolis vapeur aux mille et un délices qui se déclinent sous un nombre presque infini de goûts. Hong Kong et Canton se disputent la paternité de cette spécialité du sud de la Chine, dont les bouchées se dégustent brûlantes.

Ce plat traditionnel est récemment entré dans la légende… de la haute finance. Les raviolis ont donné leur nom à un nouveau type d'obligations, les *dim sum bonds*. Ces titres ont la particularité d'être émis à Hong Kong, en yuans – aussi appelés renmimbi, la monnaie chinoise. Depuis juillet 2010, les entreprises étrangères souhaitant se développer en Chine peuvent émettre ces obligations en vue de lever de l'argent chinois à bon prix à Hong Kong – l'ancienne perle de la colonisation britannique. Quoi qu'il en soit, tout le monde s'y retrouve : l'entreprise se procure des fonds moins chers qu'ailleurs, l'investisseur place son argent dans un produit qui lui rapporte plus que les dépôts bancaires classiques et la Chine éponge une partie des liquidités en surabondance. Surtout, les *dim sum bonds* sont perçus comme le premier pas tangible vers l'internationalisation, que le monde entier réclame, de la devise à l'effigie de Mao Zedong. Dans ce petit paradis chinois, les liaisons dangereuses se développent discrètement. Certes, les agences de notation ont un œil sur ce qui s'y passe et sur la crédibilité des emprunteurs. Mais tout de même : les mœurs locales y sont plus souples que dans un Occident saisi par le virus de la vertu…

Une jonque, toutes voiles déployées, traverse le « Port aux mille parfums » dans un contraste saisissant avec les gratte-ciel de verre et d'acier. Derrière ce décor de carte postale, mélange d'esprit chinois traditionnel et de soif de modernité, est implantée la « nouvelle frontière » de tous les riches Chinois continentaux en quête de plus d'argent et de plus de sécurité, de moins d'État et de moins d'impôts. Hong Kong est une nouvelle cité mythique pour tous les fonceurs sans ceinture de sécurité. Le passé y meurt vite, les points de repère s'effacent, pour engendrer une nouvelle société.

« *It was the best of times, it was the worst of times* » (« C'était le meilleur et le pire des temps ») : la phrase par laquelle s'ouvre *Un conte des deux cités*, le roman fleuve de Charles Dickens publié en 1859, pourrait s'appliquer à Hong Kong.

À première vue, la seconde place financière asiatique derrière Tokyo brille par sa régulation, ses exigences de transparence, la sophistication de ses professionnels tirés à quatre épingles. Les banques obéissent à leur tutelle, la Hong Kong Monetary Authority, dont la réputation d'excellence n'est plus à faire. L'outil informatique et la supervision du Hong Kong Stock Exchange sont incomparablement supérieurs à ceux de ses rivales, Shanghai, Canton ou Shenzhen. Le numéro un mondial de l'aluminium, l'entreprise UC Rusal, dirigée par l'oligarque russe Oleg Deripaska, n'a-t-il pas dû s'y reprendre à trois fois et fournir des documents plus épais que toute l'œuvre de Dickens réunie pour être enfin admis à la corbeille de Hong Kong, en janvier 2010 ? Les entreprises chinoises, à commencer par les grosses banques, pèsent désormais pour plus de la moitié de la Bourse locale et la place est devenue grâce à cette arrivée massive le premier centre mondial des introductions en Bourse, dépassant New York, en 2010.

Depuis la rétrocession à la Chine, le 1er juillet 1997, Hong Kong continue de jouir d'un statut financier autonome, et d'une monnaie séparée, le Hong Kong dollar, jusqu'en 2047. « Un pays, deux systèmes », affirme l'accord-cadre, la *Basic Law* ou mini-Constitution. Ce qui se traduit, entre autres, par « un pays, deux monnaies ». Pékin entend absolument garder le contrôle sur la politique monétaire. Toute la stratégie macroéconomique chinoise est fondée sur ce principe. C'est pourquoi le yuan n'est pas convertible. Seule la Bank of China Hong Kong, filiale de la BOC, l'une des quatre grandes banques commerciales de Chine, est autorisée à faire sortir la devise nationale de Chine vers Hong Kong et inversement. Un Chinois ne peut toujours pas utiliser une carte de crédit à l'étranger. Le yuan doit rester dans l'empire du Milieu. Les demandes d'autorisations de sortie de fonds des frontières continentales de la Chine doivent être circonstanciées et justifiées. Un virement sur un compte, à Hong Kong ou ailleurs, est impossible sans autorisation préalable.

À Hong Kong comme à Macao, les paiements en yuans sont cependant les bienvenus, même quand l'addition dépasse les six chiffres, ce qui arrive assez vite quand les nouveaux riches chinois rencontrent les grandes marques de luxe. Il suffit d'avoir des compteurs de billets… les Hongkongais spéculent par ailleurs sur la « monnaie rouge » au point de constituer la première réserve mondiale de yuans, en dehors de Chine. Les particuliers ont le droit d'acheter l'équivalent de 2 000 euros de monnaie chinoise par jour et font un usage optimal de cette règle. La méthode est simple : ouvrir un compte et passer un ordre d'achat automatique quotidien de la devise. Résultat de cet engouement : les dépôts de Hong Kong en yuans, quasiment inexistants en 2009, ont explosé.

Voilà donc Hong Kong la chinoise, côté pile : contrôle tatillon de l'État et supervision digne de ce nom. Faire fructifier leurs avoirs, qu'il s'agisse de yuans ou de dollars, cette question se pose en termes de plus en plus aigus aux milliardaires chinois, dont le nombre augmente de mois en mois. D'où l'urgence de trouver un agent de change ou un intermédiaire.

C'est ici qu'intervient l'autre face de ce Manhattan de l'Asie annoncé par l'incroyable réseau de compagnies de trusts, de sociétés financières-écrans, de banques souterraines ou d'entités de leasing plus obscures les unes que les autres. Dans ce versant rouge du capitalisme sauvage où l'on vit sans penser aux lendemains, s'est donc développée une finance de l'ombre, parallèle aux circuits officiels. Dans le domaine du *shadow banking*, l'imagination ne connaît pas de limites. C'est pourquoi certains pays comme la France et l'Allemagne réclament, non sans raison, d'inscrire Hong Kong sur la liste des paradis fiscaux à problèmes.

Il ne faut surtout pas se fier à l'aspect déglingué de l'immeuble Worldwide House situé au centre de la ville. Cette grande tour qui ne paie pas de mine est écrasée par le gratte-ciel voisin IFC, nouveau symbole du Hong Kong « cœur financier de la Chine » où les grandes banques internationales louent une vraie fortune leurs locaux feutrés – moquette moelleuse et œuvres d'art démesurées. Les échoppes du Worldwide House ne mesurent pour la plupart qu'un ou deux mètres carrés. Mais ces lessiveuses d'argent sale peuvent brasser des montants importants. Sous couvert de « prêts sur gages », ou même en s'intitulant simplement « services financiers divers », certaines de ces boutiques sont capables de mettre à disposition à Hong Kong des fonds déposés chez leur agence-partenaire en Chine continentale. Une fois entré à Hong Kong et quelle que soit la façon dont il est sorti de Chine, l'argent est « libre ». Le filon a même un surnom aquatique adapté à cette cité lacustre : les « canaux souterrains ». Le président, en fuite, du groupe chinois Yuanhua, Lai Xinchang, se serait servi de ces recycleurs pour transférer sa fortune au Canada. Yang Rong, autre milliardaire, fondateur de Brilliance China Automotive Holdings Ltd, aurait aussi fait sortir des milliards de yuans de cette manière. Il reste une certaine incertitude autour de la manière dont ces opérations se sont effectivement déroulées.

Mais la façon plus évidente d'officialiser des yuans, à défaut d'être la plus pratique, consiste tout simplement à remplir ses valises de billets qui seront changés en monnaie locale à Hong Kong. On peut apercevoir dans certains quartiers « à potentiel » une longue queue de Chinois d'un type un peu différent, que les Hongkongais reconnaissent tout de suite comme étant des « continentaux », devant une construction provisoire. Des grands murs blancs, une haie de bambous derrière une fontaine et un immense poster présentent un immeuble futuriste sur fond de ciel bleu azur, une réplique fortement idéalisée d'un appartement témoin.

Les valises à roulettes ou les sacs de voyage pourraient prêter à confusion quant à la destination des intéressés. À l'intérieur de l'office de ventes, les guichets sont alignés comme dans un bureau de poste. Et chaque bureau est équipé… d'un compteur de billets. Les acheteurs ne posent guère de questions sur leur futur bien.

Mais même en grosses coupures, il y a des limites à ce qu'une valise peut transporter. Acheter des produits de luxe en Chine pour créer du liquide à Hong Kong permet de contourner la difficulté. Une Rolex en or par exemple. La frontière passée avec la montre au bras, tout est parfaitement organisé pour que celle-ci se transforme en espèces sonnantes et trébuchantes chez des prêteurs sur gages très au fait des dernières collections et des prix « au détail » de ce genre d'articles.

Faute de ces méthodes simples et efficaces mais qui font tellement « amateur », on peut ouvrir un compte au nom d'une société, enregistrée à Hong Kong ou dans un paradis fiscal. Car l'enclave, en bonne fille de l'Angleterre, est rompue à l'exercice de la domiciliation de sociétés que pratiquent depuis longtemps la plupart des anciennes colonies de la Couronne, qu'il s'agisse des îles Vierges britanniques, des Caïmans, de Trinité-et-Tobago ou des Seychelles. Et ce n'est pas le retour de Hong Kong à la « mère patrie » en 1997 qui a changé quoi que ce soit à cette activité, au contraire.

Des milliers de firmes d'experts hongkongais offrent d'ailleurs des services de création, d'immatriculation et d'administration de sociétés. Monter une entreprise de droit hongkongais n'est pas très compliqué. Nommer deux administrateurs, rémunérer les services d'un secrétaire financier, commander un audit annuel des comptes, payer un certificat d'enregistrement ainsi que quelques frais fixes très abordables suffisent. Et il est courant et parfaitement légal d'utiliser des prête-noms ou des personnes morales pouvant être des entreprises offshore, tant pour les actionnaires que pour les administrateurs. « Si on m'appelle pour me demander si je suis le prête-nom ou le vrai actionnaire de l'une des sociétés que j'héberge, je n'ai aucune obligation de répondre », affirme un professionnel de la domiciliation.

Autre structure très en vogue, les compagnies dites « trusts », peu régulées, qui attirent les dépôts des riches pour les prêter aux petites et moyennes entreprises. Totalement opaques, ces entités placent ces actifs dans des secteurs sortant des sentiers battus, comme l'immobilier commercial extrêmement spéculatif ou les instruments financiers très sophistiqués. Ces Rolls Royce des placements à risques doivent assurer des rendements élevés à une clientèle de grandes fortunes. Au passage, ce simple brouillage de pistes permet de blanchir sans grand danger de grosses sommes.

Accueil des valises de cash, facilités d'enregistrement de compagnies, montages financiers complexes : à ces activités typiques d'une place offshore peu regardante s'ajoute bien sûr une fiscalité légère. À Hong Kong, les impôts sont parmi les plus bas du monde, après les pays du Golfe. Les taxes sur les bénéfices sont d'autant plus faibles qu'une kyrielle d'abattements sont prévus. Les plus hauts salaires ne sont imposés qu'à hauteur de 15 %, et seuls les revenus gagnés sur le territoire sont concernés, ce qui encourage « l'optimisation fiscale », le paiement du moins d'impôts possible. Entrepreneurs, hommes d'affaires, financiers, chinois comme étrangers, s'y livrent avec passion. Les plus-values mobilières ou immobilières ainsi que les dividendes ou les bénéfices tirés de gains de change à l'occasion d'opérations de capital ne sont pas imposés. Et il n'y a ni TVA, ni taxes d'importation, ni taxes d'exportation… Bref, Hong Kong est la forme la plus aboutie d'un paradis fiscal au sens étymologique du terme.

Et pour ceux qui trouvent cet arsenal minimaliste encore trop contraignant, il y a encore plus simple, car rien dans la loi territoriale n'oblige une entreprise établie à Hong Kong d'y être enregistrée – sa seule obligation est de payer ses impôts. Aujourd'hui, près de la moitié des entreprises cotées à la Bourse de Hong Kong, y compris des sociétés chinoises, sont en fait enregistrées dans des paradis fiscaux exotiques, de préférence les British Virgin Islands (BVI), les îles Vierges britanniques. À Hong Kong, une telle coquille s'appelle d'ailleurs, tout simplement… une BVI !

Sa création est un jeu d'enfant. Il suffit d'acheter un *company kit*, un nécessaire pour fonder une société. Le produit inclut les statuts, les certifications d'actions et le nom de l'administrateur. Ensuite, il n'y a plus qu'à se rendre dans l'une des innombrables agences des 200 banques de la ville pour ouvrir un compte au nom de cette société, puis y faire virer de l'argent. Le compte est ouvert à Hong Kong, sous le nom d'une BVI. Ni bilan, ni audits, ni contrôle des changes. Une fois l'argent transféré, ni vu ni connu dans le « Port aux mille parfums », le propriétaire peut le dépenser ou l'investir à sa guise. Autre avantage, la BVI en question peut servir à son tour de personne morale pour créer une autre société et ainsi de suite. La personne physique a désormais disparu derrière cette structure indéchiffrable. Bien malin qui, entre secret bancaire et intermédiaires, pourra déceler l'origine et le propriétaire des fonds.

Même si, en théorie, la banque est censée connaître le bénéficiaire ultime de la société, elle ne connaît de facto que son propriétaire juridique, qui est souvent un mandataire, lequel apparaît dans autant de sociétés que son portefeuille d'activités le requiert.

Autre avantage de ce dispositif, les règles de comptabilité sont incroyablement souples. Pour diminuer le profit et payer moins d'impôts, il suffit d'alourdir les dépenses. Frais de coiffeur, de maquillage, vêtements et chaussures sont tout à fait acceptables comme frais professionnels. Et les notes de restaurant peuvent atteindre 10 % du chiffre d'affaires ! Si un auditeur trouve quelque chose de suspect, il suggère simplement un changement. Si le client insiste, les comptes sont simplement « certifiés avec réserve », mais cela n'entraîne aucune sanction.

Une autre caractéristique des comptes à la mode hongkongaise est que l'on peut payer ses administrateurs autant qu'on le veut, aussi souvent qu'on le veut et sans aucune proportion avec le chiffre d'affaires, s'il y en a un… Une société qui fait un bénéfice net de 100 000 euros peut par exemple payer 120 000 euros son administrateur, ce qui, n'étant pas un salaire, ne requiert ni charges sociales ni impôts. Quant à la perte de 20 000 euros, elle peut être reportée ad vitam dans les comptes de l'entreprise.

Ce paysage contribue à faire de Hong Kong le grand gagnant, année après année, des divers indices de mesure de la « liberté économique ». Le paradoxe étant bien sûr que cette « économie la plus libre du monde » est désormais partie intégrante de… la République populaire de Chine. Comment la cohabitation de deux systèmes aussi diamétralement opposés, et néanmoins « unis » selon le principe « un pays, deux systèmes », est-elle possible ? À nouveau, la face obscure de l'économie de Hong Kong est à l'œuvre, comme le montre l'exemple du vin.

Depuis février 2008 et la suppression complète des droits de douane sur le vin dans l'ex-possession de la Couronne britannique, des milliers d'entreprises spécialisées dans l'importation de vin ont vu le jour à Hong Kong ! Car en Chine, le vin reste lourdement taxé. Des entreprises se sont du coup spécialisées dans le franchissement de la frontière avec des « mules » qui passent la douane plusieurs fois par jour entre Hong Kong et Shenzhen, armées de caddies bourrés de bouteilles bien au-delà de la limite légale. Tout se passe en plein jour, dans la rue, aux abords des deux gares frontalières.

La City de Londres, l'ex-puissance tutélaire de cette place offshore, voit en tout cas d'un bon œil ce paradis fiscal qui agit comme l'un de ses rabatteurs de fonds. Bien que les places émergentes d'Asie comme Hong Kong constituent une menace à terme, un représentant de la City of London Corporation, l'organe de gestion de la plus forte densité planétaire de banques, siège au conseil d'administration du futur centre financier de Shanghai. Son leitmotiv est simple : « Si vous ne pouvez pas les battre, rejoignez-les. » Prévenir, prévoir, Sésame, ouvre-toi !

À Hong Kong, de surcroît, les grandes banques européennes, japonaises ou américaines recrutent de jeunes traders locaux surdoués, des *geeks*, qui ont l'avantage d'être à la fois matheux et pas chers. Avec leurs ordinateurs ultrarapides et leurs algorithmes secrets, ils se livrent à des transactions spéculatives qui seraient à la limite de la légalité dans les pays occidentaux, à la frontière du délit d'initiés. Hong Kong est ainsi devenu l'eldorado des fameux traders à haute fréquence. Alliant des nerfs solides et le goût du jeu, ces sprinters à la milliseconde mènent le « combat de vie ou de mort », l'expression populaire cantonaise désignant le pari jusqu'au bout de ses possibilités.

Rien n'illustre davantage cette passion du jeu que Macao, l'ex-colonie portugaise, de l'autre côté de l'embouchure de la rivière des Perles. Moins de 30 $km^2$ de terres immergées et trente-trois casinos ! Le Las Vegas de l'Orient a, depuis 2007, surpassé la capitale américaine du jeu et brasse de nos jours cinq à six fois plus d'argent que son aînée, pourtant dix fois plus étendue en superficie. À croire les chiffres officiels, l'industrie du jeu fournit 70 % des recettes publiques à l'ancienne colonie portugaise, mais la réalité va bien au-delà. Dans le salon des VVIP (*very very important people*) qui attendent le ferry rapide entre Hong Kong et Macao, les valises à roulettes, en métal si possible et dûment cadenassées, semblent être l'accessoire de base. À se demander si elles contiennent toutes les piles de billets de banque que l'on imagine… Se côtoient ici nouveaux riches couverts de marques voyantes et ravissantes jeunes femmes en quête d'un avenir meilleur, tous espérant que Choi-Sun, le dieu de la chance et de la richesse, sera de leur côté.

Une fois arrivé, après une traversée d'une heure de mer boueuse, dans l'univers de néons multicolores et de décors hollywoodiens de Macao, il est facile de perdre le sens du temps ou de l'espace. Déambuler dans les interminables galeries du casino Venetian bâti sur 10 hectares, un tiers plus vaste que le Pentagone, donne une idée effrayante de la popularité des jeux d'argent, interdits en Chine et à Hong Kong (sauf le tiercé) depuis le XIXe siècle. Ce casino à lui seul aligne huit cents tables de jeu, trois mille cinq cents machines à sous et un nombre non officiel de salons privés où l'on joue surtout au baccara.

La mise moyenne des flambeurs venus du continent chinois à Macao est six fois plus élevée qu'à Vegas ! Quand ils ne sont pas en train de jouer au casino, les Chinois dépensent en moyenne deux fois plus que les autres nationalités : les marques de luxe sont donc toutes à l'affût de cette clientèle. Les chiffres d'affaires des grandes enseignes locales de distribution, bien que tenus secrets, sont mirobolants. Les vraies affaires se font dans les chambres d'hôtels par le truchement des *junkets*, ces rabatteurs officiels qui font office d'agents pour les gros clients. Tout peut servir pour être en bons termes avec eux, car c'est par leur intermédiaire que les représentants des grandes maisons du luxe pourront avoir un rendez-vous privé pour vendre qui des montres, qui des bijoux… Ces intermédiaires prêtent également aux joueurs, de sorte que l'identité de ces derniers est souvent préservée. Agissant en toute légalité, les *junkets* font en fait office de banque de l'ombre, entre le casino et le joueur. L'argent est avancé à Macao et le remboursement a lieu en Chine.

Pourquoi la Chine ferme-t-elle les yeux sur ces trafics de blanchiment et de recyclage d'argent sale via les casinos de Macao ? Pourquoi tolère-t-elle ce capitalisme rouge hors la loi ? D'abord, l'argent reste au pays. Ensuite, les montants, même énormes, demeurent modestes à l'aune de la masse monétaire chinoise. Enfin, tout grand pays a besoin de zones extraterritoriales pour mener à bien des opérations financières que la morale publique réprouverait si elles avaient lieu à domicile.

Dans ses deux zones administratives de Hong Kong et de Macao, Pékin a fait sienne la constatation du regretté commandant Cousteau : « Il y a trois flux au monde : la mer, l'air et l'argent. »

# 6

# Spéculation et panier de la ménagère

Le hasard peut prendre l'aspect de la fortune. Une rencontre, en l'occurrence, a bouleversé l'existence de Margarita Bogdanova, une belle Russe diplômée en économie planifiée, installée depuis 1990 à Zurich où elle travaille dans une société d'import-export. L'avion qui l'emmène aux États-Unis pour ses premières vacances en dehors de la vieille Europe doit faire escale à Londres où l'attend la correspondance. Le décalage horaire d'une heure entre le vieux continent et le Royaume-Uni l'inquiète. Elle s'en ouvre à son voisin, un businessman grand et massif aux cheveux courts, une légère barbe. Alors qu'elle s'attend à une Rolex, elle est surprise par la modestie de la Swatch multicolore au poignet. Son interlocuteur est d'un naturel taciturne. Un vrai timide, se dit-elle. Mais à l'évidence, l'homme d'affaires en jeans est très sensible aux charmes de la jolie et élégante inconnue. Quand elle parle, ses mots s'accompagnent d'un sourire contagieux qui désarme. Elle a un regard mutin et le sens de la repartie. Il lui dit qu'il séduit souvent les femmes grâce à son chien et lui montre la photo de son bobtail : « Il aimerait beaucoup faire votre connaissance. » Une belle histoire d'amour commence.

Robert Louis-Dreyfus, milliardaire, fils de bonne famille, toujours habillé sport, membre de la quatrième génération d'une dynastie de négociants en matières premières, vient de rencontrer la (dernière) femme de sa vie. À l'époque, il est chargé du redressement de la célèbre agence Saatchi & Saatchi, le premier groupe de publicité britannique alors au bord de la faillite.

RLD épousera la capiteuse Slave en mai 1992. Ils auront trois garçons, Eric, l'aîné, et les jumeaux Kirill et Maurice. Le mari se consacre au business et au football, ses deux passions. Madame se cantonne au rôle de maîtresse de maison – on y parle anglais, français et allemand – et s'occupe de l'éducation de ses enfants.

À l'exception du rachat de l'Olympique de Marseille qui lui a valu une condamnation à trois ans de prison avec sursis pour abus de biens sociaux, RLD, patron anticonformiste, a fait un parcours sans faute. En 2007, l'héritier rachète aux autres membres du clan familial leurs parts dans l'enseigne Louis Dreyfus Group, l'un des plus grands conglomérats industriels, qui règne sur le négoce international des matières premières agricoles et de l'énergie, l'immobilier, la distribution électrique et les forêts. Ses couleurs bleu azur flottent au-dessus de la planète.

Le 4 juillet 2009, Robert Louis-Dreyfus meurt à l'âge de 63 ans. Un virus a aggravé une leucémie contre laquelle il lutte depuis plusieurs années. Pendant les derniers mois, Margarita, cette « femme forte de l'Évangile » comme disaient nos grand-mères, sera pour le malade la lucarne sur le monde, la mère courage. Elle devient la « reine blanche », comme on appelait les veuves des rois de France.

Se sachant condamné, Robert Louis-Dreyfus avait créé la fondation Akira, holding familiale de droit néerlandais dont les bénéficiaires sont Margarita et leurs trois enfants. Mais la volonté du défunt interdit aux héritiers et à leurs descendants de revendre leurs parts pendant cent ans afin de préserver le groupe. La compagnie est gérée par des compagnons de route de feu le P-DG.

Margarita va montrer qu'elle a une sacrée trempe. En témoigne le limogeage, en avril 2011, de son manager, Jacques Veyrat, dont son mari avait fait son dauphin. La dame de fer, qui, au fond, ne tenait guère à être secondée, s'immisçait de plus en plus dans la gestion au quotidien, ralentissant les décisions stratégiques. Fonceur par tempérament, Veyrat souhaitait une introduction rapide en Bourse ou une fusion avec un concurrent coté pour accroître la force de frappe financière du groupe en stabilisant le capital. Margarita a tergiversé. Surtout, « la Russe » comme l'appelle sans gentillesse la famille de son défunt mari, soupçonnait Jacques Veyrat, selon ses propres termes, « de vouloir voler [s]a famille, [s]on empire ». Celui-ci s'est toujours vivement défendu de ces accusations. En tout cas la tension monte, mais par respect pour les enfants de RLD, Veyrat, qui déteste les conflits, ronge son frein avant d'être « démissionné ».

La « tsarine » aime Zurich où est située sa résidence privée sans luxe ostentatoire. C'était aussi l'endroit préféré de son mari qui adorait le chalet de Davos, l'opéra et l'aéroport international qui lui permettait de suivre les matchs de ses clubs de foot favoris. Le côté besogneux de la Suisse alémanique plaît à cette femme sérieuse, petite-fille d'un ingénieur, un communiste pur et dur de l'ex-URSS. Elle n'aime pas Genève, la nonchalante, et sa haute bourgeoisie protestante locale que Robert Louis-Dreyfus jugeait confite dans ses préjugés. Au français qu'elle a appris avec difficulté, elle préfère l'anglais ou l'allemand, comme tous les immigrés issus de l'ancien bloc socialiste. De plus, bon nombre de ses compatriotes installés sur les rives du lac Léman sont des nouveaux riches incultes qui sentent le soufre. Sans doute, mais elle partage avec eux un raisonnement binaire : les collaborateurs sont soit des esclaves, soit des ennemis.

La vénérable compagnie Louis Dreyfus est basée dans la cité de Calvin. Même si la veuve se fiche comme d'une guigne du riz, du coton, du sucre, des oranges ou du café, le cœur du métier, les matières premières agricoles représentent 80 % du chiffre d'affaires de l'entité fondée en 1851 par Léopold Louis Dreyfus, négociant alsacien en blé.

Cet empire, présent sur tous les continents et dont le fonctionnement incarne le capitalisme opaque, résiste bien à l'esprit du temps, entre moralisation des échanges et régulation des flux financiers. Or, ce qui est paradoxal, c'est que cette puissante société opère sur tout ce qui touche à notre vie quotidienne. Cette multinationale de trente-quatre mille employés est en effet tapie au centre d'une toile d'araignée d'où rayonnent tous les piliers du commerce dans le monde : terres, silos, cuves, ports, usines de transformation, frets maritimes et Bourses. La discrétion est dans les gènes d'une entreprise qui ne publie ni comptes ni résultats ! Ses dirigeants parlent rarement à la presse. La firme, d'ailleurs, n'a pas de service de communication. Le site internet ? C'est le désert !

Mais cette formidable machine à engranger les profits joue un rôle crucial dans le panier de la ménagère[1]. Pour comprendre cette influence déterminante

1. Afin d'éviter toute manipulation des prix de la part des acteurs économiques, la composition exacte du panier de la ménagère est confidentielle. On estime qu'il s'agit d'une centaine de produits et services : alimentation de base (poisson, viande, fruits et légumes, pain, œufs, lait...), surgelés, énergie, carburant, téléphone, etc.

des industriels et des négociants sur les prix, il suffit de suivre le parcours du blé meunier, l'une des principales activités du négoce Louis Dreyfus, jusqu'à sa transformation en baguette par le boulanger. La récolte de blé est stockée par une coopérative qui la vend à Louis Dreyfus à un prix déterminé avant la moisson, en vertu du cours du blé sur l'une des Bourses spécialisées. Le groupe de négoce, qui en est propriétaire, affrète des vraquiers pour le livrer à l'acheteur qui le transforme en farine, ou s'occupe lui-même de l'opération dans ses propres installations. La dernière étape est le boulanger qui fabrique pain, croissants ou gâteaux.

L'une des fonctions principales du trader est d'acheminer les matières physiques, bien réelles et tangibles, entre pays producteurs et consommateurs. L'aspect logistique est primordial. Il doit par exemple affréter des navires, louer des capacités de stockage et acheminer en temps et en heure aux raffineurs et aux distributeurs locaux. C'est une fonction bien différente de celle de courtier, lequel n'est qu'un intermédiaire touchant une commission. Ces enseignes puissantes dont le nom ne dit rien au grand public, les mastodontes historiques ADM, Bunge, Cargill et Dreyfus (les fameux ABCD) auxquels il faut ajouter le chinois Noble, ou encore les singapouriens Olam ou Wilmar, déplacent des cargaisons de produits agricoles dans un Monopoly à l'échelle du globe. Ce club contrôle entre 75 et 90 % du commerce des céréales. Les firmes prennent à charge les risques de l'aventure. Le prix en vaut toutefois la chandelle. Les confortables marges bénéficiaires sont le résultat de l'expertise nécessaire pour réaliser des transactions d'une extrême complexité.

Pour se distinguer d'autres secteurs, le pétrole par exemple, la profession fait bloc et défend sa vertu :

« Nous, on ne spécule pas sur les prix. Pour nous protéger, nous arbitrons nos transactions sur les Bourses attitrées. On ne réalise pas nos profits sur le prix des matières premières, mais sur la logistique et sur notre connaissance des marchés et des cours. Nous facilitons les échanges en apportant la sécurité et la souplesse à l'alimentation mondiale ainsi que la sûreté des approvisionnements. »

Le négociant doit, durant la période d'acheminement des marchandises, entre son achat et sa revente, se protéger d'une baisse éventuelle des cours : car il peut s'écouler plusieurs semaines entre la prise de possession des produits et la livraison de ces derniers sur les marchés de consommation. Pour ce faire, il vend à terme des contrats – on parle de *futures* – sur les marchés organisés de Londres ou de New York.

Le rez-de-chaussée du Minneapolis Grain Exchange, l'une des trois Bourses traditionnelles américaines des céréales, est à l'abandon. Les box beiges des traders sont vides. Les téléphones pendent, désarticulés. La moquette grise est élimée. Les vastes tables en bois massif où étaient évaluées les différentes qualités du *hard red spring*, la Rolls Royce du grain utilisé dans la fabrication du pain, sont recouvertes de poussière. On se croirait dans une salle fantôme. C'est le monde du silence. C'est ici, dans ce lieu qui entretient la tradition et l'imaginaire des plaines du Middle West, que producteurs et acheteurs se rencontraient pour négocier les prix. En le faisant rouler dans la main, ils jaugeaient la pliure du grain qui servait d'étalon de qualité. À l'étage de ce vénérable bâtiment, une poignée de jeunes gens cravatés, le regard absent de ceux qui ne se posent pas de questions, passent quelques ordres.

Dans un coin, les cotations défilent sur le *ticker tape*,

la bande annonce des cours, en lettres rouges, vertes ou jaunes. Toutefois, il ne retrace plus les cours du Minneapolis Grain Exchange mais du Chicago Mercantile Exchange où est négocié ce qu'on appelle le grain de seconde qualité, le *soft red winter*, destiné à la biscuiterie. Mais c'est surtout l'immense corbeille de Chicago, gardée comme Fort Knox, la plus ancienne du pays, qui héberge le royaume des spéculateurs. Chicago a éclipsé Minneapolis, l'esprit mercantile de la *Windy City* et du lac Michigan l'a emporté sur le conservatisme et les valeurs sûres de l'arrière-pays.

L'argent, des flots d'argent… Les produits agricoles ne pouvaient qu'attirer les spéculateurs. Ironie du sort ou folie des hommes ? Après tant de sueur et d'angoisse pour planter et moissonner, les quintaux des céréaliers sont désormais recouverts d'une gangue et renvoyés au royaume de l'ombre dans des entrepôts. Des placements, dit-on, à propos de la folle spéculation des hedge funds, des grandes banques d'affaires ou des investisseurs institutionnels qui s'arrachent le coton, le café, le blé ou le maïs. Aujourd'hui, l'appétit des financiers pour la spéculation sur les denrées est insatiable. Même le financier philanthrope George Soros, qui dénonce la spéculation avec la fureur et la conviction des défroqués, a investi massivement dans un négociant américain, très actif dans les oléagineux, le blé, les engrais et l'éthanol !

Ce métier n'a donc finalement pas échappé à la course aux profits. Ce qui est nouveau, c'est que les fonds spéculatifs ont fini par contrôler une part significative des positions sur les contrats à terme. Ces professionnels entrent et sortent rapidement des marchés agricoles en jouant sur les volumes pour empocher des plus-values, faussant ainsi désormais la loi du marché en amplifiant les mouvements de prix. Ces financiers en viennent à rivaliser avec les négociants en achetant des silos ou en affrétant des vraquiers. Cette boulimie d'investissements fait monter dramatiquement les cours. Car si les volumes de contrats à terme des négociants style Louis Dreyfus sont importants, ces quantités n'ont rien à voir avec les investissements affolants des traders spécialisés.

Dans les pays pauvres où la nourriture représente le gros du budget des ménages, la flambée des cours des denrées (80 % entre 2005 et 2008 !) a provoqué des émeutes violentes contre la vie chère et a augmenté les risques de famine. Dans les pays riches, l'envolée des prix de l'alimentation aggrave les pressions inflationnistes et entrave la reprise économique. Les foyers modestes, dont la nourriture représente un important poste de dépenses, sont les premiers touchés, comme en témoigne la hausse dramatique de l'octroi de cartes d'alimentation aux États-Unis.

Dans une enquête très fouillée publiée en juillet 2010 dans le mensuel *Harper's Magazine*, intitulée « Comment Wall Street a affamé des millions de gens en toute impunité », l'essayiste américain Frederick Kaufman réclamait une action rapide pour arrêter cette bulle qui ressemble à une fusée folle : « Les banquiers ont pris le contrôle de l'alimentation mondiale, l'argent suit l'argent et un milliard d'êtres humains de par le monde ne mangent pas à leur faim. » Depuis, les prix ont continué de monter. Au départ, les contrats financiers étaient des outils, aujourd'hui ces instruments sont devenus des actifs financiers en soi. C'est une hérésie.

D'où vient l'émergence de ce marché qui fait la pluie et le beau temps, le Chicago Mercantile Exchange ? C'est le résultat de la levée, au début des années 90, des contraintes qui existaient sur les positions spéculatives instaurées sur les matières premières agricoles lors de la Grande Dépression des années 30. Au même moment, les principales banques d'affaires créaient des indices boursiers fondés sur l'évolution de dizaines de matières premières agricoles, à l'image du *Goldman Sachs Commodity Index*, le plus connu. Promulgué par l'administration Clinton, le *Commodity Futures Modernisation Act* de décembre 2000 a levé les dernières barrières aux activités des établissements financiers. L'explosion des produits dérivés a multiplié les opportunités. Ces produits sont devenus un des placements refuge, sortant des sentiers battus, permettant de diversifier son portefeuille au-delà du quatuor obligations, actions, devises ou cash. Le blé, le soja, le cacao ou le café protègent également contre l'inflation. La folie spéculative s'est étendue aux produits de grande consommation.

Le problème est que ces opérations des banques d'affaires et des hedge funds s'apparentent davantage au PMU qu'à la vie économique réelle. Par ce biais, l'intervenant participe à la grande odyssée de la mondialisation. Quelle extase ! Armé d'un fouet, coiffé d'un chapeau de brousse, chaque investisseur réveille en lui l'*Indiana Jones*, le héros de cinéma qui traverse les jungles torrides à la recherche d'une pépite mythique, le grain de blé. À l'instar de leur héros au cinéma, les spéculateurs sauvages ne restent pas en place comme jadis d'autres ont embarqué sur la *Pinta*, en route vers l'eldorado et ses moissons, toutes voiles dehors. De surcroît, les taux d'intérêt à un niveau historiquement bas permettent de s'endetter pour financer des transactions gourmandes en capitaux, alors pourquoi se priver ?

Le trading sur les denrées comme sur les matières premières en général est un métier difficile qui demande compréhension du produit et de la dynamique du marché

– qu'est-ce qui fait que quelqu'un vend ou achète ? – pour anticiper ses évolutions. L'environnement féroce encourage l'opacité des transactions. De nombreuses zones d'ombre pénalisent la réputation de ce métier hyperconcurrentiel. Ainsi, le spéculateur sur les denrées peut-il mettre à disposition des majors ou des distributeurs de la marchandise prête à lui être livrée, permettant à ces sociétés cotées de diminuer les stocks figurant au bilan. Ces artifices comptables impressionnent les analystes de la City ou de Wall Street. Les négociants et autres spéculateurs de ce monde utilisent tous les moyens pour réduire leurs impôts. Sans parler des nombreux scandales qui sont venus ternir la réputation d'un univers qui ne respire pas la transparence, c'est le moins que l'on puisse dire. Le viol des sanctions de l'ONU, les détournements du programme « Pétrole contre nourriture » en Irak, le versement de commissions occultes à des politiciens ou le recours aux zones offshore sentant l'argent sale témoignent de ces atteintes à la morale quand ce n'est pas à la loi.

Reste que les marchés agricoles sont plus ouverts, plus transparents que ceux de l'énergie ou des métaux. Les fondamentaux – essentiellement la terre, l'eau et le soleil – sont déterminants. Les produits sont facilement substituables. Si le prix du blé devient trop cher pour un client en alimentation animale, il peut opter pour le maïs. Le café arabica, le meilleur, peut être remplacé par du robusta de moins bonne qualité. Les fabricants de vêtements en coton peuvent avoir recours au polyester, moins coûteux.

Partout dans le monde, le thème des prix de l'alimentation est porteur au niveau politique. C'est pourquoi les États-Unis ont récemment imposé des limites sur les paris des spéculateurs. Mais les marchés des matières premières sont fragiles. Le régulateur doit les manier avec précaution. L'oignon en fournit la preuve. À l'automne 2010, l'Inde a interdit les exportations d'oignons à la suite de pluies diluviennes raréfiant le bulbe qui avaient fait flamber le prix du légume à en pleurer. Cette décision rappelle l'embargo promulgué en 1958 aux États-Unis sur les contrats à terme du légume. Destiné à mettre les producteurs à l'abri d'une chute brutale des prix, l'*Onion Futures Act* est toujours en vigueur. Le maintien de cette interdiction est jugé responsable de l'explosion des cours de l'*Allium cepa*, de son appellation latine.

Pour ses défenseurs, la spéculation est essentielle au bon fonctionnement des marchés agricoles. Elle apporte la liquidité et les capitaux, et milite en faveur de la fixation d'un prix juste. Quant aux cours, ils sont, selon eux, avant tout déterminés par la raréfaction de l'offre (multiplication des intempéries, arbitrage en faveur des biocarburants, urbanisation limitant les terres agricoles…) et par la hausse de la demande due à la démographie galopante et à l'éclosion des pays émergents. La pénurie est structurelle.

Ce qui est vrai, c'est qu'à ce jour, personne n'a pu établir une corrélation entre les marchés des dérivés financiers et la flambée des cours des produits de base. Les spéculateurs ne font pas toujours la loi. Ces intervenants qui surfent sur une tendance se bornent à amplifier les mouvements à court terme. Et si la volatilité des prix a doublé en deux décennies, les cours, eux, ont légèrement baissé en termes réels sur la même période.

Aussi la profession du négoce a-t-elle profondément changé. Une poignée de mégagroupes employant des dizaines de milliers de personnes de par le monde règnent sur le métier, qui tiennent à la fois du grossiste et du joueur de casino. Si la discrétion est toujours dans les gènes des traders, ces entreprises, en majorité privées, s'ouvrent à la Bourse pour lever des capitaux. Une véritable et omniprésente réglementation internationale de ce secteur clé de l'économie mondiale est nécessaire, tout le monde en convient. Ne serait-ce que pour éviter la formation d'oligopoles, ces groupes en position de s'entendre pour « faire le marché ». Aujourd'hui, les mécanismes de régulation des pratiques spéculatives n'existent pas. C'est un problème : le maintien de stocks minimaux, la limitation des positions sont d'ailleurs à l'ordre du jour, aux États-Unis comme au sein de l'Union européenne.

Mais pour être efficace, le contrôle doit être accompagné de profondes réformes de l'offre malgré les difficultés que cette stratégie peut poser à la protection de notre environnement. La levée des barrières au commerce international des denrées, l'augmentation des investissements dans la recherche et l'accroissement des capacités de stockage sont également nécessaires. Certains préconisent le retour à la constitution par les États de stocks mondiaux pour des matières premières agricoles qui seraient désormais aussi stratégiques que le pétrole ou les métaux. Mais pour cela, il faudrait un outil statistique digne de ce nom et une transparence des stocks qui en fait, aujourd'hui, font cruellement défaut.

Limiter la spéculation, même légale, sur les prix afin d'éviter les crises alimentaires procède de la morale : l'alimentation n'est pas un actif financier comme un autre. Les marchés seront-ils capables de s'autoréguler spontanément ? C'est peu probable !

# 7

# L'empire du négoce mondial

Ne recherchez pas le nom de Marc Rich dans le prospectus boursier de 1 636 pages décrivant dans les moindres détails l'histoire et le fonctionnement complexe de l'entrelacs de sociétés qui constituent Glencore. Le plus grand dealer pétrolier de l'histoire, personnage sulfureux et violeur d'embargos devant l'Éternel en fut le père spirituel, mais, à l'instar de ce qui se pratiquait dans l'ex-Union soviétique, son nom n'existe plus. Il a été effacé de la mémoire du numéro un mondial des matières premières, entré à la corbeille de Londres le 24 mai 2011 puis, le lendemain, à celle de Hong Kong.

Rien ne devait perturber le processus transformant ce mystérieux géant privé du négoce international en une société cotée, donc dotée de toutes les apparences de la transparence : publication des résultats trimestriels et des rémunérations, information des investisseurs, des analystes et des médias, et respect des préceptes de la bonne gouvernance. Les financiers, qui ont redécouvert les plaisirs du Monopoly industriel, se frottent les mains après l'une des plus grosses introductions en Bourse de l'histoire financière européenne. Devenus actionnaires à 80 %, les quatre cent quatre-vingts ex-associés de Glencore peuvent désormais encore pomper dans le puits d'argent jusqu'à l'extinction des réserves !

Situé dans la petite bourgade sans âme de Baar, dans le canton de Zoug, à dix minutes en voiture de Zurich, près de Transocean, l'ancien partenaire de BP, le siège de Glencore (Global Energy Commodities Resources) International AG est niché dans des bâtiments blancs anonymes aux bureaux fonctionnels, à l'atmosphère monacale. Les habitants n'ont jamais entendu parler de la plus grosse entreprise helvétique qui emploie cinquante-sept mille employés de par le monde. Glencore n'est suisse que pour des raisons de (basse) imposition. La communication de cette tour de Babel polyglotte située au cœur de la Suisse alémanique se fait d'ailleurs exclusivement en anglais, la langue opérationnelle de l'entreprise.

C'est d'abord dans les secteurs stratégiques choisis par cet empire planétaire que l'on peut évaluer sa formidable richesse. C'est une société hybride. D'un côté, les mines, gisements, ports et entrepôts, dont Glencore est propriétaire, auxquels s'ajoute une kyrielle de participations industrielles dans des entreprises de renom. De l'autre, la société agit comme intermédiaire, acheminant les matières physiques en vrac et affrétant des navires entre pays producteurs et consommateurs. Grâce à ces deux activités, Glencore contrôle 60 % du zinc mondial, 50 % du cuivre, 30 % de l'aluminium, 25 % du charbon, 10 % du grain et 3 % du pétrole. De par sa gamme très étendue de produits et sa force de frappe considérable, la compagnie influence directement le panier de la ménagère.

Un tel viatique demande un patron hors normes. À la tête de Glencore depuis 2002, Ivan Glasenberg se laisse difficilement percer à jour. De quel métal est donc fait ce ressortissant suisse d'origine sud-africaine né en 1957 à Johannesburg, fils d'un fabricant de bagages d'origine balte, discret jusqu'à la caricature, qui dirige sans bruit depuis 2002 l'une des plus belles réussites du commerce international ? Mystère. L'ancien trader en charbon aimerait rester inconnu au bataillon des stars du business. Il a raison. L'argent n'a jamais bonne presse. Or, à l'issue de la mise en Bourse de Glencore, il pèse désormais 10 milliards de dollars de plus.

Glasenberg a personnellement choisi le nom de code de l'opération de l'introduction en Bourse : *Galaxy*, la « galaxie ». Ce choix cosmologique n'a pas été guidé par la mégalomanie galopante d'un « maître de l'univers ». C'est plutôt la satisfaction naïve de l'expert-comptable sorti de Witwatersrand, petite université de Johannesburg, et d'une école de commerce américaine de second rang, ravi d'être devenu le premier négociant du globe. On serait fier à moins.

Mais Ivan Glasenberg ne supporte pas qu'on lui résiste et déteste perdre. L'intensité et la passion qui gouvernent sa vie professionnelle font de lui un homme d'affaires hors normes. Professionnel intraitable et bourru, il pratique un humour en demi-teinte. Marié, père de deux enfants, le boss cultive la couleur muraille. Sa villa sans grand luxe ne possède pas de toiles de maître. Incroyable : le milliardaire n'a ni yacht ni avion privé ! Jusqu'à la mise en Bourse de Glencore, Ivan Glasenberg n'avait jamais donné d'interview. Cette discrétion absolue a permis à cette très grande fortune d'échapper au hit-parade de la richesse suisse : la revue économique *Bilanz*, qui établit ce classement depuis des lustres, ne connaissait même pas son existence ! Le *Financial Times* a appelé Ivan Glasenberg – et ce n'est pas un compliment de la part de la bible britannique de l'économie – « l'une des plus grandes énigmes du monde international des affaires ».

Force et souffle de taureau, ce manager très organisé n'aime pas être retardé. Il travaille comme un malade. « Il faut sacrifier beaucoup de choses au début de sa carrière pour connaître le succès », a-t-il écrit dans le magazine de son ex-business school californienne. La culture américaine de l'effort est poussée à l'extrême. L'insécurité de l'emploi ? Totale. *Kill or die* : « tue ou meurs »… Avec une telle antienne, cet environnement brutal et viril, où tout est permis sauf l'échec, exclut les femmes. Dans une interview fracassante, le nouveau président du conseil d'administration de Glencore, Simon Murray, ancien de la Légion étrangère, s'est permis un commentaire d'une rare misogynie : « Je n'engage pas de bonnes femmes car elles font des enfants. » Alors que le monde change, Glencore ignore encore la promotion de la diversité au sein du groupe et ses responsabilités sociétales, considérées comme une perte de temps.

C'est cependant une organisation très efficace, fondée sur une structure horizontale facilitant les décisions rapides. La tradition du binôme à la tête des départements permet aux managers de se marquer les uns les autres. La pratique du sport à haut niveau fait aussi partie intégrante de la culture d'entreprise. Ivan Glasenberg, qui respire la forme physique et le muscle entretenu, s'astreint à une discipline de fer.

« Je m'appelle Richard », mais c'est à l'évidence un faux prénom en l'honneur de Wagner, le compositeur favori de cet Allemand d'une trentaine d'années qui demande à son interlocuteur de ne pas sortir son bloc-notes sur la table. Si jamais l'un de ses collègues l'apercevait discutant avec un journaliste… Simple prudence ou paranoïa ? Trader en charbon chez Glencore, ce jeune homme à la silhouette mince et nerveuse de sportif bien entraîné, qui court beaucoup et skie impeccablement, incarne jusqu'au bout des ongles ce culte du travail. Il ne part jamais en week-end, travaille le samedi et passe le dimanche au bout du fil. Les vraies vacances, celles où l'on oublie mails et téléphones, n'existent plus depuis des lustres. Sa mission ne se réduit pas seulement à la règle numéro un du courtage : « acheter au plus bas et vendre au plus haut ». C'est un « soldat » dans la terminologie de Glencore, un homme de terrain qui forge des liens à long terme avec fournisseurs et clients, par opposition aux « penseurs » en charge de confectionner les montages financiers.

Qui veut le rencontrer est contraint de prendre l'avion avec lui. « Vous voulez me voir ? Rendez-vous à Bali où je fais une escale de vingt-quatre heures pour décompresser à l'issue d'un déplacement en Australie. » On s'est retrouvé au Quatre Saisons de Semynyak, la station balnéaire chic de l'île indonésienne, pour un breakfast rapidement expédié. Il a mauvaise mine et son visage pâle contraste avec les touristes bronzés et décontractés qui s'agitent devant le buffet. Pas question de se reposer sur la plage ou de passer la nuit à courir les boîtes. Il jette sans cesse un coup d'œil à ses Blackberry. Cet éternel déraciné passe sa vie, au sens propre, partout et nulle part à la fois, de palaces en salons de classe affaires, de salles de réunion en centres de remise en forme.

Mais le jeu en vaut la chandelle. Dans sa conversation, un mot revient constamment : l'argent. Glencore paie bien, les notes de frais couvrent tout, la charge d'impôt est minimale. Mais en échange de ce mini-pactole, il faut être constamment sur les dents pour surveiller sans relâche ses propres collègues afin d'éviter les chausse-trapes. Le sens de la compétition et la culture du résultat sont dans l'ADN de cet être speedé, qui carbure au stress, à la vitesse de ceux qui vivent intensément. Sans être pour autant une tête brûlée. L'activité des négociants en matières premières est le contraire du jeu de hasard. S'il affirme ne jamais se faire de mouron, la peur au ventre l'empêche souvent de dormir. Il faut avoir les nerfs solides car la « boîte » investit dans une multitude de pays périlleux où d'autres ne vont même pas.

Outre sa culture d'excellence et le savoir-faire de ses cadres, Glencore peut se targuer d'un réseau d'influence à l'entregent considérable qui n'a d'égal que ceux des quelques puissances qui règnent sur le capitalisme sauvage moderne (Goldman Sachs, McKinsey, les fonds Carlyle ou KKR, Nestlé...). L'exemple de la dernière spéculation menée souligne les ramifications de cette multinationale. Au début de l'été 2010, Glencore, premier négociant de grain russe, parie sur une hausse du prix du blé. Parallèlement, ses émissaires à Moscou persuadent le Premier ministre Vladimir Poutine d'imposer un embargo sur les exportations pour combattre l'effet désastreux, sur une inflation déjà forte, de la grave sécheresse qui sévit alors en Russie. Résultat : une envolée des cours mondiaux de 15 % en deux jours qui a fait monter le prix du pain partout dans le monde... et les profits de Glencore.

Dans le même registre, de graves soupçons de délit d'initié au détriment de la Politique agricole commune européenne pèsent sur Glencore Grain Amsterdam, sa filiale céréalière néerlandaise. Selon la justice belge, la compagnie aurait payé un membre éminent du département de la PAC à la Commission européenne, à Bruxelles, pour bénéficier d'informations confidentielles, ce qui lui aurait permis de gagner 7 millions d'euros d'aides européennes en 2002-2003. Glencore conteste cependant les faits et l'affaire est en cours. Car dans le négoce, le bon timing et l'information valent de l'or. Glencore, justement, est aussi une vaste agence de renseignements. Ses opérateurs soutirent systématiquement à leurs contacts les indiscrétions qui pourraient servir les collègues d'autres départements, donc à la firme tout entière, et, par ricochet, à la prime de fin d'année de tous. Un fonctionnement très proche de celui de Goldman Sachs.

Qui sont ces hommes de l'ombre et d'influence qui constituent la nébuleuse Glencore ? Au cœur de cette toile d'araignée de solides alliés figure Nat Rothschild, P-DG du fonds d'investissement Vallar, gros investisseur de la société et ami de longue date de Glasenberg. Le fils du célèbre financier Lord Rothschild a présenté le président non exécutif désigné de Glencore, Simon Murray, à Glasenberg. Autre associé de « Nat », Tony Hayward, qui dirigea BP entre 2007 et 2010 avant d'être contraint à la démission après la marée noire dans le golfe du Mexique : il siège au conseil d'administration de Glencore en tant que directeur non exécutif…

Troisième personnage clé, l'oligarque Oleg Deripaska, à la tête du groupe d'aluminium russe Rusal (dont Glencore est un gros actionnaire). Cet industriel à la réputation controversée qui lui vaut d'être persona non grata aux États-Unis est également associé à Nat Rothschild. S'ajoutent deux banquiers cultivant une totale discrétion : Russel Chambers, qui dirige la filiale britannique du Crédit Suisse, principal financier de Glencore, et Leonhard Fischer, fondateur du groupe financier RHJ International basé à Bruxelles. Enfin, pour couronner le tout, le gourou londonien des relations publiques, Roland Rudd, associé fondateur de la firme Finsbury, éminence grise du monde politique de Westminster, représente tout ce beau monde auprès des médias. Sa tâche ? Faire parler le moins possible des activités de Glencore ! Surtout lorsqu'il est question des pays difficiles où « la fraude et la corruption constituent un risque lié à la nature de notre activité », comme l'affirme le prospectus boursier avec un sens prononcé de la litote.

Pourtant, le fracas du commerce des matières premières, un univers secret et fermé où les contacts et les relations sont essentiels, met à mal l'image policée et douce fabriquée par une armée de communicants et de publicitaires. Glencore est le « trou noir » de la jungle capitaliste, comme l'affirme l'ONG tiers-mondiste helvétique Déclaration de Berne : « Agissant dans des pays mal armés pour faire face au rouleau compresseur des multinationales, Glencore est l'une des entreprises potentiellement les plus dangereuses en termes de responsabilité sociale et de développement. » En 2008, Glencore a reçu le Public Eye Award décerné par l'ONG qui stigmatise ses agissements « irresponsables dans les domaines des droits de l'homme et de l'environnement ».

Sud-Africain de souche, Ivan Glasenberg est resté très attaché à son continent natal, aux paysages à l'extraordinaire beauté, aux larges espaces couverts d'herbe et d'arbustes du *veld* imprégnés d'une histoire pleine de sagas, de pionniers et de guerriers. Nulle part ce contraste entre paysages somptueux et violences n'est aussi fort qu'en République démocratique du Congo, un eldorado de ressources minières (or, diamant, cuivre, cobalt, coltan, uranium…) où Glencore s'est solidement implanté.

Fin 2008, l'entreprise rachète Katanga Mining Limited, une société d'extraction cotée à la Bourse de Toronto, alors au bord du dépôt de bilan. Pour mettre la main sur les gisements de cuivre potentiellement les plus riches d'Afrique, le conquérant suisse s'est allié à un baroudeur israélien de sinistre réputation, Dan Gertler.

« Un chef doit toujours être un poète. Il doit parler au nom des dieux, des génies et des esprits des morts. » Dan Gertler, petit-fils du fondateur de l'industrie diamantaire de Tel-Aviv, n'a pas l'ambition poétique du sergent Learoyd, le mercenaire fou de *L'Adieu au roi* de Pierre Schoendoerffer, qui s'était taillé un royaume sur l'île de Bornéo. Cet aventurier au visage banal, sans charisme ni faconde, qui ne boit pas d'alcool, en est même à des années-lumière. Mais il s'est, lui aussi, créé son royaume entre tropiques du Cancer et du Capricorne. Jusqu'à devenir un ami personnel de Joseph Kabila, le président de la RDC, un pays où rien n'est simple.

Pour mettre la main sur les deux mines de métal rouge les plus prometteuses du Katanga, Glencore passe donc par cet intermédiaire obligé. Au Congo, ce personnage métallique, qui appartient à un mouvement religieux juif ultra-orthodoxe, travaille aux frontières du négoce et de la politique. Il permettra au groupe non seulement de racheter la société locale, mais aussi, par la suite, de faire étouffer les accusations de violations des droits de l'homme et de pollution de cours d'eau. Grâce à son implantation suisse, Glencore n'est pas tenu pour responsable des agissements de ses filiales à l'étranger. Voilà une belle organisation.

Le scénario est similaire en Zambie, où cet empire qui tire parti de toutes les zones d'ombre a su profiter de ses excellents rapports avec le gouvernement de Lusaka. Résultat ? Les émissions de dioxyde de soufre dégagées par ses deux usines de transformation du métal rouge représenteraient soixante-douze fois le niveau autorisé. Sa filiale Mopani Copper Mines est la propriété de Glencore via une série de sociétés-écrans basées dans les îles Vierges et les Bermudes, ce qui lui permet de ne réaliser aucun profit en Zambie, donc d'échapper à l'impôt. Voilà un système efficace.

Il en est encore de même au Kazakhstan où sa coentreprise, Kazzinc, premier producteur d'or d'Asie centrale, est étroitement liée au clan du président Noursoultan Nazarbaïev, un despote qui étouffe toute contestation politique et que l'Occident tolère pour des raisons peu glorieuses. Son associé local, l'oligarque Timur Issataïev, est en charge des intérêts industriels du président et de sa famille. En Colombie, où la société entretenait des liens avec les milices d'extrême droite, sa mine de charbon d'El Prado, dans le nord du pays, est située sur des terres extorquées de force aux paysans.

Plus près de chez nous, en 2003, la ministre française de l'Écologie, Roselyne Bachelot, avait qualifié Glencore de « voyou », en tant qu'actionnaire principal de Metaleurop, pour avoir fermé sans crier gare l'usine de retraitement des métaux de Noyelles-Godault sans nettoyer le site le plus pollué d'Europe – plomb et dioxine –, ce qui a coûté à l'État français une petite fortune.

Bien sûr, Glencore nie tout en bloc. Le prospectus boursier ne souffle mot de ces agissements peu avouables. Tout est d'ailleurs merveilleusement flou dans ce document. Le terme « approximativement » apparaît ainsi six cent treize fois, ce qui est étrange pour une compagnie censée produire ou commercialiser des matières premières physiques ! Les très rémunérateurs « accords de commercialisation exclusifs » imposés aux clients fournisseurs et aux associés, qui lui donnent le monopole de la vente de ces ressources à l'international, sont à peine mentionnés. Trompettes ! Ce qui est bon pour Glencore est bon pour tout le monde…

Ce pouvoir fait peur. La célèbre définition appliquée par le journaliste américain Matt Taibbi à Goldman Sachs pourrait aller comme un gant à ce rouage de la mondialisation actuelle, plus influente que les gouvernements : « Une formidable pieuvre vampire enroulée autour de l'humanité… » Enfin, pas tout à fait… Car avec son introduction en Bourse motivée par le besoin de capitaux pour s'étendre davantage, Glencore a peut-être mangé son pain blanc. La crise financière de 2008-2009 a profondément bouleversé le paysage réglementaire. Aux États-Unis par exemple, la législation Dodd-Frank oblige les compagnies pétrolières et minières à divulguer le nom des destinataires des paiements faits aux pays producteurs. L'Union européenne pourrait faire de même. Désormais, Glencore devra rendre des comptes. Le journaliste Daniel Ammann[1], auteur de la seule biographie autorisée de Marc Rich et fin connaisseur du négoce helvétique, estime que la cotation entraîne un énorme choc culturel pour une compagnie qui a toujours préféré l'ombre à la lumière : « La discrétion des groupes privés répond davantage au souhait des clients qu'à la bonne gouvernance exigée par la Bourse. » Entre scandales, soupçons d'irrégularités et circuits offshore, il faudra désormais à Ivan Glasenberg un singulier talent pour préserver sa flamboyante réussite.

1. *The King of Oil : The Secret Lives of Marc Rich*, St. Martins Press, 2009.

# 8

# Des gendarmes immobiles

La main gauche tempère, compte et entraîne, la main droite lance, reprend une accentuation, redresse un tempo. Le compositeur Julian Anderson, chef reconnu du prestigieux London Philharmonic Orchestra, secoue la tête et pousse un profond soupir en expliquant les grandes lignes de son prochain opéra. Son commanditaire, le *Financial Times*, lui a confié une mission apparemment impossible : réaliser une œuvre lyrique sur le thème de la crise financière.

La partition a été divisée en cinq moments clés. En préambule retentit la cloche du New York Stock Exchange, suivie du triomphalisme de 2006-2007 (trompettes). Puis survient le 15 septembre 2008 (orgue), la glaciation subite des marchés, la peur (flûte traversière et trompettes ne jouent plus ensemble). Les gouvernements sauvent les banques, la coordination internationale bat son plein (trompettes). Le pire est passé (trompettes), l'espoir renaît (clairon) mais l'incertitude demeure (clarinettes).

« Le timing, le sens des proportions, l'excès et les flux et reflux se retrouvent dans l'univers de la musique et celui des salles des marchés. Nous avons aussi en commun le don des nombres et des statistiques et l'esprit d'analyse », explique l'artiste. Mélomane, grand adepte de la chanson, Jean-Pierre Jouyet, président de l'Autorité des marchés financiers, le « gendarme » des marchés français, saura apprécier à sa juste mesure cette œuvre qui devrait être jouée en 2013. L'ancien secrétaire d'État aux Affaires européennes du président Sarkozy est arrivé place de la Bourse le 15 décembre 2008, en pleine tourmente financière, pour redonner une visibilité à une institution peu connue du public mais qui, à la faveur de la re-réglementation du secteur, a vu son pouvoir renforcé. Cet inspecteur des Finances, ancien directeur du Trésor qui fut aussi avocat et banquier, est d'une rare lucidité : dans cette crise, les régulateurs portent une lourde part de responsabilité.

Depuis la Grande Dépression des années 30, on n'avait pas connu pareil champ de ruines. À en croire le rapport de la commission d'enquête américaine sur la crise financière, celle-ci « fut le résultat d'actions et d'inactions humaines et non pas de l'intervention de mère nature ou de modèles informatiques ayant perdu la tête. Ce ne fut ni le résultat d'un retournement du cycle économique ni d'un accident ». Le coût total de l'aide aux banques dans le monde a atteint environ 10 % du PNB mondial. Des enseignes légendaires dont le nom était entré dans l'histoire financière ont disparu, ont dû fusionner, ou ne sont plus que l'ombre d'elles-mêmes. Malgré son diagnostic sévère, Jouyet nuance : « J'ai été vice-président du conseil d'administration de l'Institut Pasteur qui n'a pas vu venir le sida, le sras ou d'autres maladies émergentes. Quelque part, on peut faire les mêmes critiques aux scientifiques que celles adressées aux régulateurs. Dans le domaine financier comme sanitaire, il faut parfois gérer l'imprévu, ce qui est d'autant plus difficile à maîtriser avec la mondialisation. Tous les régulateurs n'ont pas failli. Les superviseurs d'Europe continentale, y compris en France, avaient vu un certain nombre de choses et avaient mis en garde contre l'endettement trop élevé des ménages américains, l'effet de levier ou la titrisation mal contrôlée. De plus, en France, la crise a été correctement gérée. Ce qui peut expliquer aussi le défaut de clairvoyance, c'est le compartimentage des régulateurs qui se parlaient peu. La coordination était inexistante. » Issue de la fusion de la Commission des opérations de Bourse (Cob) et du Conseil des marchés financiers, l'AMF, un régulateur autrefois accusé d'être en collusion avec l'establishment financier, jusqu'à son arrivée, a mis du temps à identifier les dérives du capitalisme débridé. Il aura fallu attendre février 2011 pour que ses procédures soient enfin « musclées » avec l'imposition d'amendes plus élevées et la publicité des actions.

Comment expliquer la cécité des organismes de surveillance, aux États-Unis comme en Europe, face aux abus des banques ? Les principaux organismes de contrôle – Securities and Exchange Commission (SEC) aux États-Unis, Financial Services Authority (FSA) au Royaume-Uni, Autorité des marchés financiers en France (AMF), ou les Banques centrales – n'y ont vu que du feu. Mal équipés face à l'énorme enjeu planétaire, les gendarmes de la Bourse ont en partie échoué dans leur mission de surveillance.

Ces superviseurs ignoraient (presque) tout, notamment du fonctionnement du marché immobilier, cette bulle qui a éclaté dès 2007. Alimenté par la politique d'argent bon marché des Banques centrales, par les liens étroits entre banquiers, hommes politiques et promoteurs, le boom de cette activité hautement spéculative établie sur le recours à l'endettement, soumise aux aléas conjoncturels et, surtout, totalement opaque, a permis alors aux financiers de gonfler leurs chiffres d'affaires – et leurs bonus –, quitte à y perdre leur âme.

L'obsession du volume et du renforcement du bilan avec des actifs solides va conduire des établissements financiers cupides à soutenir les yeux fermés des entrepreneurs de la construction en faisant totalement abstraction des risques : comptabilité obscure et déficiente, corruption endémique, dépassement systématique des devis, évaluation impossible des avoirs. Les mêmes vont prêter, aussi, aux ménages modestes à qui l'on fourgue des emprunts à gogo, les fameux *No doc loans*, les prêts sans justificatifs. Le grand Keynes avait pourtant prévenu : « Si tu dois 1 000 livres à ton banquier, tu en es l'esclave, si tu lui dois un million, tu en es le maître. »

Le profil des régulateurs avant la crise explique également ces carences. On imagine mal combien les bureaux de la Securities and Exchange Commission, installés sur Judiciary Square, au centre de Washington, peuvent paraître vieillots, comme si rien ou presque n'avait été refait depuis le New Deal de Roosevelt, dans les années 30. Immeuble minable, couloirs blafards, odeur de renfermé, tapis élimés… Pour être « flic » dans le sanctuaire du capitalisme américain, il faut avoir la vocation. Même aux échelons les plus élevés, le salaire est une vraie misère comparé à celui des banquiers qu'il faut pourchasser. Les meilleurs éléments ? Ils finissent rapidement dans le privé.

Ceux qui restent ne sont souvent pas motivés ou pas à la hauteur de la tâche, en particulier dans les échelons intermédiaires d'inspecteur ou de contrôleur de risques. Et surtout, la plupart de ces régulateurs ignorent comment marche une banque, le rôle des systèmes informatiques ou du contrôle des risques. Cela fait beaucoup ! Leur philosophie ? Elle était jusqu'à la crise fondée sur une série de règles prudentielles élémentaires à respecter, du style : « Si vous avez un problème, appelez-nous. » Les inspections des comptes étaient rares et superficielles, faute de moyens. La tradition et l'inertie de la fonction publique des deux côtés de l'Atlantique privilégiaient les promotions internes. Les budgets étaient faméliques.

L'action des régulateurs était également pénalisée par les limites de leurs mandats de surveillance, traditionnellement centrés sur les sociétés cotées en Bourse et la protection des petits porteurs. Les règles étaient claires, mais ce n'était pas le cas pour les investisseurs sophistiqués, les banques d'investissement ou les hedge funds, soumis, eux, au *caveat emptor* (« acheteurs : attention »). Ce qui, en droit anglo-saxon, attribue la responsabilité au client acheteur, pas au vendeur. Même en Europe, où les clients sont mieux protégés, ce bouclier a été court-circuité par des contrats libellés en anglais transitant par Londres. En 2010, la justice italienne a accusé de fraude plusieurs banques italiennes et étrangères pour avoir vendu une trentaine de milliards d'euros de produits dérivés à des municipalités et à des organisations religieuses de la péninsule, qui y ont laissé leur chemise. En particulier l'Ordre des capucins, près de Gênes...

Après les années noires 2008-2009, le mouvement de balancier a changé de sens pour tenter de ramener les délinquants potentiels sur le droit chemin. Dans la plupart des pays touchés par l'ouragan des subprimes, de longues auditions parlementaires se sont efforcées de comprendre les dérives des marchés. « Plus jamais ça ! » ont promis en chœur les dirigeants du G20, déterminés à durcir la réglementation du secteur bancaire pour épargner au contribuable de devoir venir une nouvelle fois en aide à des établissements financiers victimes de leurs propres excès. Les dirigeants des banques devaient désormais bien se tenir. La commission d'enquête américaine avait conclu, en janvier 2011, que le naufrage causé par l'irresponsabilité des marchés et l'absence de régulation était « évitable ». Aux États-Unis comme en Europe, les politiques, désormais, n'ont plus que ce mot à la bouche : ré-gu-la-tion ! Même *The Economist*, un hebdomadaire pourtant réputé pour sa défense du libéralisme, écrit sans états d'âme : « La raison pour laquelle les banques sont supervisées et les coiffeurs ne le sont pas est qu'un salon mal géré qui met la clé sous le paillasson ne menace pas les autres commerces. En revanche, la faillite d'une banque crée un chaos indescriptible[1]. »

Le G20 a introduit une nouvelle architecture de la gouvernance mondiale. Aux États-Unis, adoptée à l'été 2010, la législation Dodd-Frank, du nom de ses deux principaux architectes, le sénateur Christopher Dodd et le représentant Barney Frank, vise à prévenir le risque systémique, à neutraliser les établissements *too big to fail* (« trop gros pour faire faillite »), à rendre transparent le mystérieux marché des produits dérivés, à protéger le consommateur contre les crédits prédateurs. Avec en prime, si l'on peut dire, l'interdiction des opérations de spéculation sur comptes propres, la fameuse règle Volcker. Par ailleurs, les régulateurs engagent d'anciens banquiers pour faire appliquer la réglementation. À l'instar du chef enquêteur de la SEC, Robert Khuzami, qui avait participé au développement de produits financiers complexes lorsqu'il travaillait à la Deutsche Bank ! Il est vrai qu'on peut aussi penser que les anciens braconniers font les meilleurs gardes-chasse !

Pour sa part, l'Union européenne a créé trois autorités dans le cadre du nouveau Système européen de surveillance financière sans empiéter sur les prérogatives des régulateurs nationaux. Mais la façon dont ces trois

1. *The Economist*, 19 mars 2011.

institutions, chargées respectivement des marchés financiers, de la banque, des assurances et des pensions professionnelles, vont fonctionner reste encore assez floue. Au Royaume-Uni, les prérogatives de la FSA, sur la sellette depuis la quasi-faillite, en 2007, de la caisse hypothécaire Northern Rock et l'effondrement de la Lloyds puis de la Royal Bank of Scotland, partiellement nationalisées, doivent être transférées d'ici à 2012 à la Banque d'Angleterre. L'institut d'émission sera chargé de surveiller les risques systémiques des établissements de la City et le respect des règles prudentielles par ses traders. Une autorité de protection des consommateurs doit également être créée. La commission indépendante sur la réforme de la place financière londonienne propose d'isoler les activités de marché de celles, traditionnelles, de dépôt, sans toutefois remettre en question le modèle de « banque universelle » attrape-tout offrant toute la gamme des services financiers.

Enfin, l'accord international dit de « Bâle III », de septembre 2010, oblige les établissements financiers du monde entier à mettre davantage de fonds propres en réserve pour faire face à leurs engagements. Il s'agit là de l'une des principales mesures concrètes mises en œuvre depuis le début de la crise.

Comme on le voit, on ne plaisante plus, en apparence en tout cas. Le krach de 1907 avait débouché aux États-Unis sur la création de la Réserve fédérale. La Grande Dépression des années 30 avait mené au *Glass Steagall Act* séparant les banques d'affaires et de dépôts et créant la SEC, l'autorité de tutelle de Wall Street. Et la débâcle financière de 2008-2009 ? À l'échelle du G20 comme de l'Union européenne, législations et propositions couvrent toute la palette des « points noirs » de la finance : la régulation des marchés dérivés, notamment de matières premières, le contrôle des agences de notation et des hedge funds, l'encadrement de la rémunération des opérateurs de marché, la réglementation et l'interdiction des ventes à découvert, le renforcement de la surveillance du secteur financier, la lutte contre les paradis fiscaux et les risques systémiques, la refonte du Fonds monétaire international et l'amélioration de la transparence sur la totalité des marchés.

L'affaire serait entendue : les banques sont désormais aussi étroitement contrôlées que les industries présentant un risque systémique, les télécoms, ou l'industrie nucléaire.

Ce nouveau rideau de régulation est toutefois trompeur.

Première critique : les autorités se sont attaquées aux symptômes du mal, les bonus par exemple, plutôt qu'aux causes profondes des dysfonctionnements du système. Or le problème fondamental est la trop grande taille des banques, qui agissent en oligopoles très profitables, mais préjudiciables à la libre concurrence, au service à la clientèle, à l'innovation technologique. Par exemple, une poignée de banques menées par Deutsche Bank, Citigroup et Barclays Capital contrôlent totalement le marché des changes, le Forex (le Foreign exchange market), empêchant, par leur bilan gigantesque, l'arrivée de nouveaux entrants. La stabilité financière ne peut venir que de la diversité et du pluralisme. Les mastodontes bancaires issus de la tempête de 2008 continuent à constituer un risque systémique intrinsèque pour une autre raison : leurs outils informatiques, autrement plus performants que ceux des régulateurs.

Deuxième critique : l'extrême complexité des nouvelles réglementations – au moins les avocats jubilent ! – rend leur application délicate (et incertaine). « Le management doit désormais se demander sans cesse quels sont les risques réglementaires qui peuvent détruire la compagnie. Le secteur bancaire doit anticiper, car la preuve du respect des règles est passée du régulateur au business », insiste David Craig, président de Compliance Complete, un service d'information quotidien de Thomson Reuters qui suit trois cent vingt régulateurs de par le monde.

S'ajoute la mauvaise coordination entre autorités. Ainsi, tout au sommet, le G20 n'est qu'une structure de chefs d'État et de gouvernements représentant pays occidentaux et économies émergentes ; ceux-ci se réunissent une à deux fois par an, ce qui est peu pour suivre l'application des décisions prises ! Dans le cadre du G20, la Chine, le Japon ou l'Inde sont assez discrets sur les questions de réglementation qui ne les intéressent pas du tout. Si les États-Unis et l'Europe continentale sont en pointe, la marge de manœuvre de leurs autorités de supervision est limitée par les politiques d'austérité, le système politique (le fédéralisme par exemple), ou la priorité donnée par l'institut d'émission à la création d'emplois et à la lutte contre l'inflation, plus qu'à la régulation financière.

Il est difficile de résister au formidable rouleau compresseur du lobby bancaire. Un homme porte ses couleurs. Ses petits yeux malicieux éclairent un visage sanguin comme on en trouve parmi les portraits de juges en robe couleur ocre du XVIIe siècle exposés au Guildhall Museum, le musée de la City. Stuart Fraser apparaît comme un homme d'action, avec des mains fortes et un débit tranchant, ferme. À la fois porte-parole et ministre des affaires étrangères de la première place financière européenne voire mondiale, le directeur de la City of London Corporation, l'organe de gestion de la plus forte densité planétaire de banques dans un espace aussi limité, affectionne pourtant le côté « grand méchant mou ». « Ma mission est d'adoucir les aspects les plus extrêmes de la réglementation, déclare ce redoutable libéral. Un régulateur ne peut pas gérer un secteur mondialisé : or nous vivons à l'heure de la globalisation. » Ce violoneux joue, sous le balcon de la Banque d'Angleterre voisine, la ballade du gentil financier, avec fifres, tambourins et trémolos : « Il n'existe pas d'organismes similaires au nôtre ailleurs. C'est pourquoi nous agissons directement avec les régulateurs étrangers. »

Enfin, dans toutes les salles des marchés, affirment aujourd'hui les défenseurs de la régulation, les *compliance officers* (déontologues), chargés de la traque des transactions tordues et du respect des règles de bonne conduite financière, sont désormais omniprésents. Plus question, comme avant la crise, de placardiser ces empêcheurs de spéculer en rond, paraît-il, bref ces « emmerdeurs », ou d'exiger d'eux qu'ils se bornent à cocher des cases sur des formulaires officiels. Avec les auditeurs et les contrôleurs des risques, les *compliance officers* constituent aujourd'hui le bras armé de la régulation à l'intérieur même des firmes. Leur rôle serait d'autant plus important que l'esprit des nouvelles législations oblige désormais les firmes à démontrer leur bonne foi en cas de violation des règles.

Cependant, dans la réalité, malgré leurs nouveaux pouvoirs, les gendarmes internes restent encore souvent désarmés contre le délit d'initié. Dans les banques, la « muraille de Chine » – une série de dispositions devant garantir l'étanchéité entre les différents départements – est une ligne jaune théoriquement infranchissable : en aucun cas les dossiers négociés d'un côté de la muraille ne doivent être portés à la connaissance des professionnels situés de l'autre. C'est ainsi le cas des opérations de fusions-acquisitions et d'offres publiques d'achat qui sont totalement séparées de l'émission ou de la vente des titres. Or, d'après une étude américaine publiée en avril 2011 par le *Journal of Accounting Research*, les passe-muraille sévissent sans peine et sans risque.

Les analystes sont censés ne se servir que d'informations disponibles au grand jour, pas de tuyaux privés ou provenant des activités sur comptes propres de leur employeur. Mais bien des analystes actions transgressent allégrement cette règle en profitant de données privilégiées venant des banquiers chargés des prêts aux entreprises. L'image est forcée, mais en matière de renseignements, malgré les contrôles en place, les conglomérats bancaires sont à la fois l'œil et la serre, le tout à la limite de la légalité. Dans ces vastes agences de renseignements, le partage de l'information est une vertu exigée. À l'instar des espions chers à John Le Carré, les banquiers sont à l'affût des secrets d'affaires qui pourront alimenter leurs collègues, la firme tout entière et par ricochet… leur prime de fin d'année. Au pub, devant la machine à café ou à la cafétéria, les langues se délient. C'est aussi simple que cela.

Face à de tels manquements, comme l'indique Jean-Pierre Jouyet : « Je crois qu'on a fait des progrès sur la prévention des risques systémiques institutionnels. Mais les nouvelles contraintes qui pèsent sur les banques pourraient avoir un effet d'éviction de la finance régulée vers une finance "parabancaire", plus atomisée, moins bien identifiée, mais dont les acteurs exercent une activité quasi bancaire en recourant à l'effet de levier et à la transformation de maturité, de crédit, ou de liquidité. » Il semble donc désormais impératif de contrôler les acteurs de cette économie de l'ombre. Hors la loi ? Souvent. Et, en tout cas, jouant non sans talent avec les lignes jaunes, déontologues ou pas. Avant 2008, hedge funds et spéculateurs – souvent hébergés dans les grandes maisons – ont contribué à l'expansion de la bulle et leurs énormes pertes se sont répercutées dans tous les bilans des grandes places boursières. Et il pourrait en être de même demain. Aux yeux du prix Nobel d'économie, Paul Krugman, « la règle est simple : si une entité exerce le même métier qu'une banque et doit être sauvée comme une banque en période de crise, alors il faut la réglementer comme une banque. Il est donc urgent d'étendre l'encadrement des prêts des grandes institutions officielles à ces structures spéculatives officieuses ». Faute de quoi, une partie des dépôts en quête de rendements plus élevés et de détaxations pourrait se transférer dans l'univers de la « finance de l'ombre ».

Faut-il désormais, comme l'affirme Christine Lagarde, cesser « de dénoncer futilement les banquiers pour leur rôle dans la crise, mais plutôt s'assurer que les banques reviennent à leur cœur de métier qui est de financer la croissance » ? L'indémodable est devenu à la mode. Après la gueule de bois, les banques ont pris conscience de l'importance des dépôts des clients, actifs stables, pas ou peu rémunérés, mais dont la rentabilité est garantie, comparée au yoyo des bénéfices des activités de marché. Les institutions de crédit jouent, en effet, un rôle fondamental dans le financement de l'économie, en particulier des PME. Essentielles au maintien du tissu social, à la création d'emplois, à l'essor de la recherche, ces dernières, à l'inverse des grands groupes, ne pratiquent pas l'optimisation fiscale visant à payer moins d'impôts et ne peuvent pas délocaliser.

La gent financière redevenue raisonnable, ayant retrouvé la prudence un peu ennuyeuse des temps anciens ? On en est encore loin.

# 9

# Quand la gauche dérégule

« Le comité pour sauver la planète. » Le titre de l'édition du 15 février 1999 du *Time Magazine* s'étale en gros caractères au-dessous des photos de trois hommes à la mise triste et au visage austère. Qui sont-ils, ces preux chevaliers, ces « trois mousquetaires du marché » qui, selon la légende de la couverture, « ont empêché une débâcle économique mondiale » ? Tout simplement, Alan Greenspan, le président de la Réserve fédérale des États-Unis (Fed), Robert Rubin, le ministre des Finances, et Larry Summers, son adjoint et successeur désigné. Cet honneur du premier hebdomadaire d'information américain est justifié. Le trio a réglé une grave faillite qui menaçait d'emporter Wall Street. Ces faux pères tranquilles ont aussi géré les crises russes, asiatiques et latino-américaines. Ils ont calmé les Bourses après le mini-krach boursier de 1997. Avec ces trois « profs » aux commandes de la machine économique, les boursiers de Wall Street peuvent dormir sur leurs deux oreilles, concluait *Time Magazine*.

C'est indéniablement le paradoxe : l'administration Clinton que, pour simplifier, l'on pourrait cataloguer à gauche dans le sens américain du terme, a été à l'avant-garde du mouvement de dérégulation des marchés aux

États-Unis. Et ce libéralisme débridé est en grande partie responsable de la crise financière de 2008.

Si l'administration républicaine de Ronald Reagan, entre 1980 et 1988, a combiné réductions d'impôts et monétarisme pur et dur, c'est le démocrate Bill Clinton qui, entre 1992 et 2001, a accéléré le mouvement de libéralisation déjà lancé. Il en a été de même avec Gordon Brown au Royaume-Uni, Romano Prodi en Italie, Gerhard Schröder en Allemagne et Pierre Bérégovoy en France.

La droite définit le cadre idéologique du libéralisme, mais c'est souvent la gauche au pouvoir qui l'applique. L'économie de l'ombre est en partie le produit de ce « complexe libéral » de la social-démocratie des années 80-90.

La dérégulation à tout-va de Wall Street à l'ordre du jour du deuxième mandat Clinton est l'œuvre de ce trio, étroitement lié aux milieux financiers. Considéré comme le principal responsable de l'étonnante phase de prospérité que connaît l'Amérique depuis 1991 et qu'il a su entretenir en maniant les taux d'intérêt avec habileté, Alan Greenspan est un croisé de la libre entreprise. Son message ? Ce système rend tout le monde plus riche, pourvu que l'État ne l'étouffe pas. Une antienne partagée par Robert Rubin, ancien coprésident de Goldman Sachs qui a dirigé l'ensemble des opérations de trading de la banque, avant d'être nommé ministre des Finances en 1995. Le troisième homme, sous-secrétaire au Trésor, Larry Summers, est un universitaire ouvertement favorable à l'abolition de l'impôt sur les gains en capital et sur les grandes sociétés. À Washington, il sert un président modéré à l'éloquence magique, proche de la centrale syndicale AFL-CIO et des minorités ethniques, qui plus est élu contre la volonté du lobby du pétrole.

Le rouleau compresseur des trois Cavaliers de l'Apocalypse renverse tout sur son passage : le projet de réglementation des produits dérivés, le *Glass Steagall Act* et la lutte contre les paradis fiscaux.

En 1998, un séisme se produit : la faillite d'un fonds spéculatif américain, LTCM. L'intervention in extremis de la Réserve fédérale de New York et d'un consortium de banques pour éviter une réaction en chaîne mettant en difficulté l'ensemble des établissements financiers qui lui avaient fait crédit soulève des interrogations sur l'absence de législation digne de ce nom sur les produits dérivés.

Brooksley Born, la nouvelle présidente de la Commodity Futures Trading Commission, l'organisme fédéral de surveillance des marchés à terme, propose de prendre en charge la supervision de ces instruments financiers extrêmement dangereux. Droit au but, sabre au clair, cette avocate réputée est une infatigable combattante. Rubin et Summers vont délibérément saboter cette initiative en persuadant le président Clinton d'exempter les dérivés de toute supervision. Alan Greenspan, qui a siégé au conseil d'administration de JP Morgan, l'une des grandes usines à produits dérivés, avant de prendre les commandes de la Fed, sort de sa réserve pour soutenir l'administration démocrate. Dégoûtée, Brooksley Born rend son tablier peu après. « Cette bonne femme était impossible », lâche Larry Summers dont la misogynie l'obligera par la suite à quitter la présidence de l'université d'Harvard.

Le refus de Greenspan, Rubin et Summers de réguler les dérivés a indéniablement joué un rôle clé dans la crise des subprimes, en particulier en permettant aux banques, caisses hypothécaires et compagnies d'assurances d'accumuler des centaines de milliards de ces crédits immobiliers à risques.

Un an auparavant, le 12 novembre 1999, Bill Clinton a aboli le *Glass Steagall Act* de 1933 séparant les métiers de banque de dépôts et d'investissement. Certes, largement tombée en désuétude à l'heure de la consolidation du secteur financier, cette législation était tout de même le dernier rempart à la création de ces empires *too big to fail* (« trop gros pour faire faillite »). Surtout, l'abrogation de l'*Act* devait permettre la fusion constitutive de Citigroup qui devait être dirigé par… Robert Rubin. « Aujourd'hui, le Congrès a voté pour remplacer des règles antédiluviennes en faveur d'un régime digne du XXIe siècle », proclame alors Summers. Au passage, le Trésor se fait l'ardent gardien des paradis fiscaux en faisant protéger l'identité des détenteurs étrangers de fonds déposés dans les banques américaines. À commencer par Goldman Sachs, Citigroup et JP Morgan.

Au début de son deuxième mandat, Bill Clinton tente de donner un nouveau souffle à sa mission politique : l'accession des ménages les plus modestes à la propriété. Le grand rêve américain est l'un des thèmes chers à ce président proche des Noirs, des Latinos et des cols bleus. Il entend se servir des bras armés de la réassurance publique que sont Fannie Mae et Freddie Mac. La Maison Blanche fait nommer James Johnson à la tête de Fannie. Ce démocrate de gauche est un charmeur sans scrupule capable de vendre des lunettes à un aveugle. Le grand commis est déterminé à élargir la sphère d'influence de cet organisme privé bénéficiant formellement d'une garantie publique. Avec le gonflement illimité de la bulle immobilière, cette société comme sa sœur jumelle acquièrent une grande influence politique au Congrès qui permettra de dissimuler leurs malversations pendant des lustres.

Mais le chemin, pour en arriver là, a été long. C'est dans un cénacle inconnu que tout a commencé.

En 1947 se crée la société du Mont-Pèlerin sous la houlette d'un banquier du Crédit Suisse. Son objectif : démanteler le modèle de l'État-providence mis en place par les gouvernements dans l'immédiat après-guerre, par Truman, Attlee, De Gasperi ou Adenauer. Friedrich Hayek et Milton Friedman sont les fers de lance intellectuels de cette contre-révolution libérale. Mais la période ne se prête guère au libéralisme. À cette époque, le keynésianisme, les nationalisations, le cordon ombilical entre les grandes entreprises et l'État, le dialogue social font la loi. Les flux de capitaux sont contrôlés, les taux d'imposition élevés amputent les gros patrimoines, les inégalités sociales se réduisent. Le monde du travail et le patronat collaborent étroitement. Wall Street est alors marginalisée par rapport à l'industrie, grande gagnante du New Deal et de la Seconde Guerre mondiale. La City est également mise sur la touche par les travaillistes du genre social-démocrate et les conservateurs du style paternaliste à l'ancienne qui se succèdent au Royaume-Uni.

Au début des années 80, l'arrivée au pouvoir concomitante de Thatcher et de Reagan va tout changer. Baisse des impôts, levée du contrôle des changes, privatisations, lutte contre la puissance syndicale et déréglementation financière – le fameux big bang de la Bourse de Londres de 1986 – sont à l'ordre du jour des deux côtés de l'Atlantique. Alors, la droite se fait discrète. C'est la gauche qui va déréglementer à tous crins : Robert Rubin aux États-Unis, Gordon Brown au

Royaume-Uni, Pierre Bérégovoy en France, Romano Prodi en Italie. Les raisons ? Par peur d'être mis en cause pour incompétence, les sociaux-démocrates se sentent obligés de rassurer les milieux financiers en les autorisant à agir à leur guise. Les nouveaux convertis sont souvent les plus intégristes.

Au Royaume-Uni, dans la foulée du raz de marée électoral du New Labour en mai 1997, le ministre des Finances Gordon Brown retire à la Banque d'Angleterre la supervision bancaire, confiée à un nouvel organisme, la Financial Services Authority, adepte d'une réglementation légère dite « light touch ». En France, entre 1986 et 1988, Edouard Balladur sonne les trompettes libérales mais sur le mode mezza voce. La constitution de « noyaux durs » des privatisées, la multiplication des participations croisées et les obstacles aux prises de participation des investisseurs étrangers dans le capital des firmes françaises attestent son attachement au corporatisme d'État. Mais le grand réformateur sera le socialiste Pierre Bérégovoy, aux Finances entre 1984 et 1986, puis entre 1988 et 1992. Issu d'un milieu ouvrier, contraint d'aller très tôt en usine, Bérégovoy, en bon père la rigueur, n'affiche pas de doute métaphysique. Le carcan du crédit est desserré, le contrôle des changes pour les entreprises et celui des prix est totalement supprimé, la Bourse est modernisée, le monopole des agents de change progressivement supprimé et la distribution des stock-options est encouragée.

En Italie, les deux gouvernements de centre-gauche de Romano Prodi (1996-1998 et 2006-2008) ouvrent le secteur bancaire à la concurrence étrangère et assouplissent les règles de fonctionnement des marchés. À la tête d'une coalition social-démocrate-Verts entre 1998 et 2005, Gerhard Schröder favorise la consolidation du secteur bancaire privé, le bouleversement de la supervision financière et encourage les restructurations avec de sévères compressions d'effectifs à la clé, et malgré l'hostilité du public, des syndicats et de ses alliés écolos.

La gauche, c'est désormais l'efficacité. La bonne gestion ! La « compétitivité » ! Son rapport avec l'argent bascule : hier répulsion, aujourd'hui fascination. Une attraction d'autant plus dangereuse qu'on n'en a pas l'habitude. Comme le dit une vieille plaisanterie, si elle ne prend pas garde, la gauche est comme les radis, elle est rouge à l'extérieur, blanche à l'intérieur et toujours près de l'assiette au beurre… Sous Mitterrand, comme Clinton, Prodi ou Blair, une symbiose malsaine entre la vie politique et celle des affaires se développe, avec ce sens de l'impunité en vertu duquel toutes les compromissions sont permises.

Une série de vilaines affaires viennent ternir l'image morale de la gauche au pouvoir. C'est Pierre Bérégovoy qui fraie avec un trafiquant d'armes, Samir Traboulsi, et bénéficie de libéralités financières accordées par de riches amis. Soupçonné de corruption, déprimé, l'ancien Premier ministre se suicide le 1er mai 1993. Au Royaume-Uni, Peter Mandelson doit à deux reprises quitter le gouvernement en raison de ses liens sulfureux avec des industriels. Romano Prodi, deux fois président du Conseil italien, est éclaboussé par le scandale de la fusion conclue en 1994 entre l'allemand Siemens et l'italien STET. Cette transaction aurait été facilitée par des versements de pots-de-vin. Or c'est Goldman Sachs, dont Prodi a été le conseiller entre 1990 et 1993, qui aide la partie italienne. Dans des conditions mystérieuses, le dossier est enterré par la justice de la péninsule. À cette époque, Prodi est président du Conseil. À la fin de sa carrière politique, en 2005, Gerhard Schröder est engagé par la société russe Gazprom pour présider le conseil de surveillance de North-European Gas Pipeline, consortium russo-allemand chargé de la construction et de l'exploitation du gazoduc. Or Schröder, en sa qualité de chancelier, avait approuvé le tracé de la structure construite au fond de la mer Baltique. Depuis 2009, Gerhard Schröder est membre du directoire du groupe pétrolier russo-britannique TNK-BP dont les actionnaires russes sont des proches du Premier ministre, Vladimir Poutine.

Enfin, ultime scandale de sa présidence, la veille de son départ de la Maison Blanche, le 20 janvier 2001, Bill Clinton amnistie à la surprise générale le fugitif hors la loi Marc Rich, dont la tête était mise à prix par le FBI. Le milliardaire a acheté sa grâce par le truchement de généreux fonds alloués au parti démocrate par son ex-épouse, Denise.

Délits d'initiés, manipulations de cours, violation des règles d'OPA, vente frauduleuse de crédits hypothécaires : entre 2000 et 2008, face à cette montée des violations de la loi, les gendarmes des marchés occidentaux aboient mais ne mordent pas. La Securities and Exchange Commission, le FSA, la Commission des opérations de bourse (Cob) ne brillent ni par leur courage ni par leur savoir-faire. Leurs fonctionnaires, mal payés, dépourvus d'expérience du terrain, manquent de moyens financiers et d'autorité. Un signe ne trompe pas : les meilleurs éléments, à peine sortis de l'ENA, d'Harvard ou de la London School of Economics, se précipitent vers la finance. En favorisant l'éclosion du secteur financier, les gouvernements encouragent ce tropisme au détriment de l'industrie.

La droite au pouvoir n'a pas agi différemment, au

contraire. Pour ses détracteurs, c'est dans sa nature. Aux États-Unis, les républicains défendent aujourd'hui bec et ongles que les causes de la crise de 2008 ne sont pas imputables aux marchés financiers mais à l'État américain ! Que George Bush ait dérégulé autant qu'il a pu n'est pas une surprise. Alors qu'il était soutenu par l'industrie pétrolière et de grands groupes, en particulier Enron, Dick Cheney, son vice-président, et Donald Rumsfeld, son ministre de la Défense, qui étaient, eux, étroitement liés au complexe militaro-industriel. Si Fannie Mae et Freddie Mac ont accumulé des pertes abyssales, c'est parce qu'elles n'étaient quasiment pas contrôlées. Si les comptes avaient été maquillés pour permettre à leurs dirigeants de s'octroyer des bonus gigantesques, c'est parce que personne ne supervisait ces deux compagnies passées expertes dans le financement des campagnes électorales. Par ailleurs, la Maison Blanche de Bush a accepté d'assimiler les revenus des managers de fonds d'investissement à ceux du capital-risque, de sorte que leur taxation est abaissée de 15 % quand l'impôt moyen sur le revenu se situe aux États-Unis à 35 %. Comme l'avait déclaré la reine de l'hôtellerie new-yorkaise, Leona Helmsley, embastillée en 1992 pour avoir volé le fisc dans des proportions rarement vues aux États-Unis : « Seules les petites gens paient des impôts. » Rien de bien nouveau : l'évasion fiscale se porte bien et les riches sont de plus en plus riches. La sous-imposition des grandes sociétés comme des grosses fortunes a ainsi joué un rôle dans la crise financière de l'automne 2008.

Reste un fait indéniable : après la crise financière, en Europe, c'est la droite qui resserre la vis de la réglementation. Angela Merkel, Nicolas Sarkozy et David Cameron sont partis en guerre contre l'économie de l'ombre, les rémunérations excessives des banquiers, la spéculation, l'évasion fiscale. Aux États-Unis, le mouvement est inverse. En se recentrant politiquement, Barack Obama s'est certes rapproché de Wall Street, mais il reste très circonspect.

Que sont devenus les trois protagonistes de la couverture du *Time* ?

En juillet 1999, Robert Rubin devient administrateur de Citigroup. Obsédé du chiffre d'affaires, il encourage ses traders à faire du chiffre, gonflant au passage ses propres primes de fin d'année. La structure hétéroclite et dispersée du conglomérat permet de cacher aux contrôleurs de risques l'ampleur des positions de Citigroup en matière de dérivés de crédit.

L'impressionnant carnet d'adresses de Rubin calme les inquiétudes des régulateurs devant une organisation opaque au sein de laquelle abondent conflits d'intérêts et lacunes des systèmes de supervision. Henry Paulson, nommé secrétaire au Trésor en 2006, un ancien P-DG de Goldman Sachs, est très proche de Rubin. L'axe Citigroup-Paulson est robuste. À la barre d'un paquebot aux structures alourdies, Rubin ne voit pas l'iceberg. Le groupe bancaire est renfloué dans l'urgence par Washington à l'automne 2008. Rubin doit démissionner le 9 janvier 2009. En huit ans, Rubin, déjà milliardaire grâce à son statut d'ancien associé de Goldman Sachs, a perçu de Citigroup des émoluments de 126 millions de dollars.

Robert Rubin est fidèle en amitié. Son successeur aux Finances, Larry Summers, qui a besoin d'argent après son éviction en 2006 de l'université d'Harvard, est engagé comme lobbyiste de… Citigroup. Malgré les scandales auxquels il est lié, les dérives, les conflits d'intérêts en tant que conseiller de hedge funds et une morgue insupportable, Obama, sur les conseils du même

Rubin, désigne ce personnage controversé à la tête du conseil national économique de la Maison Blanche. Au côté d'un autre défenseur du lobby bancaire, le secrétaire au Trésor Timothy Geithner, l'un de ses protégés quand il était grand argentier, Summers résiste à toute tentative de réforme bancaire digne de ce nom, en particulier la limitation des opérations spéculatives sur comptes propres. Mis sur la touche par le président, il démissionne le 21 septembre 2010.

Quant à Alan Greenspan, il a passé la main en 2006 à Ben Bernanke, après dix-neuf ans à la tête de la Fed. Aux louanges ont succédé les critiques acerbes d'une politique de laisser-faire à l'origine du tsunami financier. L'ancien banquier central s'est refusé à tout mea culpa : « J'ai été félicité pour des choses que je n'ai pas faites et je suis critiqué aujourd'hui pour des choses que je n'ai pas faites. » Et il récidive. Dans une tribune du *Financial Times*[1], l'ex-gourou libéral tire à boulets rouges sur la loi de réglementation financière dite Dodd-Frank[2] qu'il définit comme une « création ne pouvant que déstabiliser les marchés et une menace potentielle pour le niveau de vie des Américains ». Alors même que la crise est là !

Le prédécesseur de Greenspan à la tête de la Fed, Paul Volcker, 83 ans, s'est révélé plus perspicace. Le maestro est l'architecte de la *Volcker Rule* qui interdit désormais aux banques d'affaires de spéculer à l'aide de leurs fonds propres. C'est lui qui a inspiré la loi Dodd-Frank.

Est-ce le début d'un mouvement de fond ou un épiphénomène ?

1. *Financial Times*, 30 mars 2011.
2. Du nom du sénateur Christopher Dodd et du représentant Barney Frank qui l'ont inspirée.

Deuxième partie

# UN NOUVEAU KRACH EST-IL POSSIBLE ?

# 10

# Allez, venez, Milords !

Le premier est le symbole de tous les travers du pouvoir à Londres entre 1997 et 2010, de l'arrogance et du cynisme de la gauche caviar. Il est aussi doté d'une formidable expérience internationale comme commissaire européen au commerce et fut détenteur de plusieurs maroquins régaliens. Le second est l'illustration par excellence des pires dérives du thatchérisme pur et dur, de l'euroscepticisme virulent et de l'hostilité ouverte aux immigrants. Plusieurs fois ministre au plus haut niveau, il peut également se prévaloir d'une intelligence vive et d'une connaissance sans égal des rouages du pouvoir.

Les deux intéressés, Peter Mandelson et Michael Howard, ont été recrutés en janvier 2011. Par qui ? La City bien sûr. Ils sont devenus conseillers en stratégie, respectivement de la banque d'affaires franco-américaine Lazard et de la firme britannique de capital-investissement Hawkpoint Partners. Une brillante reconversion qui récompense de bons et loyaux services.

Ils ont de surcroît été anoblis : Lord Mandelson et Lord Howard rejoignent la grande armée d'anciens chefs de gouvernement (ou de ministres) de Sa Très Gracieuse Majesté transférés avec armes et bagages dans la haute finance. Tony Blair, l'homme qui a reconstruit la gauche anglaise – le parti travailliste, le fameux New Labour –, conseille le temple de la haute finance américaine, JP Morgan, l'un des rivaux de Lazard, tout en présidant sa société de conseil (Tony Blair Associates). Son prédécesseur conservateur (tory), John Major, a été recruté par Carlyle, redoutable fonds d'investissement américain lié au complexe militaro-industriel de Washington, et son successeur, Gordon Brown, conseille le Forum économique de Davos. Les milieux d'affaires ont également jeté leur dévolu sur d'anciens chefs de gouvernements européens. Le pantouflage de Giuliano Amato (Deutsche Bank), Romano Prodi (Goldman Sachs), Gerhard Schröder (Gazprom), José Maria Aznar (News Corporation) ou Jean-Luc Dehaene (Dexia) en témoigne. L'ex-Premier ministre canadien Brian Mulroney conseille JP Morgan – décidément incontournable depuis le krach –, tandis que son ancien collègue australien, Paul Keating, assiste Lazard. Dans cette prestigieuse galerie de portraits, les poids lourds de la vie politique française sont étrangement absents.

À première vue, cet engouement de la finance internationale pour recruter d'anciens politiciens surprend. Ces nominations posent en effet un sérieux problème de conflits d'intérêts. Peter Mandelson, numéro deux du gouvernement travailliste en 2009, a combattu férocement l'OPA victorieuse du groupe agroalimentaire américain Kraft sur le chocolatier anglais Cadbury en 2010. Or Lazard était la principale banque-conseil du prédateur d'outre-Atlantique. En tant que chef du parti conservateur entre 2003 et 2005, Michael Howard avait été un eurosceptique de choc. Sa mission chez Hawkpoint consiste justement à soutenir son expansion sur le vieux continent. Les financiers ont décidément la mémoire courte.

De plus, les compétences indispensables pour bien gouverner ne sont pas celles que l'on demande à un magicien des fusions-acquisitions ou à un gestionnaire de patrimoine.

Ce décalage persistant entre ces deux univers explique sans doute le peu de succès rencontré en politique par les raiders, les pirates du capitalisme comme Ross Perot ou Donald Trump. Le secret de la réussite de ces self-made-men : des idées simples, quelques principes en béton, et une poigne de fer, bref des traits de caractère peu adaptés aux règles du jeu politique.

Il y a enfin les effluves des scandales passés, ceux qui ont été pris la main dans le pot de confiture. Blair-Aznar et l'Irak, Mandelson et les « affaires », Howard et la vulgate nationaliste, Mulroney et Airbus, Schröder et Poutine, pour ne citer que quelques dérapages retentissants…

Qu'importe ! Peu soucieuses de sauver les apparences, les places financières, telles des filles du port, déploient leurs plus beaux atours pour attirer à tout prix les hommes de pouvoir. C'est en Suisse que cette connivence est portée à l'extrême. L'Association suisse des banquiers influence directement le programme du parti libéral-radical (droite), à l'échelon cantonal comme fédéral. Les milieux financiers les plus libéraux soutiennent le populiste Christoph Blocher.

Pourquoi cette attraction fatale ? En vérité, les banques adorent épingler sur leurs rapports annuels la liste des personnalités dotées de titres ronflants. C'est pourquoi, forts de leurs bonnes manières, de leur patine inimitable et de leur art de prononcer les diphtongues, les deux derniers directeurs de cabinet de la reine,

Lord Fellowes et Lord Janvrin, ont été engagés respectivement par Barclays et HSBC après leur départ de Buckingham Palace. Allez, venez, Milords !

Placé au cœur des circuits économiques parallèles, le « capitalisme de relations » ou le « capitalisme d'accès » a sa géographie, ses réseaux d'influence, ses méthodes. Sédimenté depuis des lustres, ce maillage serré, à la fois souterrain et public, a ses entremetteurs et ses fidèles. Ces conseillers à forte présence médiatique, recrutés avec grand soin et à prix d'or, connaissent les coulisses des ministères comme des organisations internationales. Les anciens chefs de gouvernement, les ministres à l'entregent considérable ont facilement l'oreille des décideurs qu'ils peuvent appeler directement dans les moments de crise. Ou pour aider leur employeur à remporter un contrat ! La mondialisation des affaires réclame des informations que ces missi dominici au carnet d'adresses imposant peuvent facilement obtenir et faire circuler.

Par ailleurs, ces ouvreurs de portes ne sont pas maladroits pour obtenir des mandats à l'étranger, par exemple de privatisations ou d'introductions en Bourse. Dans leur pays d'origine, ils ne peuvent démarcher ouvertement les autorités pour essayer d'obtenir des faveurs, car leur départ du pouvoir s'est généralement mal passé et les petits griefs sont devenus grands. En revanche, sur le terrain international, il ne leur manque plus qu'un vitrail et une auréole.

Surtout, ces hommes qui maîtrisent les règles, souvent cachées, du pouvoir, ont su aider le lobby bancaire à faire dérailler tous les projets jugés préjudiciables aux intérêts de la profession qu'ils servent désormais. Au sein de l'Union européenne, cette puissance occulte a réussi à faire capoter toute législation digne de ce nom sur les hedge funds, sur les limites de la spéculation sur les matières premières, ou la lutte contre l'évasion fiscale.

C'est dans ce contexte que s'est produit un événement qui devait changer l'équilibre des forces : l'élection d'un nouveau président américain. Le 21 juillet 2010, le président Obama signe le *Wall Street Reform and Consumer Act*, la loi sur les services financiers. C'est, apparemment, le plus grand bouleversement dans le fonctionnement du secteur financier américain depuis le New Deal de Roosevelt qui suivit la Grande Dépression.

Mais le nouveau venu n'est pas tout à fait un inconnu pour les milieux d'affaires : pendant la campagne électorale, le candidat démocrate avait en effet reçu un peu d'argent de Wall Street : 39 millions de dollars exactement (dont un million de dollars de Goldman Sachs). Même au Capitole, les deux artisans de la réforme, le sénateur Christopher Dodd et le représentant Barney Frank, ont également bénéficié de la générosité des seigneurs de la finance ! Or l'omnipotent lobby financier américain est non seulement actif au niveau fédéral mais aussi à l'échelle des États, via les chambres de commerce locales, notamment en matière d'octroi de crédits hypothécaires. À cette force de frappe s'ajoute le poids du cercle magique constitué d'anciens banquiers passés avec armes et bagages au plus haut niveau de la fonction publique. Ces « transferts », comme on dit en football, sont l'un des fondements de l'histoire du capitalisme aux États-Unis. Après tout, le premier secrétaire au Trésor, Andrew Hamilton, fondateur des marchés financiers de la jeune République, présidait la Bank of New York.

Sous l'administration Bush, entre 2000 et 2008,

Goldman Sachs, le numéro un des métiers financiers, avait tissé un réseau unique au sein des cercles du pouvoir. Une toile d'araignée unissait le gratin de la haute banque d'affaires new-yorkaise à l'establishment de la capitale fédérale. Nul ne symbolisait davantage cette « Goldman Connection » que le secrétaire au Trésor, c'est-à-dire le ministre des Finances, entre 2006 et 2008, Henry Paulson, dit « Hank », ancien directeur général de cette légendaire institution. « Hank le Marteau » – son surnom – s'était d'ailleurs entouré, au Trésor, d'anciens collaborateurs de la banque.

Le sauvetage d'AIG, dont Goldman était le principal créditeur, illustrait jusqu'à la caricature les relations incestueuses entre la haute banque et l'administration Bush. Le plan de sauvetage avait ainsi principalement bénéficié à l'ancien employeur de Paulson. Ce dernier n'avait pas jugé bon d'exiger de présence de l'État au conseil d'administration des banques récipiendaires de son aide, de droit de vote ou de contrôle sur l'octroi de dividendes. Mais « Hank » Paulson a fait mieux : il a su persuader le « sage » du Nebraska, son « ami de trente ans », le milliardaire Warren Buffett, de sortir son ex-employeur du pétrin en investissant pas moins de… 5 milliards de dollars ! Au même moment, Paulson et sa légion d'ex-goldmaniens qui l'ont suivi au Trésor achevaient Lehman Brothers. La faillite de l'ennemi juré de Goldman Sachs est orchestrée avec la complicité des grands patrons de Wall Street tous présents lors de la réunion fatidique des 13 et 14 septembre 2008 à la Fed de New York.

Au départ, lors de son entrée en fonction, le 20 janvier 2009, le 44ᵉ président des États-Unis avait pourtant donné des gages. Barack Obama avait insisté sur l'importance de Wall Street pour sauver l'Amérique de la débâcle économique. Et il avait recruté ses collaborateurs dans le vivier de la haute finance et chez les anciens de la présidence Clinton.

Le cordon ombilical entre Wall Street et Washington est donc apparemment plus solide que jamais. Par touches successives, les relations vont pourtant se dégrader entre l'administration démocrate et une poignée de banquiers qui jouent avec le feu. En quelques mois, leur morgue reprend le dessus. Massivement renflouées, les grandes maisons renouent avec des bénéfices mirobolants. Main Street – littéralement la « Grand-Rue », c'est-à-dire le peuple – se sent, avec raison, floué. Le président est donc ulcéré devant ces banquiers ingrats, sauvés grâce à l'aide de l'État. Loin d'« aider » la Maison Blanche à mettre au point la régulation qui assainira les pratiques financières, Wall Street mobilise au contraire en sous-main tout ce qu'il compte de lobbyistes ; ils sont plus de trois mille enregistrés officiellement auprès du Congrès, pour torpiller toute initiative présidentielle contraire à ses intérêts.

En fait, Obama a hésité. D'un côté il faisait voter la loi Dodd-Frank, abhorrée des banquiers. De l'autre il nommait, fin 2010, Bill Daley, un ex-dirigeant de JP Morgan, au poste de secrétaire général de la Maison Blanche. Un ancien banquier placé à un poste clé. *America Inc is back.*

Ce n'est pas lui qui va s'attaquer au pouvoir de Wall Street. Un fantasme ce pouvoir ? Pas vraiment. Une association tout à fait comme les autres symbolise cette puissance cachée. Comparé à cet aréopage, le Metropolitan Club, longtemps réservé aux hommes d'affaires protestants et blancs, fait plouc. Ce club, le plus fermé de New York, ne compte que neuf membres qui se réunissent le troisième mercredi de chaque mois dans un lieu secret de Manhattan. Dans un salon privé, autour d'une table siègent les émissaires d'un cartel tout-puissant, tyrannique, redoutable et redouté. Il s'agit du cercle étroit des banques[1] qui détiennent le contrôle absolu sur le plus opaque mais aussi le plus rémunérateur des marchés financiers américains : les produits dérivés.

Les dérivés (*options, futures, swaps*) ont connu un formidable développement depuis les années 90. Ces instruments financiers sophistiqués, qui ont été au cœur de la crise des subprimes, permettent de se protéger contre les fluctuations de prix. Mais le risque est gros. Les « Big Nine », qui regroupent les grands noms du business spéculatif, fixent les commissions et le fonctionnement de ce marché dont ils connaissent le moindre recoin. Rien ne filtre à l'extérieur.

Un gentleman patient et de bonne réputation peut espérer entrer un jour au Jockey Club. Tel n'est pas le cas du « Syndicat » qui impose pourtant ses conditions aux autres banques et hedge funds de la place. « C'est comme un agent immobilier chargé de vendre une maison. Le vendeur connaît seulement la somme qu'il reçoit et l'acheteur le montant qu'il doit régler. Au lieu d'un pourcentage, l'intermédiaire empoche la différence sans révéler le montant de la transaction aux deux parties. Et en plus, il est le seul à avoir accès aux prix en vigueur dans le voisinage », souligne le *New York Times* qui, après s'être cassé les dents sur ce lieu de pouvoir, occulte pendant longtemps, en a révélé l'existence.

1. D'après le *New York Times* du 11 décembre 2010, il s'agit de : Bank of America, Barclays Capital, Citigroup, Crédit Suisse, Deutsche Bank, Goldman Sachs, JP Morgan, Morgan Stanley, UBS.

La surveillance de ces produits est prévue par la réforme d'Obama. Il était temps. Dans un souci de transparence, la législation américaine exige que ces produits financiers à hauts risques transitent désormais par une chambre de compensation. Des représentants de la confrérie des « Neuf » siègent au conseil d'administration de ces entités permettant à des banques ou à des institutions financières de régler les montants dus et de recevoir les actifs correspondant aux transactions qu'elles ont effectuées sur les marchés. Les « Neuf » ont aussi rédigé le mode opératoire en matière de contrôle des risques de ces chambres de compensation. Juge et partie comme il sied à des acteurs de l'économie de l'ombre…

Tout cela est-il bien convenable quand la haute finance, dans la foulée de la crise, doit être ces temps-ci comme la femme de César, au-dessus de tout soupçon ? Les exigences de transparence des rémunérations et le souci d'éviter les conflits d'intérêts ont réduit l'impact de ce « réseau » d'influence par les temps qui courent. L'irruption de nouveaux acteurs, comme les ONG, les associations de petits porteurs ou les journalistes financiers, fera peut-être, un jour lointain, contrepoids à l'énorme pouvoir d'influence des géants de la finance au sein des institutions européennes.

Désormais, à New York comme à Londres en passant par Singapour, d'autres réseaux de pouvoir tout aussi occultes se développent pour tenter d'influencer les gouvernements.

La tendance ? Elle consiste à engager d'anciens membres de cabinet ayant régné sur des secteurs très réglementés (l'énergie, la grande distribution, la défense, les médias…). Des firmes de relations publiques recrutent parfois d'anciens journalistes financiers !

Certaines grandes entreprises préfèrent agir indirectement en soutenant financièrement de nobles actions. Au Royaume-Uni, Mittal Steel et EDF Energy sponsorisent les Jeux olympiques de 2012, tandis que les hedge funds s'adonnent à la philanthropie, en particulier au profit des bonnes œuvres du prince Charles ou des enfants atteints du sida en Afrique. Le financement des centres de réflexion où l'on se penche sur l'évolution de la société, idées relayées efficacement par les médias, est également à l'ordre du jour. Des firmes commanditent des études dans un domaine lié à leur secteur d'activité.

Le capitalisme de l'ombre est en pleine mutation. Un vrai big bang digne de celui de la haute finance hier ? Voici qu'un doute nous saisit avec la question subsidiaire : cet activisme est-il une si bonne chose pour l'image déjà brouillée de l'univers financier ?

# 11

# Les incapables sont de retour !

Diplômé de Polytechnique et de l'École des mines, Jean-Pierre Mustier est inconnu du grand public. Il entre comme trader au siège parisien de la SocGen en 1987, avant d'être affecté à New York, Londres, Tokyo puis Hong Kong. Ce bourreau de travail timide, peu loquace, devient le Grand Timonier des dérivés actions, une spécialité maison qui permet à la Générale de jouer dans la cour des grands des produits financiers sophistiqués. Costume strict, cheveux courts, il ressemble à un officier parachutiste en civil, raide comme un poteau. Cet homme au sang-froid légendaire n'a pas peur de prendre des risques… quitte à ne pas se montrer trop regardant sur la manière dont le profit est réalisé. Le banquier d'affaires surdoué est en cela le pur produit de la révolution culturelle réussie de la Générale, très orientée vers les marchés financiers.

Jean-Pierre Mustier gagne entre 10 et 15 millions d'euros par an, comme il sied au responsable d'une « pompe à fric » – pour parler familièrement – à la croissance spectaculaire. Les murs de son hôtel particulier, dans le XVI$^{e}$ arrondissement parisien, sont ornés de Soulages et de Poliakoff, mais il ne fait aucun autre usage hédoniste de sa fortune. Il se lève à l'aube, ne joue ni au poker ni au polo, ne possède ni yachts ni club de foot. Mustier ne joue pas au banquier, il l'est.

Dans toute entreprise, celui qui contrôle les profits détient le vrai pouvoir. Or, avec seulement dix mille salariés (sur les cent soixante mille de la Société Générale), sa section « banque d'affaires et marchés » pèse plus de 40 % des bénéfices et le plus gros des bonus. Fils d'un médecin et d'une pharmacienne du Puy-de-Dôme, Mustier est donc très naturellement considéré comme le dauphin naturel du P-DG, Daniel Bouton. La voie royale lui est promise. Plus dure sera la chute…

Car le 20 janvier 2008, le dauphin découvre un trou, un très gros trou : 4,9 milliards d'euros. Le coupable ? Un trader novice, Jérôme Kerviel, un débutant. Quand Mustier le confronte au désastre, Kerviel biaise, tergiverse, ment. Mais à l'inverse de Daniel Bouton, Mustier ne craque pas et parvient à « déboucler », autrement dit à débarrasser la banque de 50 milliards d'euros de positions prises par Kerviel, alors que les conditions du marché sont mauvaises. Du grand art, qui permet de sauver la banque au bord du gouffre.

Quatre jours plus tard, la banque crée la stupeur en rendant public le scandale, et décrète une augmentation d'urgence du capital de 5,5 milliards d'euros pour rétablir sa solidité financière. Le 17 avril, le directeur financier, Frédéric Oudéa, qui a pourtant signé les documents d'appels de marge[1], est brusquement promu directeur général. Cette nomination signifie que les jours de Mustier à la tour de La Défense sont comptés. Le 4 juillet, la Commission bancaire inflige une amende à la SocGen de 4 millions d'euros en

1. Il s'agit de la partie des sommes engagées qui doit être versée en cash.

raison des graves lacunes des contrôles internes dans l'affaire Kerviel.

Dans son plaidoyer pro domo, *La semaine où Jérôme Kerviel a failli faire sauter le système mondial*, Hugues Le Bret, l'ancien directeur de la communication, fait le portrait-robot du trader et involontairement de sa banque : « Un gamin-inconsistance-soif de reconnaissance-cupidité-environnement de travail glouton égale… une catastrophe. » Une description qui définit l'atmosphère électrique et détestable des salles des marchés dirigées par Mustier et ses hommes liges. Soupçonné de délit d'initié (dont il sera blanchi) par l'Autorité des marchés financiers (AMF), le joueur rend son tablier le 6 août 2009, quatre mois après le P-DG Daniel Bouton. Il va s'exiler à Londres, où il a de nombreux amis dans le milieu de la finance, pour entamer une nouvelle existence. À South Kensington, le quartier « frenchie » de la capitale britannique, l'ex-banquier d'affaires aide le lycée français à lever des fonds et fait de la microfinance philanthropique. Mais, dans le genre contrit, on fait mieux…

Car Mustier ne voit pas en quoi il a failli à l'honneur ou à la morale : sept échelons hiérarchiques le séparaient de Kerviel, à qui il n'avait, jusqu'au scandale, jamais adressé la parole ! Derrière son flegme, on peut aisément deviner ses pensées. Les dirigeants sont aujourd'hui jugés responsables des agissements de leurs collaborateurs, alors qu'il est humainement impossible de tout contrôler. À la recherche de boucs émissaires, la société n'admet pas que les hommes au pouvoir puissent se tromper, que les accidents arrivent. La crise est la faute du système, des régulateurs, des Banques centrales, des actionnaires voire des ménages, bref des turpitudes des « autres ». Ce banquier d'affaires a une lecture particulière de la déontologie, et renoncer à son métier serait un aveu de faiblesse, ou de culpabilité. Non, rien de rien, non, je ne regrette rien… le voici donc poussé, le cri primal des « grands enfants » immatures qui règnent sur les marchés, incapables de reconnaître la moindre défaillance.

Le plus drôle, si l'on ose dire, c'est que Jean-Pierre Mustier est marqué par un profond sentiment… d'injustice. Meurtri par les accusations, il veut sa revanche. C'est pourquoi, disent ses amis, il a accepté l'offre d'Unicredit de créer une banque d'investissement digne de ce nom au sein de l'établissement italien. Mustier connaît bien ce groupe, très présent en Europe de l'Est, mais qui doit digérer sa frénésie d'acquisitions. Au nom de son tropisme transalpin, lors de la crise Kerviel, il avait d'ailleurs milité, en vain, pour une fusion entre la Société Générale et Unicredit. Ancien associé de Goldman Sachs et actuellement président de Paris Orléans, la holding qui contrôle le Groupe Rothschild, Sylvain Hefes, qui connaît bien Mustier, exclut toute motivation financière : « L'argent a une dimension secondaire. Au début de la carrière, ça compte en tant que tel. Par la suite, le bonus n'est pas vu sous l'angle de l'enrichissement personnel mais comme l'étalon de la reconnaissance professionnelle dans l'entreprise comme chez la concurrence. Le facteur argent est très lié au milieu professionnel dans lequel vous travaillez, en l'occurrence la banque. »

Entre camouflage des créances pourries et optimisme de commande sur l'état de leur solvabilité, le capitalisme bancaire a clairement fauté. D'où le krach de 2008 qui se fait toujours sentir. Et les banquiers ? Comme si de rien n'était, ils sont déjà de retour « après avoir pillé grossièrement le système, en toute connaissance de cause », comme le remarque Jim Chanos, un manager de hedge funds peu suspect d'anticapitalisme primaire. La liste des « revenants » est longue, très longue, à lire quotidiennement les pages de la presse financière. Ainsi, l'éminent banquier américain Bill Winters vient de s'associer avec deux locomotives de la vie des affaires, le raider britannique Lord Rothschild et l'industriel sud-africain du luxe, Johann Rupert, pour créer un fonds d'investissement. Bill Winters avait été l'un des animateurs de l'équipe de la banque JP Morgan qui, en 1994-1997, avait inventé les fameux CDS, les *credit default swaps*, produits financiers toxiques qui ont déclenché la crise de 2008.

Autre exemple : celui d'Alan Schwartz, dernier patron de Bear Stearns, la banque d'affaires américaine plombée par les crédits immobiliers vérolés, dont les difficultés en 2007 annonçaient la tempête à venir. Après sa démission forcée, le banquier new-yorkais a pris la tête d'un hedge fund, Guggenheim Partners. Ce fonds a créé au printemps 2011 un département de trading utilisant ses capitaux propres, une activité hautement spéculative. Certes, par sa taille, Guggenheim ne pose pas de risque systémique, mais cette activité est interdite aux banques, c'est dire si elle est risquée…

Citons encore le cas du Turco-Britannique Osman Semerci qui, d'après un livre récent[1], a coulé Merrill Lynch en cachant à ses supérieurs l'énormité des positions en crédits immobiliers à risques subprimes. Tyrannique envers ses subordonnés, ce coupeur de têtes rebelles, adepte des risques générateurs de bonus extravagants, avait su gagner les faveurs du P-DG de

1. Bethany McLean et Joe Nocera, *All the Devils Are Here*, *op. cit.*

Merrill Lynch, Stan O'Neil, en flattant son ego et sa mégalomanie. En toute impunité, Osman Semerci dirige aujourd'hui un hedge fund à Londres.

Parmi les étonnants survivants de la crise bancaire figure Charles Prince qui a dirigé la banque américaine Citigroup entre 2003 et fin 2007. Il fut limogé à cause de ses engagements colossaux dans des opérations hasardeuses et dans les produits hypothécaires : l'État américain a même dû intervenir deux fois de suite pour maintenir à flot ce qui était alors le plus gros supermarché financier au monde. La pénitence de cette personnalité flamboyante, qui avait justifié ses actes en proclamant, fine allusion au *Titanic*, « tant qu'il y a de la musique, il faut danser » ? Une nomination dans un prestigieux bureau de conseil en management basé à Washington ! Il en est de même de Mark Walsh, responsable des investissements dans l'immobilier qui ont contribué à la chute de Lehman Brothers : il a retrouvé du travail dans une société new-yorkaise d'investissement dans le bâtiment.

Le cas le plus scandaleux reste toutefois celui d'Antigone Loudiadis, la banquière de Goldman Sachs qui aida la Grèce à maquiller ses comptes pour lui permettre d'entrer dans l'euro. Ce forfait lui a valu d'être promue à la tête de la compagnie d'assurances maison de Goldman !

Quelle que soit la façon de voir les choses, convenons-en : la tête nous tourne. La débâcle financière a vu des millions de ménages perdre logement, emploi, retraite. En quinze mois, la crise du crédit a détruit 15 000 milliards de dollars d'actifs. Or, à quelques exceptions près, on retrouve aujourd'hui les mêmes patrons à la tête des grandes institutions financières. Plus grave : aucun dirigeant de banque n'a été appréhendé, jugé et condamné à la prison, même dans les cas de fraude avérée sur les crédits hypothécaires. Malgré l'accumulation de preuves contre eux, Dick Fuld, le patron de Lehman Brothers, Joe Cassano, le chef de la division produits financiers de l'assureur AIG, ou Angelo Mozillo, le directeur général de Countrywide, la plus grosse caisse hypothécaire américaine, disparue corps et biens, n'ont pas fait l'objet de poursuites pénales. Accusés de fraude, les responsables de deux hedge funds de Bear Stearns ont été acquittés en 2009. Pour mettre un terme aux poursuites du régulateur dans l'affaire Abacus – ce produit financier adossé à des prêts subprimes qui cachaient leur véritable origine –, Goldman Sachs a simplement payé une somme grotesque à son échelle. De plus, en tant qu'employés de leur société, les P-DG ne sont pas responsables sur leurs biens personnels : leur seule sanction est donc d'avoir été objet de ridicule lors des auditions parlementaires ou dans les médias.

Le constat est édifiant : les responsables de la crise n'ont pas seulement survécu, ils ont prospéré. Alors que le contribuable qui a sauvé le système bancaire doit se serrer la ceinture, l'heure est à nouveau aux bonus mirobolants. Wall Street et la City se jouent d'ailleurs facilement des nouvelles barrières mises en place pour limiter les risques créés par les rémunérations excessives.

Le cas de Barclays est révélateur de ces transgressions. Fondée au XIXe siècle, la banque est liée aux quakers, secte chrétienne réputée pour sa rigueur morale et son altruisme. Barclays a toujours fait de larges concessions à ses origines quakers : ascèse de l'effort, austérité certaine dans la mise et mécénat haut de gamme.

La désignation, en septembre 2010, de l'Américain

Bob Diamond, le fondateur de la banque d'affaires Barclays Capital, à la tête du groupe, marque une rupture historique. Personne ne conteste le savoir-faire de cet ex-professeur de business à l'Université du Connecticut, grâce à qui l'étendard bleu ciel frappé d'un aigle blanc joue désormais dans la cour des grands. Mais les rémunérations obscènes que se sont offertes Bob Diamond et ses hommes liges, Jerry del Missier et Rich Ricci, en 2010, soit près de… 100 millions de livres, provoquent la nausée. En effet, si les dirigeants et traders stars de Barclays se sont rempli les poches, les petits porteurs ont, eux, été mal lotis. Ainsi, les 100 livres investies dans le titre Barclays au 31 décembre 2005 ne valent plus que la moitié à la fin 2010. Si la même somme avait été placée dans des actions représentant le FTSE-100, l'indice des cent plus gosses valeurs de la Bourse de Londres, elle représenterait aujourd'hui 126 livres. Comme pour « aggraver » son cas, l'arrogant Bob Diamond affirme devant une commission parlementaire britannique, à la fin 2010, que « le temps des excuses » pour les banques est désormais « révolu ».

De plus, à Bruxelles et à Washington, le lobby bancaire a émasculé les projets de régulation, poussant même des cris d'orfraie à l'idée d'un simple renforcement des normes prudentielles de capital. Au mépris du civisme le plus élémentaire, les zones offshore permettent encore souvent d'aider les multinationales et les grosses fortunes à s'adonner à l'évasion fiscale légale.

Si la crise est le résultat d'une multitude de facteurs – macroéconomiques, monétaires, réglementaires ou psychologiques –, un élément a joué un rôle clé : les erreurs du leadership au sommet des institutions financières. On ne compte plus les films et les romans consacrés directement ou indirectement aux maux de la finance. Mais la réalité dépasse toujours la fiction. Les acteurs du drame des subprimes avaient en commun un ego surdimensionné, encouragé par les éloges de la presse financière, et un train de vie défiant l'imagination. Transformés en autocrates aveugles, ils n'étaient plus capables de mesurer les conséquences de leurs actes.

Le consultant londonien Amin Rajan, expert en organisation bancaire, dresse les traits de caractère de ces mauvais patrons : carriéristes, plus loyaux au métier et aux collaborateurs les plus directs qu'à la firme ou à ses employés, individualistes forcenés, incapables de déléguer, dépourvus de vision globale, obsédés par le bonus comme seul étalon de succès, dédaigneux enfin des régulateurs, des actionnaires ou des clients. S'ajoutent, insiste Rajan, l'obsession du court terme, de la distribution de gros dividendes aux actionnaires et des profits trimestriels passés à la loupe par les marchés. Cette obsession du « tout-financier » amène à sacrifier le service à la clientèle, le développement progressif de la marque, l'effort de recherche.

L'image d'infaillibilité que ces fortes personnalités cultivent trop souvent empêche toute discussion au sein de l'état-major. Accepter une contestation saine des décisions donnerait une image de vulnérabilité incompatible avec la puissance. Isolés dans un bunker, imprégnés d'une culture maison introvertie et narcissique fondée sur l'esprit de corps et la prééminence d'une poignée de stars surpayées, ces patrons n'ont plus aucun recul. Le stress, la pression, la compétition, un agenda surchargé, les voyages incessants et le calvaire des décalages horaires, le manque de sommeil ainsi qu'une vie de famille chaotique obscurcissent leur jugement. De plus, une existence recluse derrière les vitres fumées de limousines avec chauffeur, dans les salons VIP des aéroports et les suites des palaces, crée une cloche de verre qui isole de la réalité.

Oui, mais pourquoi chez Lehman Brothers, Royal Bank of Scotland, Fortis ou Dexia, toutes ces banques plombées par les erreurs de leurs dirigeants, le conseil d'administration a-t-il laissé faire ? Parce que les administrateurs sont souvent issus du même vivier que les patrons qu'ils sont censés superviser – business schools aux États-Unis, Oxbridge au Royaume-Uni, grandes écoles en France. Les investisseurs institutionnels, caisses de retraite ou fonds souverains sont ligotés par les gros dividendes versés par les compagnies. Tant que le fort rendement de leurs avoirs est garanti, ils acceptent d'avaler toutes les couleuvres.

En France, le président choisit en général son successeur, trop souvent son directeur général, en violation des principes les plus élémentaires de gouvernement d'entreprise. C'est le cas à BNP Paribas, première banque française en termes de capitalisation boursière, où Michel Pébereau, président entre 1999 et 2011, doit être remplacé par le directeur général, Baudouin Prot, sans provoquer le moindre froncement de sourcil des actionnaires ou des médias. Or, prendre de la hauteur par rapport aux opérations est impossible pour un numéro deux arrivé à la fonction suprême, et qui a peur de lâcher les rênes du pouvoir opérationnel. « Un homme de l'intérieur connaissant tous les rouages de l'entreprise et de l'activité n'est-il pas parfois bien préférable à un administrateur extérieur qui ne connaît rien aux arcanes du secteur ? » réplique le banquier Sylvain Hefes aux critiques de ce système bien français.

Le film catastrophe *Inside Job*, une autopsie rigoureuse des mécanismes qui ont conduit à la tragédie financière de l'automne 2008, a remporté l'Oscar du meilleur documentaire. Lors de la cérémonie de remise de la statuette dorée, le 27 février 2011, le réalisateur Charles Ferguson a déclenché un tonnerre d'applaudissements dans le parterre du Kodak Theater de Los Angeles en montrant du doigt l'absence de punition de la délinquance en col blanc : « Trois ans après la crise, pas un seul responsable financier n'a été condamné à la prison, et ce n'est pas acceptable. » Faute d'employer la guillotine, une interdiction de pratiquer n'aurait-elle pas été envisageable ?

Reste que l'échec, l'incompétence ou l'imprudence ne sont pas un crime. Les conclusions de la commission d'enquête américaine sur la crise financière confirment ce diagnostic : « Des erreurs humaines, des fautes de jugement, des mauvaises actions ont créé un risque systémique… mais une crise de cette ampleur n'a pu être déclenchée par quelques pommes pourries dans le lot. » En outre, sur le plan juridique, dans ce genre d'affaires financières complexes, tout accusé est présumé innocent tant que sa culpabilité n'a pas été démontrée. Le problème ? Il tient à un risque : un nouveau krach peut arriver à tout moment. À cause des responsables en place.

Il faut, certes, en convenir : les banques, dont personne ne peut se passer, ne sont pas toutes à mettre dans le même sac. Certaines, les plus grandes souvent, JP Morgan, Goldman, la Barclays, ont survécu et se sont même renforcées. Elles remplissent plus ou moins bien leur fonction de financement de l'économie. Mais il faut souvent le leur rappeler. Le cardinal-archevêque de Westminster, Vincent Nichols, primat d'Angleterre et du Pays de Galles, n'a pas dit autre chose en déclarant à l'adresse des banquiers : « Votre mission consiste en priorité à servir l'intérêt public. » Ce prêche, qui n'a rien d'hérétique, ne devrait-il pas être inscrit au fronton de l'hôtel de ville de la City ?

## 12

# Des gens si distingués

L'origine sociale, l'éducation, la profession, la fortune, le caractère… A priori, tout oppose les deux hommes. Et pourtant ! Ils se ressemblent tellement : le gros bras et le raider, le maître-chien et le croqueur insatiable de sociétés. Le premier : Dominique Gevrey, ancien responsable de la sécurité chez Renault, mis en examen et écroué dans la fameuse affaire de pseudo-espionnage qui a défrayé la chronique, début 2011 ; le second : Bernard Arnault, président du géant mondial du luxe LVMH, qui a fait irruption dans le capital du maroquinier Hermès, fin 2010.

Ces deux personnages que tout sépare représentent chacun à leur manière un capitalisme libre de toute entrave. Car, au même titre que les établissements financiers, les grands groupes industriels sont au cœur de ce système parallèle où l'éthique n'empêche personne de dormir. Dans le secteur manufacturier aussi, sur fond de coups préparés en secret, de luttes par procuration, de montages financiers opaques, les protagonistes illustrent jusqu'à la caricature les pires travers d'une économie parfois dévoyée. Les péripéties qui ont entouré deux affaires récentes qui touchent des symboles français sont à cet égard instructives.

L'histoire, d'abord, en deux mots, du côté de Renault.

Dominique Gevrey est accusé d'avoir monté de toutes pièces une affaire d'espionnage industriel dont son employeur aurait été la victime. Faussement accusés par cet ancien militaire d'avoir reçu de l'argent en échange de la divulgation d'informations confidentielles, trois cadres clamant leur innocence sont mis à pied début janvier 2011, après avoir fait l'objet d'intimidations et d'enregistrements illégaux. Série de révélations tordues et acharnement des dirigeants de Renault contre le trio, accusé d'avoir touché de l'argent d'une entreprise chinoise : l'affaire fait les gros titres des journaux. Mais, devant l'inexistence des fameux comptes bancaires prétendument ouverts en Suisse et au Liechtenstein, les accusés sont blanchis et c'est le dénonciateur qui est mis en examen. « C'est une escroquerie de bas étage, une agression de l'intérieur qui s'apparente à un cancer », affirme, brusquement modeste, Me Jean Reinhart, l'avocat du constructeur, ridiculisé dans ce faux thriller « abracadabrantesque ».

Changement d'ambiance dans l'univers feutré du luxe où règnent les bonnes manières. Des gens distingués sont aux commandes. En octobre 2010, l'un d'eux, le P-DG du numéro un mondial du secteur, LVMH, Bernard Arnault, a une idée : faire une surprise aux actionnaires historiques du groupe Hermès ! Comment ? En mettant la main sur 14,2 %, 17,1 % puis 20 % du capital. Menée au nez et à la barbe des régulateurs et des actionnaires par le truchement de produits financiers dérivés (*equity swaps*) ultra-complexes, la transaction permet non seulement au géant du luxe de réaliser un joli profit mais surtout de viser une éventuelle prise de contrôle ultérieure du groupe familial, moins verrouillé qu'il n'y paraissait. Cette opération-commando s'est apparemment jouée de la réglementation française de déclaration obligatoire de franchissement de seuil.

Ces deux affaires n'ont rien à voir ? Évidemment. Il reste un point commun : un management ténébreux. Rien d'illégal certes, mais une même prédilection à préférer l'ombre à la lumière. Pour réaliser ses basses œuvres, Dominique Gevrey, qui a fait carrière en Afrique de l'Ouest, avant de se reconvertir dans la sécurité, a ainsi créé des société-écrans imaginaires et une série de comptes dans ce qui fut pendant longtemps la Mecque des zones offshore : le Liechtenstein et la Suisse. En passant, qui plus est, via une banque installée dans un autre paradis fiscal : Malte. Comment cet autodidacte a-t-il eu l'idée de ce montage presque parfait tiré du manuel de l'évadé fiscal ? En lisant le rapport annuel de son employeur, c'est aussi simple que cela ! Attirée par un impôt sur les sociétés peu pénalisant, la holding Renault-Nissan est en effet immatriculée aux Pays-Bas et Renault Finance… en Suisse. Si la Confédération helvétique a partiellement accepté de lever le secret bancaire en démentant l'existence des comptes, le Liechtenstein, où était censé être localisé un autre compte fictif, reste en revanche un véritable « trou noir », malgré la signature d'accords d'échanges d'informations exigés en 2009 par le G20 de Londres. Seuls les capitaux originaires du grand voisin allemand sont étroitement surveillés après le retentissant scandale d'évasion fiscale qui, en 2008, avait éclaboussé la banque de la famille princière. Quant à Malte, si l'île a abandonné en 1998 le statut de paradis fiscal, elle demeure, malgré son entrée dans l'Europe, perméable aux relations claniques du pourtour méditerranéen.

Pour mener à bien, selon ses propres termes, son opération « amicale » et « pacifique », Bernard Arnault, lui, a choisi un lieu encore bien plus sulfureux que la Suisse – ou même le Liechtenstein : sa partie de poker menteur se déroulait depuis… la République de Panama, que l'OCDE a fait figurer en tête de sa liste de centres offshore réputés « non coopératifs ».

Depuis la colline de l'observatoire de la capitale, Panama, rien ne manque à la carte postale. La vue plongeante sur le canal, côté Pacifique, le vent violent qui fait frémir les palmes des grands cocotiers, les perroquets en couple… Une douzaine de navires au mouillage forment, aux yeux du visiteur, une file étrange, presque inquiétante. Un porte-conteneurs glisse lentement en direction du pont des Amériques. Le canal fait la réputation de ce petit pays d'Amérique centrale.

Mais les grincements des écluses géantes n'arrivent qu'assourdis dans les grandes études juridiques de Panama. Tableaux de maîtres, bibliothèque remplie de traités richement reliés, salle de conférences dotée de tous les gadgets électroniques : le cadre cossu des grands cabinets juridiques locaux n'a rien à envier à celui de leurs homologues de Londres et de New York. D'ailleurs, les méthodes de travail des *lawyers* de cette République bananière sont les mêmes : pragmatisme, recours aux « trusts » et aux sociétés-fantômes, et facturation à l'heure des prestations. Le statut de société anonyme panaméenne ? Il a un avantage : autoriser tous les abus. Pour quelques centaines de dollars, ces cabinets vous montent une coquille vide qui assure une discrétion totale et l'absence de taxation sur les activités offshore. L'anonymat du fondateur est préservé via son avocat, qui fait fonction d'agent local résident. Le souvenir du passé – les narcotrafiquants et le blanchiment d'argent sale – n'est jamais très loin.

Panama figure sur toutes les listes noires. Est-ce la

raison pour laquelle quatre des six filiales de LVMH ayant acheté des titres Hermès ont été immatriculées au registre de commerce de la place offshore par les prestigieux avocats de la place ? Certainement pas : il s'agit apparemment de relations commerciales classiques qui recherchent seulement une certaine discrétion. D'ailleurs, la cinquième société mobilisée pour ce raid est enregistrée… au Luxembourg.

Après les juristes, c'est aux banquiers d'entrer en scène… Les filiales en question ont ensuite conclu des contrats d'*equity swaps* dont le règlement doit intervenir en liquide, avec trois établissements financiers français de renom sans liens entre eux pour qu'ils ramassent des actions Hermès. Avec pareil mandat, Natixis, le Crédit Agricole et la Société Générale peuvent jouer d'égal à égal avec les grandes institutions anglo-saxonnes. L'opération frôle la ligne jaune des règles de transparence tout en respectant à la lettre la législation.

Le faux scandale d'espionnage chez Renault et la bataille Hermès soulignent aussi un autre aspect de l'économie de l'ombre : le sentiment d'omnipotence et d'impunité des patrons qui s'y adonnent. Bernard Arnault est un cas d'école, dans le genre.

Maître de la langue sèche des chiffres, habitué aux commandements laconiques comme un capitaine de corvette, ce prince tutélaire, absolu et olympien, règne sur son royaume. Et qui dit royauté, dit Cour, rites et symboles. La coterie qui entoure ce fils de famille du nord de la France est constituée de ses compagnons de route qui l'ont accompagné dans cette formidable aventure depuis le début. Le style de management de ce prédateur sûr de son étoile ? Brutal, à l'américaine. Le raider proclame, avec un sens de la litote très prononcé, dans une interview à *Forbes*, publiée en novembre 2010, dans la foulée de l'offensive sur Hermès : « J'ai l'esprit de compétition dans le sang. »

Ce Florentin dans l'âme entretient un climat de paranoïa parmi ses collaborateurs, fidèles à la règle première du pouvoir : diviser pour régner. Cette atmosphère délétère est alourdie par la protection analogue à celle d'un chef d'État dont s'entoure le patron : gardes du corps, voitures blindées, jets privés, ascenseurs réservés, bureaux sanctuarisés. Ce dispositif de sécurité accentue l'isolement de la réalité, le sentiment d'impunité et l'aveuglement devant les crises.

La France, bien sûr, n'a pas le monopole de tels dysfonctionnements du capitalisme. La situation est similaire dans les temples anglo-saxons du marché mondial où les exemples de dérives abondent. Ainsi Lakshmi Mittal, basé à Londres, bénéficie du statut extraterritorial de « résident non domicilié » sur le plan fiscal. Le P-DG du sidérurgiste luxembourgeois ArcelorMittal a par ailleurs propulsé d'autorité son fils Aditya, déjà directeur financier, numéro deux du groupe, à la tête des aciéries européennes pour le préparer à lui succéder. À l'évidence, l'actionnaire principal de ce groupe pourtant coté n'a que faire des règles du gouvernement d'entreprise censées décourager tout népotisme.

Face au rouleau compresseur de l'économie de l'ombre au sein du monde industriel, certains contre-pouvoirs sont certes apparus. Le poids croissant des ONG comme des mouvements associatifs, leur professionnalisme grandissant, notamment en matière de résonance médiatique, et une meilleure protection des *whistleblowers* – ces employés qui dénoncent, dans les pays anglo-saxons, les comportements déviants de leurs employeurs – sont autant de facteurs encourageants.

Les assemblées générales d'actionnaires, cadenassées par la direction, sont en revanche de véritables chambres d'enregistrement où on entend la plupart du temps les mouches voler… Mais, sous la pression des grands investisseurs (en coulisse) et des médias (au grand jour), quelques dirigeants fautifs ont tout de même été contraints de rendre leur tablier. Ce fut le cas à la Société Générale lors de l'affaire Kerviel, chez BP au cours de la marée noire du golfe du Mexique, ou chez Renault dans la foulée de la fausse affaire d'espionnage industriel.

Reste l'affaiblissement croissant, non seulement en France mais en Europe en général, des deux pôles de résistance traditionnels aux effets pervers de l'économie oligarchique : les syndicats et l'État.

La CGT Renault ? Elle n'est plus que l'ombre d'elle-même. En vérité, l'organisation n'a cessé de dénoncer la peur, le harcèlement moral, les conditions de travail stressantes, les impératifs de productivité qui vont avec la culture du résultat. Et que fait, au début de l'affaire, la CGT de l'entreprise lorsque les trois salariés sont dénoncés par leur direction dans des conditions scandaleuses ? Rien. Sans les médias, les infortunés cadres ne s'en seraient jamais sortis.

L'autre contre-pouvoir, l'État, est tout aussi impuissant. Malgré les 15 % toujours détenus dans l'ex-Régie, ses deux représentants au conseil d'administration ont constamment soutenu le tout-puissant P-DG. Qu'est-il arrivé, justement, à Carlos Ghosn ? Rien. L'impunité, comme d'habitude en France. Ce capitalisme d'État a encore de beaux jours devant lui.

Nicolas Sarkozy est conscient qu'il lui est impossible de peser directement sur la vie des affaires. Avant d'être élu à l'Élysée, il a été logé à deux reprises à Bercy, d'abord comme ministre délégué au Budget puis comme ministre de l'Économie et des Finances. C'est pourquoi, explique Christine Lagarde, le président français a choisi une enceinte plus large, le G20, qu'il préside en 2011, pour tenter d'imposer ses vues sur « ce qui est nécessaire en termes de régulation et de supervision, et réalisable, parce qu'il sait très bien que c'est à un niveau supérieur, même si c'est un peu sui generis, que les choses peuvent peut-être se régler. Le G20 fournit un lieu d'intervention. C'est un homme d'action, d'énergie, d'entraînement et donc c'est un cénacle dans lequel il peut exercer un leadership important ».

Le G20 réussira-t-il là où les États ont échoué ? La question est posée.

# 13

# Les hedge funds ou le « gagnant-gagnant »

La charge se veut constat, réquisitoire, et déjà condamnation. Et elle en dit plus long sur celui qui la prononce que sur ceux qu'elle vise : « Au cours des cinq prochaines années, le secteur financier non réglementé va croître à un taux exponentiel. Je suis très inquiet du transfert du risque du secteur bancaire régulé à celui non supervisé, plus opaque. » S'adressant le 26 janvier 2011 aux décideurs du symposium de Davos, Gary Cohn, numéro deux de la banque d'affaires Goldman Sachs, réclame une meilleure régulation du *shadow banking*, la « banque de l'ombre ». On croit rêver ! Il vise ainsi, sans les nommer, les hedge funds, les fameux fonds spéculatifs qui ont en partie remplacé les banques classiques sur les marchés les plus exotiques et souvent aussi les plus risqués. La violente attaque du numéro deux de la banque américaine – puncher à la James Cagney le sourire en moins – contre ces structures d'investissement provoque l'indignation sceptique de l'assemblée.

Goldman Sachs ne possède-t-elle pas elle-même un formidable réseau de ces hedge funds, qui investissent l'argent de leurs clients, essentiellement des investisseurs institutionnels (fonds de pension, compagnies d'assurances, fondations philanthropiques, universités...) ainsi que des particuliers aisés, en leur offrant une alternative à la gestion traditionnelle de patrimoines ? Par ailleurs, « la Firme » agit comme conseiller de ses clients spéculateurs (les hedge funds), par le truchement de son activité de courtage appelée *primary brokerage*, en leur prêtant son infrastructure administrative, puisqu'ils en sont dépourvus, faute de taille suffisante. Cette double activité est très rémunératrice.

On ne finirait pas de s'étonner du personnage de Gary Cohn, de la légende qu'il s'est bâtie et qui l'a conduit à l'avant-dernière marche du pouvoir au sein de l'institution la plus puissante de Wall Street. Pour y parvenir, Cohn en a bavé. Profondément dyslexique, ce natif d'une petite ville de l'Ohio, diplômé d'une université de second ordre, est devenu trader en métaux, un métier dur où l'on acquiert des vues pas forcément roses sur l'âme humaine, la marche du temps et de la haute finance. Il est le fidèle entre les fidèles, l'ami de toujours de Lloyd Blankfein, le P-DG de Goldman Sachs. Si ce dernier affirme sur un ton blagueur « faire le travail de Dieu », son homme lige, Cohn, serait plutôt… le Diable.

En cet hiver 2011, le char de la banque tiré par ce double attelage dérape. La nouvelle législation américaine interdit désormais aux établissements financiers de spéculer avec leur propre argent. Résultat : les traders experts de cette activité phare, les meilleurs de la profession, désertent la banque, par légions, pour aller se réfugier dans les hedge funds, à Londres, New York, Singapour ou Genève. Pour une entreprise si imbue de sa légitimité, de son savoir-faire et de sa culture du travail en équipe, cette saignée est d'autant plus intolérable qu'une série de scandales liés à la crise financière ont eu raison de sa légendaire réputation. Par contraste, même si certains d'entre eux ont perdu beaucoup d'argent, les hedge funds apparaissent comme les grands gagnants de la tempête de 2008 : voilà ce qui est intolérable pour Goldman Sachs et qui explique la flèche lancée par Gary Cohn à Davos…

La sortie du directeur de Goldman ? Philippe Jabre fend d'un sourire carnassier son visage de patriarche : « La différence entre nous et les gestionnaires traditionnels ou les grandes banques est d'offrir un rendement plus élevé. L'un de nos avantages sur ces concurrents est la rapidité d'exécution. Le problème est que le monde des hedge funds est très vaste et qu'ils sont tous mis dans le même sac. Après le bain de sang de 2008, qui a permis d'épurer le marché, il n'est pas question d'avoir des acteurs financiers sans supervision. Comme c'est le cas des télécoms, des fabricants de cigarettes ou de l'industrie nucléaire, la finance est désormais étroitement contrôlée. Et comme les banques sont de plus en plus limitées dans leurs activités spéculatives, il y a une fuite de talents vers les nouveaux métiers comme le nôtre. »

Détail croustillant, Jabre Capital Partners, le hedge fund fondé en 2007 par ce Français d'origine libanaise, partage le même immeuble de l'île de Genève que la filiale locale de Goldman Sachs. Le monde ultradiscret de la finance helvétique est décidément petit. D'autant que Goldman Sachs a été étroitement lié au scandale Jabre qui l'avait contraint à quitter Londres pour la cité de Calvin.

L'aventure de Philippe Jabre pourrait être la saga banale de la chute puis du rebond d'un financier de haute volée. Ancien trader de la BAII (Banque arabe internationale d'investissement), il a connu la disgrâce d'un « maître de l'univers » de la City, jusqu'à son retour en force comme l'un des seigneurs de la spéculation. « Un bon gestionnaire doit garder son sang-froid, être stoïque et d'humeur égale. Il faut savoir mesurer et pondérer les risques. Le trading est une occupation intellectuelle permanente. Tout le monde dispose des mêmes informations et le défi est de savoir les interpréter mieux que la concurrence. »

Pourtant, à force de prendre des risques, il va aller trop loin. En mars 2006, la Financial Services Authority (FSA), l'autorité de tutelle de la City, condamne Philippe Jabre et son employeur, GLG Partners, à une amende équivalente à plus d'un million d'euros chacun. Cette pénalité est la plus grosse jamais infligée à ce jour à une personne physique par la FSA et la première à frapper un gérant influent.

Philippe Jabre a été foudroyé alors qu'il était au sommet de sa carrière. Jusque-là il menait grand train : hôtel particulier dans les Boltons – l'une des adresses les plus huppées de la capitale – jet privé et chalet cossu à Courchevel, où il invitait sans compter ses relations d'affaires. Mais la finance, c'est toute sa vie. Bien qu'autorisé par la FSA à poursuivre son activité, il va s'expatrier en Suisse où il crée son propre fonds. Le passé est mort, dit un proverbe arabe. « Cette affaire n'est plus d'actualité, reconnaît aujourd'hui l'intéressé. La régulation était plus relâchée qu'aujourd'hui. Il y avait une grande marge d'interprétation qui n'existe plus de nos jours. J'aurais peut-être dû être plus prudent en 2003. Quand on gère beaucoup d'argent, il faut être encore plus rigoureux que les règles édictées. »

Au moins aura-t-il gagné dans l'épreuve, avec cette lucidité amère, une sorte d'auréole de surdoué des marchés. Comment, dans ces circonstances, ne pas voir l'existence avec les yeux d'un joueur invétéré ?

Le paradoxe ? Pour cet homme talentueux et ses pairs, la tourmente financière est déjà oubliée. Après le bain de sang de 2008-2009 qui a vu la liquidation d'un fonds sur quatre et des pertes colossales pour beaucoup d'entre eux, la crise n'est plus qu'un mauvais souvenir. Le boom des matières premières, les actions des banques, les obligations américaines et la crise de la dette souveraine ont permis à ces PME atypiques, payées essentiellement à la performance, de renouer avec les profits. Lors du second semestre 2010, les dix premiers hedge funds ont affiché des gains dépassant ceux… des banques d'affaires. Les actifs des investisseurs institutionnels, à la recherche d'une diversification de portefeuille, gonflent leur trésor de guerre. Ces croisés du capitalisme ont donc traversé l'épreuve du désamour comme un yacht qui laisse de l'écume sans tracer de sillon.

Avant la crise, les fonds spéculatifs étaient des acteurs peu régulés sur lesquels les autorités nationales de supervision ne disposaient d'aucune information, en particulier sur les risques et sur l'effet de levier – ces emprunts contractés pour amplifier les paris pris sur les marchés. Après la décision du G20 de Londres en avril 2009 de mieux les réglementer, l'Union européenne a promulgué sa directive sur « les gestionnaires de fonds alternatifs d'investissement » en 2010. Les principales mesures ? L'instauration d'un contrôle par l'autorité nationale de supervision du pays où travaille le gérant, le respect de règles de fonctionnement, d'organisation et de rémunération des opérateurs, ainsi que des règles de transparence, le renforcement des pouvoirs des organismes de tutelle, l'octroi d'un passeport en 2015 aux fonds issus de pays tiers. Aux États-Unis, la SEC a édicté des règles obligeant les fonds qui gèrent plus d'un milliard de dollars d'actifs à publier chaque trimestre des informations détaillées sur leur portefeuille, leurs investissements et leur stratégie.

Sur le papier, cet arsenal destiné à assainir la profession est impressionnant. Dans les faits, la directive de Bruxelles reste peu contraignante, en raison du lobbying de la profession. Aux États-Unis, où sont concentrés l'énorme majorité des hedge funds, la gestion alternative n'est guère régulée, malgré les apparences. Et en Asie, ils font ce qu'ils veulent. C'est pourquoi, en mettant au cœur de sa présidence du G20 la lutte contre le *shadow banking*, la France, qui veut une régulation plus stricte, entend revenir à la charge. Avec quel succès ?

Car pour beaucoup, depuis la crise, la stratégie « gagnant-gagnant » des hedge funds illustre la face inacceptable du capitalisme financier. L'Américain John Paulson a les épaules assez solides pour endosser avec philosophie le rôle d'ennemi public numéro un que ses adversaires lui attribuent. Le fondateur du hedge fund new-yorkais Paulson & Co a fait fortune sur la déroute des crédits subprimes, sur la hausse de l'or ou le rebond de Citigroup, engrangeant 5 milliards de dollars de profits en 2010. Le trader français déchu de Goldman Sachs, Fabrice Tourre, a révélé que c'est John Paulson qui avait lui-même structuré le produit financier pourri Abacus, adossé à des subprimes vérolés, avant de miser contre ces fonds et d'empocher les sommes investies par des gogos trop cupides qui n'y comprenaient rien ! L'affaire lui a rapporté un milliard de dollars, alors que les investisseurs avaient perdu leur chemise, astuce peu glorieuse qui a valu à Goldman Sachs une amende négociée de 500 millions de dollars. Mais pour ses nombreux admirateurs, John

Paulson, qui avait anticipé la chute du secteur résidentiel aux États-Unis, a seulement essayé de faire profiter ses clients des anomalies du marché.

Autre coup bas : la Grèce. En octobre 2009, le socialiste Georges Papandréou remporte les élections législatives. Un mois plus tard, Gary Cohn et John Paulson – une sacrée équipe ! – débarquent à Athènes. Leur idée ? Proposer au nouveau Premier ministre de maquiller à nouveau – oh le vilain mot ! disons plutôt d'arranger – le déficit budgétaire en mettant hors bilan le budget de la santé. De surcroît, via Paulson, Goldman offre de vendre de gré à gré, à l'abri des regards, une partie de la dette grecque à des investisseurs basés en Chine, pays où l'institution new-yorkaise règne alors en maître. Sentant le piège, le Premier ministre grec refuse tout net. En 2001, Goldman avait déjà aidé le prédécesseur socialiste de Papandréou, Costas Simitis, à dissimuler les dépenses militaires pour permettre au pays de rejoindre l'euro. Mais à quel prix ? Les intérêts versés par Athènes à Goldman dans cette transaction se sont révélés plus lourds que s'il s'agissait d'un prêt. La réputation financière de la Grèce en est ressortie anéantie. Plus grave encore : en entrant dans l'euro à l'aide de ce subterfuge, la nation hellène a précipité la crise de la monnaie unique. Quant à la valeur de la dette grecque, elle est au plus bas…

Le seul regret de Paulson, professionnel introverti et cérébral qui n'a jamais donné d'interview, est finalement d'avoir braqué sur sa personne les projecteurs des médias. Si, au même titre que George Soros, doyen du secteur et fondateur des fonds Quantum, Paulson défraye régulièrement la chronique, rares sont ceux, en dehors du petit cercle fermé de la finance hors piste, qui connaissent les stars des hedge funds. Ne cherchez pas les Américains David Tepper ou Eric Mindich, l'Australien Greg Coffey, le Français Pierre-Henri Flamand ou le Belge Pierre Lagrange dans le *Who's Who* ou sur un plateau de télévision : ce n'est pas leur genre de beauté. La philosophie de ces hommes discrets ? Pour vivre heureux, vivons cachés !

L'absence de transparence dans l'actionnariat des hedge funds, en majorité des structures privées immatriculées dans des paradis fiscaux, répond à la même doctrine. Les clients réclament ce culte du secret, paraît-il, pour réduire au maximum et en toute légalité leurs impôts : une « optimisation fiscale », comme dit le jargon, qui est peut-être immorale, mais pas illégale. Certes, pour attirer les clients ou conserver la confiance des banquiers, ces fonds doivent disposer d'un conseil d'administration digne de ce nom, d'auditeurs internes et externes et de procédures de contrôle des risques plus strictes qu'autrefois. Mais la grande souplesse de ces petites structures leur permet facilement de se déplacer dans des pays pratiquant le dumping fiscal. Confrontés à l'alourdissement des impôts et au renforcement de la régulation au sein de l'Union européenne, bon nombre de fonds spéculatifs londoniens se transfèrent ainsi avec armes et bagages dans des lieux dont ils sont sûrs qu'ils resteront encore le bastion du vrai capitalisme financier et où ils pourront exercer leur métier en paix : Malte, la Suisse, les îles anglo-normandes, la Nouvelle-Zélande ou les îles des Antilles sont en quelque sorte des sas de décompression. *Ubi bene ibi patria.* Là où je suis bien, là est ma patrie…

Cet univers, ce n'est pas Wall Street mais Las Vegas ! Combien de fois n'a-t-on pas entendu les politiciens comparer fonds spéculatifs et casinos ? Ils ont tort. Les hedge funds détestent le hasard. Fondées sur la lecture des marchés et sur des systèmes informatiques hors pair, les stratégies d'investissement sont mûrement réfléchies. C'est leur savoir-faire, leur valeur ajoutée. Le problème est que ces fonds réagissent au quart de tour et attaquent souvent en groupe. Constamment sur la brèche, leurs gestionnaires courent, frénétiques, boulimiques, dorment peu, travaillent trop et se démultiplient. Cette existence professionnelle éreintante est rythmée par trois dîners d'affaires par semaine en moyenne, des dimanches devant l'ordinateur et une vie de famille sacrifiée. Là aussi réside le danger que résume bien cette maxime du poète Pierre Seghers : « Dans une heure, il y a trois fois vingt minutes ou vingt fois trois minutes. »

Les hedge funds présentent-ils un risque systémique ? Les acteurs répondent en chœur qu'ils n'ont joué qu'un rôle dérisoire dans la crise financière en raison de la faible taille de leur bilan et de l'absence de liens entre eux. La faillite, en juillet 2007, des deux fonds spéculatifs de Bear Stearns – l'un des signes annonciateur de la crise – n'aurait pas été suivie d'effets si la banque d'affaires américaine, l'un des plus gros créateurs de crédits subprimes, avait été saine. Quant au gel, le 9 août 2007, de trois fonds contenant des crédits hypothécaires à risque par BNP Paribas aux États-Unis qui avait accentué l'inquiétude sur la solvabilité des banques, il s'agissait en fait de sicav monétaires contrôlées par l'Autorité des marchés financiers, et non de fonds spéculatifs.

Ceux-ci s'estiment désormais suffisamment réglementés, croulant sous la paperasse administrative : la nouvelle directive européenne pèse autant qu'un énorme annuaire de téléphone. La profession est aujourd'hui organisée via des associations représentatives. De plus, pas question de confondre des institutions comme les hedge funds, qui sont de vraies entreprises, avec les structures « de l'ombre », ces entités parallèles hors bilan mises en place par les banques et destinées à dissimuler certains actifs. À l'instar des instruments dérivés de crédit – actifs « conduits », *special purpose vehicles* (SPV), *collateralized debt obligations* (CDO) » et autres acronymes du même acabit qui ont permis d'user et d'abuser de l'endettement, alors que le crédit était abondant.

Surtout, à écouter leurs thuriféraires, les fonds spéculatifs ne font que réagir aux données économiques fondamentales : ils amplifient les mouvements des marchés mais ne les provoquent pas. Après le séisme et le tsunami japonais du 11 mars 2011, ces pirates ont été accusés de parier massivement contre l'économie nippone, gagnant au passage beaucoup d'argent. En réalité, ils avaient anticipé les problèmes du Japon deux ans avant la catastrophe : croissance stagnante, déflation, population vieillissante, dette colossale pour un pays industrialisé. Si le malheur des uns a fait le bonheur des autres, le Japon était dans le collimateur des marchés depuis deux ans.

Dernière ligne de défense : ces financiers de haut vol ont une indiscutable utilité sociale. L'acte créateur de richesses est spéculatif par nature. Imposés individuellement aux taux les plus élevés, salaires comme bonus, les traders contribuent donc directement à renflouer les caisses d'États en grande difficulté. Par ailleurs, en aidant les fonds de pension à faire fructifier leurs avoirs, ces sociétés assurent des revenus plus confortables aux retraités. Enfin, le secteur s'adonnerait à la philanthropie à grande échelle. Ces gens sont (très) bien payés, mais, comme le rappelle Pierre Lagrange, l'un des directeurs du plus gros fonds européen, Man-GLG, « l'argent que j'ai gagné, je l'ai réinvesti dans la société. Et ce que nous gagnons est directement lié aux performances : quand nous n'en faisons pas, nous ne gagnons rien[1] ».

Le soleil débité en lamelles par les stores métalliques qui barrent les larges fenêtres frappe les murs blancs du bureau de Philippe Jabre. Peu d'objets, à l'exception d'un parapluie anglais réglementaire, une corbeille de fruits et des livres anciens. Pas d'atmosphère électrique dans la petite salle des marchés, un havre de paix dans lequel une douzaine de traders sont sagement assis devant des écrans où défilent les cours des Bourses. Aucune tension n'est perceptible chez ces opérateurs, au col de chemise ouvert, qui se parlent sans jamais hausser le ton. La face cachée de la haute finance abrite un monde de murmures. On dirait une clinique suisse. Il faut espérer que ce calme apparent survivra à la crise que nous subissons.

1. *Le Soir*, 30 avril 2011.

# 14

# Le maillon faible de l'Europe

Simon Kelly est un jeune promoteur immobilier irlandais. Avant d'être ruiné, il était souvent convié à prendre le petit déjeuner à 7 heures tapantes avec des émissaires de l'Anglo Irish Bank, son principal bailleur de fonds. Le décor : un petit salon du Shelbourne Hotel tapissé de toile matelassée, à l'abri des oreilles indiscrètes, dont les tapis et les vieux meubles étouffent la rumeur des conversations. Le menu : œufs brouillés préparés à la commande accompagnés de bacon croustillant et de boudin noir onctueux, et du café à profusion. Une première cafetière, puis une deuxième. Tout se passait à ce stade de la conversation, se souvient le promoteur. Une simple poignée de main scellait un projet de plusieurs dizaines de millions d'euros.

Les parapluies dansent derrière la fenêtre du Shelbourne comme des marionnettes au théâtre. Mais, dans le square géorgien de Dublin, les « pépins » noirs, emblèmes des banquiers, se font rares. Ceux dont les errements ont plongé cette petite nation dans l'une des plus graves crises financières de son histoire ont déserté le quartier, cœur de la vie des affaires de la capitale irlandaise. Placée sous la tutelle de l'État en janvier 2009, déclarée en faillite le 19 novembre 2010, l'Anglo Irish Bank finançait les yeux fermés les projets les plus fous.

Simon Kelly a fait de ces rendez-vous au vieux palace le cadre de son livre, *Breakfast with Anglo*[1], consacré à la plus grande faillite financière de la verte Irlande. Ce symbole des errements et des abus du boom immobilier entre 1997 et 2007 met en lumière le système gangrené, plein de conflits d'intérêts et de compromissions, d'un groupe de banques toutes-puissantes qui tient les États à la gorge.

Le constat est édifiant. Pour utiliser un vocabulaire familier, les anciens dirigeants d'Anglo Irish s'en sont mis « plein les poches ». Le président sortant, Sean FitzPatrick, avait une gestion pour le moins personnelle, comme en témoignent les prêts de 88 millions d'euros qu'il s'est accordés à titre privé dans le plus grand secret. Ces fonds ont été investis avec des associés dans une plate-forme pétrolière au Nigeria, un complexe hôtelier en Hongrie, un casino à Macao. Pour sa part, le directeur général, David Drumm, a emprunté 8 millions d'euros à l'insu de tous pour acheter deux vastes propriétés, l'une à Dublin, l'autre à Cape Cod, dans le Massachusetts.

De plus, comme c'est toujours le cas des circuits du capitalisme clandestin, au fil des années, le maquillage du bilan était devenu la norme comptable. Ici, une caisse hypothécaire irlandaise a prêté 7,3 milliards d'euros octroyés via d'incroyables acrobaties pour cacher les pertes à la veille de la publication des résultats 2007. Là, en recourant à des produits financiers sophistiqués pour brouiller les pistes, la banque a financé la montée d'un groupe de clients jusqu'à 28 % dans son propre capital.

1. Penguin Books, 2010.

Comment une petite société créée en 1964, spécialisée au départ dans le financement de l'achat d'électroménager, s'est-elle transformée en un immense casino qui s'est effondré comme un château de cartes ?

Dans la débâcle financière, au moins un tabloïd, le *Daily Star*, a eu une idée de génie : distribuer à ses lecteurs un jeu de cinquante-deux cartes à jouer comme à abattre, comme l'avaient fait les services de renseignement américains en Irak pour capturer les dirigeants du régime déchu. Y figurent les responsables du gâchis. L'ennemi public numéro un ? L'homme qui a fait scandale : Sean FitzPatrick.

Par quelle partition commencer pour présenter l'homme-orchestre de ce qui deviendra en 2007 la première banque du pays en termes de capitalisation boursière ? Les cuivres de l'histoire tourmentée de cette terre celtique, les cymbales de la bulle immobilière ou le violon de celui qui entendait tromper sa destinée d'expert-comptable ? Ce fils de petit agriculteur, fervent joueur de rugby dans sa jeunesse, s'embrouillerait.

Avec en poche un diplôme de commerce de l'University College de Dublin, le garçon entre en 1976 comme comptable dans une petite banque d'affaires, l'Irish Bank of Commerce. Il en prend rapidement les rênes. Au fil d'une série de fusions-acquisitions audacieuses, naît, une décennie plus tard, l'Anglo Irish Bank dans sa forme actuelle.

L'obsession de ce déroutant personnage, petit homme au sourire malicieux, est de rattraper le peloton de tête. Faute d'un réseau d'agences, il ne peut concurrencer les deux mastodontes locaux, Bank of Ireland et Allied Irish Bank, sur le créneau de la banque de détail. Sean FitzPatrick met alors le paquet sur l'immobilier, fer de lance de la formidable expansion de l'économie irlandaise. L'établissement se finance auprès du marché interbancaire, théâtre des prêts entre banques.

Pour satisfaire les besoins des promoteurs pressés, l'Anglo Irish octroie ses prêts en quelques heures, alors que ses rivaux exigent plusieurs semaines de réflexion. Pour ce négociateur hors pair au moral d'acier, seul le résultat compte, quitte à escamoter les vérifications d'usage. L'argent brûle.

Le microcosme dublinois regarde d'un drôle d'œil la carrière de cet outsider qui ne veut pas le rester. Car FitzPatrick est en quête de respectabilité. « Seanie » est totalement en phase avec ses plus gros clients, une douzaine de promoteurs immobiliers. Ces self-made-men réactionnaires, ces philistins cupides, ces maquignons amateurs de clinquant sont la caricature des parvenus.

En accédant en 2000 à la présidence de l'association bancaire irlandaise, Sean FitzPatrick devient l'une des pièces maîtresses de ce fameux triangle toxique comprenant banquiers, professionnels du bâtiment et politiciens. Le patron d'Anglo Irish joue, il est vrai, à merveille les petites combines et les renvois d'ascenseur. Administrateur de la Dublin Docklands Development Authority, l'organisation chargée de la rénovation des docks de la capitale, il nomme le président de cette institution… à son conseil de surveillance. Bien joué.

Autoritaire, le patron d'Anglo Irish Bank est un adepte de l'exercice solitaire du pouvoir, à la façon, chez Lehman, d'un Dick Fuld ou, à la Royal Bank of Scotland, d'un Fred Goodwin. La haute direction s'offre salaires et bonus exorbitants, avantages en nature et plans de retraite colossaux sans en référer aux administrateurs. Ce sabreur de têtes rebelles neutralise les contrôleurs de risques. La presse est muselée par les rentrées publicitaires de la bulle immobilière. L'*Irish*

*Times*, le quotidien de référence, qui a investi massivement dans un site d'annonces immobilières, passe sous silence les avertissements des rares experts qui crient à la surchauffe. Les commissaires aux comptes signent le bilan les yeux fermés. De luxueux bureaux de représentation sont ouverts aux États-Unis, en Grande-Bretagne et en Suisse, afin de financer de vastes chantiers. C'est la Rome de Néron à Dublin !

Un département fusions-acquisitions, le négoce des devises, la gestion de trésorerie et une banque privée sont créés pour offrir toute la gamme des services aux promoteurs. Si folie des grandeurs il y eut, elle fut nettement inspirée et encouragée par l'explosion des métiers de la finance. Anglo Irish Bank rêve tout simplement d'imiter Goldman Sachs en devenant une banque d'affaires universelle. C'est d'ailleurs le responsable des activités américaines, David Drumm, que Sean FitzPatrick choisit, en 2005, pour lui succéder à la direction générale. Un dauphin de 38 ans, rocker et motard, ne fera pas d'ombre à celui qui devient président non exécutif.

Le succès est prodigieux, l'action est passée de 35 cents en 1996 à un sommet de 17,5 euros au premier trimestre 2007. Mais à partir de l'été, la machine s'emballe. Sous l'effet de l'éclatement de la bulle, le cours en Bourse s'effondre à 10 euros en décembre. L'Anglo Irish Bank jure ses grands dieux qu'il n'y a pas le feu au lac et qu'elle s'en sortira. Mais le contribuable doit mettre la main au portefeuille. En décembre 2008, Sean FitzPatrick et David Drumm sont contraints à la démission.

Derrière le skyline de tours de verre et d'acier en mouvement perpétuel, tous les ingrédients d'une tragédie étaient réunis. Le fringant « Tigre celtique » devient un vieil ours très fatigué !

Le secteur financier irlandais était organisé en oligopole. Trois grandes banques de détail (Bank of Ireland, Allied Irish Bank et l'Anglo Irish Bank) ainsi que deux caisses hypothécaires se partageaient l'essentiel d'un petit marché domestique de 4,4 millions d'âmes. Que faire de cet argent qui avait afflué subitement dans les coffres à la fin des années 90, conséquence de l'élévation du niveau de vie et d'une santé économique de cheval ? Une politique fiscale audacieuse, en particulier un faible impôt sur les sociétés qui attire les entreprises étrangères, une place financière en plein essor spécialisée dans l'administration des hedge funds et une main-d'œuvre formée et bon marché ont alimenté le miracle. La solution ? Investir massivement dans l'immobilier, surtout commercial et de bureaux. Parallèlement, les ménages, certains pas toujours solvables, se voient offrir des prêts hypothécaires à 100 % de la valeur du bien immobilier, voire au-delà, sans même qu'un bulletin de salaire leur soit réclamé.

À la tête des banques, une nouvelle génération de dirigeants mégalomanes a remplacé les banquiers prudents à l'ancienne. Trop petite pour eux, l'Irlande : il leur faut le Royaume-Uni, l'Amérique, l'Asie ! Tant que le versement de gros dividendes est assuré, les actionnaires ne trouvent rien à redire aux anomalies des bilans, aux primes de fin d'année mirifiques, au train de vie fastueux des seigneurs de l'argent. Il faut toujours se méfier des grosses banques de petits pays qui, privées de marché local digne de ce nom, se sentent tout naturellement obligées de croître au-delà de leur base de départ en prenant des risques…

Aussi, dans ce mouchoir de poche où tous les décideurs se connaissent, la petite nomenklatura irlandaise vit en complète symbiose avec le monde politique et les industriels de la truelle. Depuis l'indépendance, en 1921, la vie publique est dominée par deux grands partis, le Fianna Fail et le Fine Gael, qui se situent… au centre. Sur les questions économiques, il n'existe aucune divergence de fond. Le clientélisme, le renvoi d'ascenseur et les magouilles sont la norme. Parlementaires, financiers et magnats de la construction fréquentent les mêmes clubs de golf ou les cercles hippiques et s'entendent comme larrons en foire. L'Eire est un pays clanique, mafieux, où le pouvoir est patrimonial. L'académicien Michel Déon qui, comme beaucoup d'écrivains, vit depuis longtemps en Irlande, discerne également le poids de l'histoire derrière ces scandales financiers : « Quand on est occupé, on est tenté de ruser et de mentir. Face à une autorité illégitime, tout vous paraît légitime pour y échapper. Les gens de ces pays [Irlande et Grèce] ont développé des réflexes similaires. Ils sont charmants, délicieux, mais vicieux sur le plan des affaires. » C'est bien vu.

L'un des leitmotiv des causes de la crise financière est la faiblesse des régulateurs. À Dublin, des contrôleurs peu expérimentés ont été chargés pendant longtemps de la surveillance des deux principales banques de l'île. Une équipe ? Pas vraiment : ils étaient trois ! Appendice de la Banque centrale, l'organisme de tutelle n'a fait aucun effort pour pousser ses ouailles à limiter les risques. Face à l'attrait des gros salaires de la place financière ou des géants de l'électronique, la fonction publique tire la langue pour recruter les meilleurs éléments. De plus, la peur de faire fuir les investisseurs étrangers en quête de stabilité et d'avantages fiscaux a poussé le Trésor à assouplir encore davantage les règles. La plupart des victimes de la tourmente des crédits subprimes – Bear Stearns, IKB, Sachsen, Lehman ou AIG – avaient immatriculé des structures offshore dans le Dublin International Financial Services Centre, le centre financier local.

Ce manque d'expertise est sans doute la raison pour laquelle le gouvernement a pris pour argent comptant la sous-évaluation par sa banque-conseil, Merrill Lynch (aujourd'hui filiale de Bank of America), choisie en raison de ses origines irlandaises, du « trou » bancaire à financer. Cette regrettable erreur a amené Dublin, en octobre 2008, à offrir une protection à 100 % des dépôts bancaires, un aveuglement qui n'a fait qu'empirer les choses ! De surcroît, en mars 2008, Merrill Lynch n'a pas hésité à censurer un rapport de l'un de ses analystes dublinois prédisant un krach de l'immobilier commercial. Ses deux plus gros clients, AIB et Anglo, avaient menacé de retirer leurs mandats en cas de publication. D'après des documents de Wikileaks, en octobre 2008, l'ambassade américaine s'était inquiétée de la sous-évaluation, par le Trésor, du montant des avoirs toxiques des banques.

Pourtant, au nom du principe de neutralité internationale inscrit dans la Constitution, du souvenir de la sanglante lutte d'indépendance contre les Anglais et du refus de la main tendue rappelant les pires heures de l'émigration, l'Irlande entend gérer sa crise elle-même. Pour cette petite nation excentrée, la souveraineté nationale est sacrée.

Le gouvernement est déterminé à résoudre seul les problèmes du pays. Le plan de rigueur draconien – Dublin s'engage à réduire le déficit, estimé à 32 % en 2010, à moins de 3 % en 2014, un effort énorme – doit permettre d'éviter le recours à l'assistance financière internationale. Le pays, qui affirme avoir d'importantes réserves, déclare n'être pas dans une situation où il lui faudrait faire appel au Fonds européen de stabilisation financière de la zone euro mis en place en mai 2010, dans la foulée du sauvetage de la Grèce.

Mais le constat est là : la situation empire. Le chômage frôle les 14 %, le taux de rendement de l'obligation irlandaise dépasse 8 %. La stabilité de l'union monétaire européenne est menacée.

La suite ? Les agences de notation forceront la main de Dublin. Dans la foulée de la crise de 2008, les manquements de celles-ci avaient été dramatiques. Chat échaudé craignant l'eau froide, désormais ces institutions anticipent à l'excès. L'Irlande en paie le prix lors de la crise souveraine. Les trois sociétés chargées d'évaluer la capacité de remboursement des pays émetteurs de dette font vaciller la cote de l'île verte.

Le 1er avril 2009, l'agence Standard & Poor's retire à l'Irlande sa note AAA, la plus haute de l'échelle, à cause de la dégradation de ses finances publiques. Le 20 juillet 2010, Moody's dégrade d'un cran la note souveraine en invoquant son endettement et ses perspectives de croissance affaiblies. Arguant du coût de l'assainissement bancaire, le 8 octobre 2010, c'est au tour de Fitch de serrer la vis d'un cran, avant d'être la première à ne plus accorder de A au pays. Le coût de l'emprunt souverain explose. Pour arrêter la descente aux enfers, le gouvernement de coalition est contraint de négocier avec l'Union européenne et le FMI un plan de secours de… 85 milliards d'euros. Le 17 décembre 2010, malgré l'aide internationale, Moody's, dans la foulée de Fitch, abaisse sévèrement sa note qui s'approche dangereusement de la catégorie des investissements spéculatifs, du type obligations pourries.

Le pire est toutefois passé. Le 25 janvier 2011, la première émission obligataire du Fonds européen de stabilité financière destinée à alimenter le plan d'aide à l'Irlande est un succès. L'Irlande est redevenue le pays de l'électronique, de la haute technologie médicale, des jeux vidéo et des poneys sauvages. Comme au bon vieux temps, avant le boom du « Tigre celtique », de la finance et de l'immobilier. Doté d'une main-d'œuvre jeune et anglophone, le pays reste aussi un paradis pour les investisseurs étrangers qui bénéficient d'un dumping fiscal. Enfin, la confortable majorité dont dispose la nouvelle équipe gouvernementale Fine Gael – travailliste – issue du scrutin anticipé du 25 février 2011 devrait faciliter la sortie progressive de la crise.

Reste que le bilan des agissements immoraux des banquiers irlandais est lourd. Privés de débouchés, les jeunes, eux, renouent avec la tradition d'émigration de leurs aïeux. Pour la première fois depuis deux décennies, le solde migratoire est négatif. Les centres commerciaux, les lotissements qui étaient sortis de terre comme des champignons sont à l'abandon. L'état de délabrement des équipements collectifs, santé, écoles, transports, est digne d'un pays pauvre. Comme en Grèce, l'État est forcé de vendre ses participations industrielles. Les salaires du privé sont brutalement réduits à la hache, comme les dépenses sociales, des fonctionnaires sont licenciés par dizaines de milliers, la TVA est relevée. Les prochaines années seront terribles.

Et les responsables ? À ce jour, malgré les malversations avérées, aucun banquier n'a été mis sous les verrous. Bilan navrant d'un système à la fois hors la loi et immoral. Les promoteurs ? Au cœur des scandales, ils ont pu émigrer ou ont transféré à leur épouse la propriété des biens mal acquis pour mettre ceux-ci à l'abri d'éventuelles saisies. Comme disait Byron de l'Italie, les banques irlandaises ne sont plus que la « triste mère d'un empire mort »…

Surtout, l'un des mythes fondateurs est emporté dans cette tourmente : l'accès à la propriété. À la National Gallery de Merrion Square, une toile d'Erskine Nicol datant de 1853 montre une famille en guenilles traînant ses maigres possessions en jetant un dernier regard à la ferme dont ils sont expropriés. Comme la famine et les persécutions, l'interdiction aux catholiques d'acheter un bien immobilier, imposée par le colonisateur britannique jusqu'en 1882, est restée dans l'imaginaire d'un peuple longtemps opprimé. « La maison d'un Irlandais est son château », avait-on coutume de dire lors du triomphe du « Tigre celtique », en paraphrasant l'obsession des Britanniques de devenir propriétaires.

Ces jours-ci, les murs du Shelbourne Hotel, lieu naguère quotidiennement fréquenté par James Joyce, résonnent de l'avertissement de *Finnegans Wake*, l'un de ses chefs-d'œuvre de silence et d'exil : « La maison d'un Irlandais est son cercueil. »

## 15

# Les complices bienveillants

Même si ce sont des statues de femmes, tenant un glaive et une balance, qui représentent la justice à l'entrée des tribunaux, le métier d'avocat, lui, fut longtemps le domaine réservé des hommes. La carrière de Christine Lagarde témoigne pourtant que l'on peut porter la robe dans les prétoires comme en politique avec talent et distinction. La juriste française fut la première femme à présider une institution américaine aux ramifications internationales. Entre 1999 et 2004, cette spécialiste du droit des affaires a dirigé Baker McKenzie, un cabinet réputé basé à Chicago, dont elle a gravi tous les échelons jusqu'au sommet. La *corporate lawyer* a exercé ses talents dans les fusions-acquisitions et autres grandes manœuvres de la vie des affaires. Pourtant, la dame s'est montrée peu diserte quand nous l'avons interrogée sur cette période de sa vie professionnelle : « J'ai quitté ce monde-là il y a bien longtemps… » Circulez, il n'y a plus rien à raconter…

Et cependant, il y a là un continent méconnu. Les cabinets juridiques – comme les commissaires aux comptes, les bureaux-conseils et les communicants – sont à l'économie de l'ombre ce que les seconds rôles sont à Hollywood et à ses stars : des mécanismes indispensables, solidement structurés et parfaitement intégrés, dans la norme, sinon dans l'élite. Ils sont de la race des petits rôles, mais sans lesquels le cinéma ne ferait pas grand-chose. Rien d'illégal en général, mais souvent des manœuvres qui visent à « habiller la mariée », comme on dit pour évoquer le maquillage des comptes !

L'offre publique d'achat victorieuse de Mittal Steel sur le géant luxembourgeois de l'acier Arcelor est symptomatique des liens étroits entre ces réseaux de professionnels et la haute finance. En 2006, l'industriel Lakshmi Mittal, de nationalité indienne mais basé à Londres, s'empare de son rival Arcelor au terme d'une OPA hostile de cinq mois, une bataille sans concession. Pour l'emporter, l'assaillant a fait appel à la banque d'affaires Goldman Sachs – toujours elle ! – dont la réputation dans les coups de Bourse n'est plus à faire. On ne part pas à la chasse au crocodile avec un filet à papillons… Dans le plus grand secret – la confidentialité n'a pas de prix –, Goldman constitue un conseil de guerre : on y trouve un cabinet juridique américain très bien implanté dans les pays européens concernés, une firme comptable, un bureau-conseil ainsi que des communicants pour influencer analystes et journalistes. De son côté, la proie, Arcelor, déploie d'ailleurs le même dispositif.

Au cœur des plus grands deals, ce cercle magique des figurants ne se découvre que très rarement. Il fonctionne comme une franc-maçonnerie. Surtout, ces « fils de la Lumière » représentent toutes les liaisons dangereuses de l'économie parallèle : le goût du secret, les réseaux d'influence, l'oligopole, les conflits d'intérêts.

L'avocat d'affaires est au cœur du dispositif. Dans les cabinets juridiques spécialisés en droit commercial, l'aristocratie des plaideurs les plus brillants, qui dominent leurs pairs d'une bonne tête, sont experts pour repérer les lacunes de la législation. Ces juristes affûtés passent à la loupe le maquis des législations fiscales les plus complexes pour trouver la faille et se précipitent dans les brèches. Grâce à leur savoir-faire et moyennant des honoraires colossaux quand il s'agit d'opérations complexes touchant plusieurs pays et facturées à l'heure, ces croisés de la libre entreprise font payer le moins d'impôts possible à leurs riches clients, à commencer par les multinationales.

L'industrie pharmaceutique est un bon exemple de ces acrobaties, concoctées en toute légalité par ces magiciens des bilans. Ainsi, un groupe suisse découvre un médicament miracle grâce aux chercheurs de sa filiale en Belgique. La trouvaille est commercialisée aux États-Unis. Où déclarer les énormes profits afin de réduire au maximum la note ? La société détentrice du brevet est installée dans le paradis fiscal des îles Vierges britanniques, dans les Antilles, où le taux d'imposition est minimal. En revanche, les frais généraux sont concentrés aux États-Unis où l'impôt sur les bénéfices des entreprises est l'un des plus élevés au monde. Dans le bilan, les profits sont aussi amalgamés au lieu d'être ventilés par pays et le tour est joué. Cette optimisation fiscale explique pourquoi les vingt plus grosses sociétés britanniques ont plus d'un millier de coquilles vides disséminées dans les zones offshore. Et 99 % des compagnies européennes sont dans la même situation, affirme l'ONG Tax Justice Network qui lutte pour une meilleure transparence en matière de taxation. Les juristes savent faire profiter leurs ouailles du dumping fiscal qui sévit dans le vaste monde.

Résultat de ce travail sophistiqué, pratiqué à l'échelle mondiale ? Des groupes réputés – General Electric aux

États-Unis, Total en France, Vodafone au Royaume-Uni – ne paient quasiment pas d'impôts dans leur pays d'origine. Le civisme et la cohésion nationale souffrent de cette « croisière » fiscale permanente. L'utilisation virtuose de l'exemption et des dégrèvements fiscaux, tout comme la sous-imposition des grandes sociétés ou des grosses fortunes, ont joué un rôle dans la crise financière de l'automne 2008. Les produits toxiques (subprimes) à l'origine de la tempête étaient la plupart du temps domiciliés dans des centres financiers extraterritoriaux, même s'il est vrai que leur nocivité aurait produit des effets n'importe où. Or les avocats ont joué un rôle de premier plan dans la construction de ces échafaudages pourris qui se sont effondrés comme un château de cartes.

À l'heure des politiques d'austérité et des millions de chômeurs, l'évasion fiscale est de plus en plus contestée. Aux critiques qui déferlent, les multinationales opposent leur obligation d'assurer le meilleur rendement aux actionnaires. L'« efficience fiscale », comme les défenseurs du libéralisme appellent la quête d'exonérations dans une totale obscurité, permet de réduire les coûts, donc d'accroître la valorisation boursière de l'entreprise. Les impôts, insistent-elles, sont le deuxième poste de dépenses après les salaires. Et les mastodontes disent contribuer déjà à la solidarité nationale par le truchement de l'impôt sur le revenu et des taxes indirectes.

Les bureaux d'avocats font-ils partie de l'économie de l'ombre ? Christine Lagarde ne le pense pas : « Les avocats sont régulés. Ils n'ont pas le droit de faire des activités de marché et la responsabilité finale appartient au banquier ou à l'opérateur qui met son produit financier sur le marché. La responsabilité civile d'un avocat peut toutefois être mise en cause s'il fait une erreur. »

Il reste que les cabinets juridiques travaillent main dans la main avec les commissaires aux comptes pour bâtir l'architecture des produits financiers, participant donc à cette gigantesque économie mondialisée. Chargés du contrôle et de la vérification des bilans, les quatre auditeurs qui se partagent le marché mondial – Deloitte, PricewaterhouseCoopers, KPMG et Ernst & Young – sont inconnus du grand public. Si l'on peut voir le résultat tangible de l'activité d'un industriel (ses produits) ou d'un commerçant (magasins, ateliers, entrepôts), les bureaux comptables restent discrets : de surcroît, l'auditeur – ou du moins son image couleur de muraille et aussi grise que son pantalon – ne fait pas rêver.

Contrôler la véracité des écritures comptables, évaluer les perspectives en matière de profits ou de parts de marchés, préparer les documents réclamés par les autorités boursières et de supervision, régler le volet fiscal : la feuille de route d'un auditeur est à la fois fastidieuse et essentielle. Comment, dans ces conditions, la profession a-t-elle pu échapper au discrédit des « affaires » associées aux banques, aux agences de notation ou, parfois, aux régulateurs ? Manque de rigueur, de curiosité, absence d'indépendance par rapport aux clients, intérêts inavoués et inavouables ? Considérés comme les principaux maillons de la chaîne de confiance de la transparence financière, ces organismes garants des comptes de la société qu'ils auditent ont ignoré les agissements de leurs clients et n'ont pas fait part aux autorités de leurs soupçons éventuels. À ces critiques, les intéressés rétorquent que leur mission consiste seulement à faire une « photographie », exercice après exercice, de la situation comptable de l'entreprise, pas à découvrir le montant réel de son endettement.

Il n'en reste pas moins que la plupart des grands scandales de ces dernières années ont exposé à la critique ces professionnels du chiffre. De la faillite frauduleuse du courtier en énergie américain Enron – qui a entraîné dans sa chute le numéro un mondial de l'audit, Arthur Andersen – à Worldcom en passant par Tyco, Ahold, Vivendi ou Parmalat, la liste est longue des détournements sur lesquels les cabinets comptables ont fermé les yeux. Parfois même, ils n'ont rien vu, ce qui, d'une certaine façon, est encore pire. Ces manquements sont d'autant plus inquiétants que la « bande des quatre » représente un risque potentiel majeur pour le système financier tout entier. En effet, si l'un de ces géants devait faire soudain faillite, un quart des données nécessaires au bon fonctionnement des marchés seraient immédiatement gelées. Ensuite, le phénomène de concentration et la course au gigantisme pèsent sur la qualité des contrôles. Les honoraires ne sont pas très élevés car l'audit sert de produit d'appel pour obtenir par exemple des mandats de conseil fiscal, beaucoup plus rentables. Vu le ticket d'entrée exorbitant, les petits et moyens cabinets ont du mal à se faire une place au soleil.

C'est dans ce contexte qu'apparaissent les conflits d'intérêts potentiels. Les auditeurs se sont lancés dans le métier de banque d'affaires, surtout au niveau des PME, en tirant profit de leur connaissance du tissu industriel ainsi que du savoir-faire technologique, du management et des risques. De plus, aux côtés des multinationales, ces « Big Four » financent l'International Accounting Standards Board, l'IASB. Il s'agit d'une très discrète association à qui les autorités ont accordé un pouvoir considérable : définir les normes comptables internationales. Autrement dit, on a confié aux loups le soin de veiller sur les moutons : un pari audacieux ! D'autant que ces géants du consulting sont passés maîtres dans l'art de contourner les règles, comme en témoignent les nombreuses filiales implantées dans les zones offshore « pour aider la clientèle ». Nous voici en plein dans le hors-bilan et la finance de l'ombre.

Malgré ces carences, les cabinets comptables ont tout de même une responsabilité civile, voire pénale, portant sur l'exactitude des comptes de leurs clients. Ce qui n'est pas le cas des bureaux-conseils, notamment du premier d'entre eux, l'énigmatique McKinsey, qui exerce un vrai pouvoir sans publicité aucune.

Si l'expression n'était pas déjà prise, on l'appellerait « la Firme ». La réussite de McKinsey est en effet fondée sur une philosophie simple : « Tout est mesurable et ce qui est mesuré est gérable. » Au nom de ce principe intangible, ces « grosses têtes » vendent cher aux entreprises et aux gouvernements leur savoir-faire en stratégie et en réorganisation. Sabrer dans les coûts, licencier à tour de bras, mais aussi mettre l'accent sur la recherche et le développement technologique ainsi que la promotion de la marque n'ont plus de secret pour la compagnie fondée à Chicago en 1926 par James Oscar McKinsey, ancien professeur d'expertise comptable.

On entre dans cette citadelle comme on entre en religion. Les consultants sont le pur produit d'une culture d'entreprise unique : pression maximale et constante en vertu de la maxime « tu grimpes ou tu dégages », primauté du travail en équipe, recrutement haut de gamme, sens du compromis. Chaque candidat, s'il a le bonheur de franchir les haies successives, doit se soumettre au look maison : costume sombre, cheveux impeccablement coupés, cravate foncée, chemise blanche et absence de toute fantaisie. Il faut être clean jusqu'au bout des ongles pour espérer, après un parcours d'obstacles d'une dizaine d'années, décrocher le sésame : le statut d'associé-gérant. Dans cette société de personnes en commandite, les *partners* sont responsables à hauteur de leurs avoirs personnels en cas de pertes, mais accaparent une partie des éventuels profits. Cette carotte motive les jeunes recrues qui acceptent un salaire bien inférieur à celui qu'offre la banque, voire l'industrie.

L'autre point fort de cette internationale du management est son réseau d'influence et d'entraide tissé par ses anciens recyclés dans la fonction publique, le monde des affaires ou le mouvement associatif. Selon ses détracteurs, les « ex » passés dans les affaires finissent toujours par céder à l'« amicale pression » de McKinsey quand il s'agit de remettre à plat l'organisation ou de lancer un audit sur les comptes. Les conflits d'intérêts avec les clients sont consanguins à ce système fermé.

Nombreux sont ceux qui expriment leurs doutes quant à l'utilité de cette armée de conseillers, parfois arrogants voire insolents, qui connaissent la société bien moins que le client. À l'heure de la transparence et de la bonne gouvernance, l'obsession du secret et le mystère entourant ses résultats ont de quoi alimenter toutes les théories de la conspiration.

Face au rouleau compresseur du quatuor infernal banquiers, avocats, comptables et consultants se dressent deux contre-pouvoirs : les analystes des banques et les journalistes. Enfin, en théorie. Car la vigilance de ces deux gardiens de l'économie de la lumière se heurte à la force du lobby de la finance de l'ombre, comme l'a durement expérimenté David Maris. La tâche de cet analyste star de l'industrie pharmaceutique de la Bank of America (BoA) était de recommander aux investisseurs, fonds de pension en tête, d'acheter, de vendre ou de garder un titre. David Maris était également chargé d'expliquer aux médias les arcanes de ce secteur difficile. En 2007, l'intéressé est licencié comme un malpropre pour n'avoir fait que son travail : dans un rapport, il avait exprimé publiquement ses doutes sur les explications fournies par la compagnie canadienne Biovail pour justifier ses mauvais résultats. En l'occurrence, l'accident d'un des camions transportant une grosse cargaison de médicaments. Après les avoir accusés d'avoir organisé une conspiration à Wall Street pour faire chuter son cours en Bourse, la société traîne Maris et son employeur devant la justice qui leur donne raison. Alerté, le régulateur fait également état d'irrégularités dans les comptes du plaignant. Pourtant, l'imprécateur est mis à pied par BoA qui le licencie juste avant Noël pour ne pas avoir à lui payer son bonus, payable en février. Trop de publicité médiatique autour d'un analyste martyr risquait de faire fuir le client ! C'est un peu comme si le gardien qui avait donné l'alerte lors du cambriolage du Watergate avait été licencié et les malfaiteurs condamnés à une contravention !

On peut aisément imaginer les pressions du client, les cris d'orfraie de la direction financière de la banque et la cabale de ses commerciaux mus par l'âpreté au gain. Ne supportant pas la contradiction, la direction préfère couper les têtes rebelles plutôt qu'écouter leurs doléances. Dans cette serre portée à haute température que sont les banques à l'heure de la mondialisation, les analystes sont souvent perçus comme des empêcheurs de s'enrichir en rond. Un contestataire est facilement marginalisé, placardisé, voire licencié, dans le cadre d'une pseudo-réorganisation. Un analyste qui recommande trop souvent certains titres à la vente agace le client. Celui-ci se retourne vers la direction de la banque : comment donner un mandat de fusion-acquisition ou d'émission d'actions à un établissement dont l'un des analystes se montre systématiquement très critique envers les titres qu'il doit juger ?

Les banques, ces jours-ci, en sont presque à utiliser leurs analystes pour promouvoir un titre d'une société dont ils espèrent obtenir le prochain mandat ! C'est pourquoi beaucoup d'analystes hésitent à préconiser la vente d'une action. Wall Street – comme la City – est un petit monde. David Maris a eu du mal à retrouver un emploi dans la finance. Les employeurs y regardent à deux fois avant de recruter un croisé de la transparence qui fait passer sa conscience avant l'intérêt de l'entreprise.

Cette mésaventure, une autre analyste de Morgan Stanley l'a connue. En 2002, Claire Kent a émis une opinion sévère sur les perspectives de LVMH. Son P-DG, Bernard Arnault, a réagi très fort : il a intenté un procès en reprochant à la banque d'avoir exprimé des opinions faussées en vue d'avantager son concurrent Gucci, entre 1999 et 2002. À la surprise générale, le raider français a gagné. Après cinq ans de conflit judiciaire, les deux groupes ont oublié la justice et repris les affaires comme si de rien n'était. Claire Kent a quitté Morgan Stanley en 2008 pour devenir administratrice extérieure de sociétés de luxe.

Malgré les grands principes de la libre entreprise, la vérité c'est que les grosses sociétés peuvent facilement intimider les analystes considérés comme hostiles : on les empêche de poser des questions lors des séances d'information, de rencontrer l'état-major ou de participer aux visites organisées dans les usines… En revanche, ceux qui préconisent d'acheter une action sont traités en seigneurs par les firmes qu'ils suivent. L'auteur se souvient d'une remarque que lui avait faite James Murdoch, dauphin de Rupert Murdoch, alors à la tête des activités internet de News Corp à New York, à propos de Jessica Reif, analyste médias chez Merrill Lynch : « C'est une fan. Elle adore la compagnie. » « C'est une amie », avait aussi confié sobrement Murdoch Jr. à propos de celle qui était à l'époque considérée comme la meilleure spécialiste du titre News Corp. Et pour cause : cette grosse pointure de l'analyse n'avait rien trouvé à redire au goût du secret, à la complexité des structures, aux décisions prises au flair et au mépris affiché de ses actionnaires qui caractérisent, hier comme aujourd'hui, l'empire Murdoch ! Le patriarche des médias qui n'a aucune reconnaissance, ne cesse de fustiger les analystes qui, à ses yeux, manquent d'objectivité et se comportent comme des lemmings, ces petits rongeurs au comportement suicidaire collectif en période de migration.

Il n'empêche, de ce point de vue, les explorateurs des bilans des entreprises engagés dans un combat contre un puissant Goliath contribuent à une meilleure transparence des marchés. Il est regrettable que les gouvernements et les autorités de régulation ne mettent rien en œuvre pour protéger leur indépendance.

La rébellion est, dit-on, dans les gènes des journalistes. Or le métier de chroniqueur financier n'est pas non plus sorti indemne de la crise, loin s'en faut. Alors que les enquêtes, livres, films et rapports sur la cause de la tourmente financière se sont multipliés, le rôle des médias dans ce drame est passé quasiment inaperçu. Cependant, il y a de quoi être inquiet.

Tout d'abord, l'extrême spécialisation des journalistes financiers les a empêchés de saisir les dysfonctionnements de la haute finance. Les rapports entre les marchés et le boom de l'immobilier ont été sous-estimés. Le lien entre l'explosion des produits financiers hypercomplexes et la spéculation a été mal évalué. Il en est de même de la prise de risque encouragée par l'appât de bonus mirobolants, moteur du naufrage collectif. « Nous n'avons pas relié les différents aspects de la crise financière entre eux », reconnaît Lionel Barber, le directeur de la rédaction du *Financial Times*. Pourtant, deux de ses journalistes avaient tiré la sonnette d'alarme : Gillian Tett, la responsable des marchés des capitaux, spécialiste de la dette, et le chroniqueur Martin Wolf, Cassandre des déséquilibres mondiaux. Leurs avertissements avaient été relégués dans les pages intérieures en raison de l'aveuglement général. Le catastrophisme trouve rarement preneur auprès des chefs d'édition en période d'expansion. De plus, la presse économique obtient souvent ses informations de banquiers qui ne sont pas du genre à agiter le drapeau rouge quand tout va apparemment bien !

Mais il y a, au fond, plus grave : c'est ce qu'il faut appeler la cécité des médias, l'adhésion inconditionnelle des nombreux professionnels de l'information aux lois du capitalisme financier. Les stars de l'argent ont été placées sur un piédestal à longueur d'articles, comme dans les magazines people de l'actualité heureuse. La presse croyait dur comme fer en l'efficience des marchés. Et pour cause : c'était la clé de voûte du système de retraite par capitalisation, de l'actionnariat populaire ou du rêve d'accession à la propriété.

Ce consensus n'a jamais été brisé dans un milieu fasciné par les riches et les puissants. Parallèlement, la presse financière était en plein essor grâce à un modèle de croissance fondé sur la consommation et l'immobilier qui gonflait ses recettes publicitaires. Les conflits d'intérêts foisonnaient, à l'image du partenariat – qui se poursuit de nos jours – entre le *Financial Times* et Goldman Sachs dans l'octroi d'un prix littéraire transatlantique réputé, le *Business Book of the Year*.

Par ailleurs – à leur décharge ! –, les journalistes sont désarmés pour comprendre les arcanes des armes de destruction financière massive aux sigles sinistres (SPV, CDO, CDS…) que certains banquiers eux-mêmes ont eu du mal à cerner. Pour tenter d'y voir clair, ces profanes s'appuient trop souvent sur des experts ou des commentateurs habiles à se glisser dans les médias, mais tout aussi dépassés devant la technicité des produits financiers mis au point par les Dr Folamour des salles des marchés. Pressés, les journalistes n'ont plus beaucoup de temps pour enquêter, passer des coups de fil, s'immerger dans leurs sujets et, finalement, décrypter les affaires difficiles. Leur hiérarchie et les lecteurs sont impatients. Or, comme le rappelle Bob Woodward, le célèbre journaliste d'investigation du *Washington Post*, le « tombeur » de Richard Nixon : « En se précipitant, on rate l'essentiel[1]. »

Enfin, l'accès à l'information s'est réduit. Les professionnels des banques d'affaires, des hedge funds ou du capital-investissement sont entourés d'équipes de conseillers en stratégie et en communication chargés de lustrer leur blason. Ces chiens de garde sont priés de combattre la diffusion de toute information déran-

1. *Le Monde*, 2 avril 2011.

geante. Ou de réduire leur impact en cas de malheur. Sinon, gare ! Les condamnations pleuvent, avec leur lot de dommages et intérêts, les contrats publicitaires sont annulés. Un consultant, qui forme aux médias une kyrielle de grands patrons de groupes « à problèmes », dénonce « des P-DG arrogants, profondément amoraux, prêts à tous les mensonges pour masquer leurs erreurs, qui s'entourent de communicants extérieurs très agressifs mais ne connaissant rien à l'entreprise en question ». C'est l'une des raisons du silence de la presse sur les extravagances des seigneurs de l'argent, à l'instar de l'ascenseur privé de Dick Fuld – pour ne pas parler de sa gestion –, le fossoyeur de Lehman, ou de l'ego monstrueux de Fred Goodwin, le torpilleur de la Royal Bank of Scotland, sans parler des innombrables combines de Robert Maxwell en son temps ou de celles de Kenneth Lay, l'ex-boss de la firme frauduleuse Enron.

La situation a-t-elle évolué ? La peste soit des moroses et de la morosité ! Il reste de l'espoir, et l'on retrouve sur Wikileaks et sur les blogs des informations qui court-circuitent le pouvoir des agences de communication. Les révélations qui surgissent depuis quelques années sur les sombres coulisses de certaines multinationales – opérant dans la pharmacie ou le pétrole par exemple – portent à l'optimisme. L'accent mis par les journaux et les sites d'information sur l'analyse et le commentaire, et la convergence, encore limitée mais réelle, qui commence à relier journalisme politique et journalisme financier sont autant de signes positifs.

Tout est-il dit pour autant ? Devant pareil optimisme, il faut songer à l'avertissement du docteur Knock : « Tout homme bien portant est un malade qui s'ignore »…

# 16

# Un monde de brut

Au premier étage du restaurant Glashof auquel on accède par un ascenseur à clé, s'alignent des salles à manger privées. Protégées par de lourdes portes capitonnées, ces pièces à la moquette beige qui a fait son temps, aux murs tapissés d'un méchant papier à fleurs… tout cela sent le renfermé. Et pourtant, ces locaux plutôt minables situés à deux pas de la gare d'une petite ville suisse sont un vrai lieu du pouvoir. C'est là, dans la plus grande salle, qu'un homme reçoit les puissants de la planète. En costume bleu, strict, chemise blanche, cravate neutre, c'est un charmeur. Il est attentionné mais habile, voire retors. Prononcées d'une voix basse dans un anglais légèrement teinté d'accent allemand, les réponses du maître des lieux qui vouvoie toujours ses interlocuteurs sont succinctes.

S'il fallait donner un visage aux pires excès de l'économie de l'ombre, Marc Rich pourrait prêter le sien. Le boucanier des hydrocarbures a créé sa compagnie de négoce de matières premières dans ce coin perdu de Suisse alémanique en 1973. Pendant la guerre froide, la Confédération, pays neutre, permettait aux spéculateurs sur les matières premières de s'enrichir en bafouant les sanctions internationales. Il faut toujours un détonateur pour établir un nouveau sanctuaire de la haute finance universelle dans un coin perdu. Ce sera à Zoug, bourgade qui accueille, on le sait, nombre de discrètes multinationales, comme le partenaire de BP, Transocean.

Mille légendes, plus souvent fausses que vraies, ont couru sur Marc Rich, le plus grand trader en pétrole de l'histoire. En effet, nul n'a été plus secret que le fondateur du marché libre de l'or noir. Ses moindres faits et gestes ont toujours été occultés par la nature de son activité et par sa discrétion. Au crépuscule de sa vie, ce personnage mythique s'est raconté une seule fois dans l'unique biographie autorisée[1].

Cet aventurier est né 1934 à Anvers dans une famille orthodoxe juive originaire de Pologne. Début 1940, sentant l'orage venir, le père, grossiste en chaussures, vend tout pour acheter une traction avant. Le 8 mai, alors que la Belgique est envahie par l'Allemagne nazie, le couple et leur fils unique gagnent Marseille pour s'embarquer sur un navire à destination de l'Australie. Le bateau est intercepté au large du Maroc et la famille internée à Casablanca. Grâce à l'entregent de son polyglotte de père entre les prisonniers et les autorités, ils obtiennent un laissez-passer pour les États-Unis où ils s'installent sans le sou au printemps 1941. « Nous avions tout perdu mais au moins nous étions en vie. » C'est à ce moment-là qu'il a changé de nom, de Reich à Rich. Le père crée une société d'import-export de jute indien qui prospère rapidement.

Interrompant ses études à la New York University, le jeune homme entre en 1954 comme stagiaire chez le négociant en matières premières Philipp Brothers. Trader génial doté d'un incroyable flair, il crée

1. Daniel Ammann, *The King of Oil : The Secret Lives of Marc Rich, op. cit.*

de toutes pièces le marché du mercure. En 1964, il devient directeur de la filiale espagnole en charge des marchés émergents d'Afrique et d'Amérique du Sud. Le fait de vivre dans l'Espagne franquiste, ex-alliée du Führer, ne pose pas d'états d'âme à celui qui a échappé d'un fil à l'occupation de la Belgique par les nazis. « Les affaires sont un terrain neutre. Il est impossible de gérer une compagnie de négoce en vertu de sympathies pour un camp ou un autre » : cette philosophie simple le guidera tout au long de sa carrière.

Mais Marc Rich a des fourmis dans les jambes. Prenant prétexte d'un bonus insuffisant, il claque la porte de Philipp Bros en 1974 avec trois collègues pour créer l'enseigne Marc Rich + Co. Grâce, notamment, au soutien de Paribas, sa réussite est fulgurante. Rivalisant directement avec les majors pétrolières, sa compagnie devient le premier opérateur indépendant contrôlant une production supérieure à celle… du Koweït.

La compétence des hommes, la qualité des équipes, les rémunérations colossales, l'esprit maison, la loyauté envers son personnel et ses clients… est-ce là la seule raison de son succès ? Bien sûr que non. S'ajoutent les mille cheminements souterrains, les accointances douteuses, la politique, le trafic d'influence. Rich viole les sanctions internationales sabre au clair. Il achète du pétrole à l'Iran des ayatollahs alors que le pays est frappé d'embargo et sans se soucier des cinquante-trois employés de l'ambassade américaine pris en otages. La cargaison de brut achetée au rabais est aussitôt revendue au prix du marché à l'Afrique du Sud en plein régime de l'apartheid et à Israël, deux pays boycottés par Téhéran. Ses liaisons dangereuses passent également par l'URSS. Ses collaborateurs négocient le sucre cubain, les métaux congolais, le pétrole angolais, au mépris des risques. Les affaires sont les affaires.

À New York, un jeune procureur, Rudolf Giuliani, se fait les dents sur les escrocs en col blanc. Démangé par la politique, le futur maire de New York lance un mandat d'arrêt contre Marc Rich pour fraude fiscale en 1983. Évitant de justesse la police lancée à ses trousses, ce dernier s'enfuit dans son petit paradis suisse. Sa tête est mise à prix par le FBI. En accumulant les passeports, l'ingrat oublieux se débarrasse de la nationalité de sa terre d'accueil, l'Amérique.

À la fin des années 80, les nuages s'amoncellent au-dessus de sa forteresse de la « Villa rose », son domaine situé au bord du lac de Lucerne. Le fugitif de haut vol sous-estime l'influence qu'aura son retrait des affaires vis-à-vis des autres associés fondateurs. Les traders stars s'impatientent. La chute du régime de l'apartheid, la fin de l'URSS, l'émergence d'un nationalisme minier en Afrique sapent les revenus des intermédiaires. Exigeant leur part du gâteau, les oligarques russes, les négociants chinois de l'or et les industriels indiens du diamant mordent les jarrets des grands groupes de négoce. De surcroît, les banques regimbent à financer un homme, hors la loi aux États-Unis. Un trader fou de l'entreprise perd 172 millions de dollars en tentant d'étrangler le marché du zinc. La société laisse des plumes dans l'achat et la vente d'aluminium en Russie en proie à la guerre sanglante que se livrent les gangs associés aux nouveaux capitalistes.

De sa première femme, Denise, épousée en 1966, Marc Rich a eu trois filles. L'une d'entre elles meurt de leucémie. En raison du mandat d'arrêt américain, il ne peut se rendre à son chevet, une absence qui le hante encore aujourd'hui. Denise le quitte en exigeant une énorme pension alimentaire. Dépité, Rich abuse du whisky et se montre de plus en plus autoritaire envers ses collaborateurs.

Son état-major se rebelle. Victime d'un putsch, il vend, le 7 novembre 1994, sa participation majoritaire pour 600 millions de dollars à un groupe de barons qui vont former une nouvelle compagnie qui s'imposera vite : Glencore. D'autres « Rich boys » créent Trafigura ou se mettent à leur propre compte.

Après son divorce hautement médiatisé en 1996, il prend pour épouse sa maîtresse allemande, Gisela Rossi, un mariage dissous neuf ans plus tard. Au printemps 1996, une nouvelle société baptisée Marc Rich Investment voit le jour. L'entreprise, qui vivote à l'ombre des grands de la profession, sera vendue en 2002 à l'oligarque russe Mikael Fridman.

Marc Rich a assuré entre 60 et 80 % des besoins en pétrole d'Israël entre 1973 et 1993. Dans sa biographie, il reconnaît avoir fourni au Mossad, le service secret israélien, des informations collectées par ses émissaires en Syrie, en URSS et en Iran. L'homme d'affaires a financé en partie l'évacuation des juifs du Soudan, d'Érythrée et du Yémen. Au cours de ses pérégrinations, il s'est lié d'amitié avec Ehud Barak, ex-chef du renseignement militaire. À l'écouter, le Premier ministre de l'État hébreu entre 1999 et 2001 a joué un rôle significatif dans la décision très controversée de Bill Clinton de l'amnistier, le 20 janvier 2001, le dernier jour de sa présidence. L'aide apportée par le négociant à la diplomatie américaine, à propos de laquelle il ne fournit aucun détail, a également pesé dans cette grâce présidentielle.

Craignant toujours pour sa sécurité malgré l'amnistie de Clinton, Marc Rich n'a plus jamais remis les pieds aux États-Unis. Le milliardaire partage son existence entre la Suisse, l'Espagne et le Royaume-Uni. Il vit avec Dolorès « Lola » Ruiz, la petite-fille de la Pasionaria, égérie communiste de la guerre d'Espagne (1936-1939), immortalisée par Hemingway dans *Pour qui sonne le glas*. L'aventurier se veut aussi bienfaiteur, comme en témoigne sa générosité envers des associations juives de par le monde, en particulier en Israël, aux États-Unis, en Belgique et en Espagne. Son association philanthropique est basée en Israël.

L'ancien roi du pétrole préside de nos jours une petite société d'investissements immobiliers, Marc Rich + Co Holding, qui lui a redonné goût à la bataille et lui fournit un agréable remède aux aigreurs du passé. Le spéculateur devant l'Éternel parie également sur les produits dérivés de matières premières, en affirmant : « Je ne me suis jamais autant amusé. »

Pour ses critiques, Marc Rich est un vil spéculateur n'ayant ni dieu, ni maître, ni morale. Les gens de sa caste orchestrent des hausses et des baisses du prix du pétrole totalement artificielles, mettant les consommateurs en coupe réglée ! Face à l'emballement constant des cadrans des pompes à essence, les hommes politiques ont repris ce discours moralisateur. Mais au-delà des effets de manches, le problème est bien réel. La cupidité seule guide ces boucaniers sans scrupule.

En raison de son opacité, le commerce du pétrole occupe une place privilégiée au sein de l'économie de l'ombre. Une marée d'hydrocarbures et un flot d'argent qui vont, viennent, virevoltent dans un labyrinthe secret, celui des marchés internationaux de l'énergie qui fonctionnent dans l'obscurité la plus totale. Les enjeux stratégiques, la multiplicité des intervenants, la lourdeur des infrastructures, les difficultés du transport, les volumes en jeu et la complexité de la chaîne de la matière première la plus échangée au monde brouillent les pistes. Ainsi, le pétrole brut a trois prix de référence géographique, le West Texas Intermediate pour le continent américain, le Brent de la mer du Nord pour l'Europe et l'Afrique, et le Dubaï à l'est du canal de Suez. Le baril se négocie essentiellement sur trois grandes places financières : New York, Londres et Singapour. Les marchés se sont compliqués au fil du temps. Aux marchés physiques se sont ajoutés les marchés « papiers » – contrats à terme, options et ceux dits de gré à gré – non seulement pour le brut mais pour toute la gamme des produits pétroliers, sans parler des dernières innovations, les émissions de $CO_2$ et les biocarburants. Or les traders à haute fréquence sont très actifs dans cet univers du tout-électronique.

Dans ce système en mouvement permanent coexistent officiellement deux types d'acteurs influençant les cours du brut : les commerciaux et les financiers. Dans la première catégorie figurent les négociants en matières premières et les compagnies pétrolières, dans le second les banques. Mais comme tout ce qui concerne l'économie de l'ombre, cette division est floue.

Genève. Les clients qui prennent leur petit déjeuner chez Gilles Desplanches jettent un regard distrait sur les immeubles anodins qui font face au célèbre chocolatier. Pourtant, ces bureaux anonymes sont à leur manière un monument aussi mondialement connu que le jet d'eau. Leur histoire se confond avec celle du négoce des hydrocarbures dont la cité de Calvin est devenue la plaque tournante. Dans un petit rayon autour de la célèbre place du Molard, à l'orée de la vieille ville, se pressent les enseignes puissantes mais peu connues qui font le marché : Glencore, Trafigura,

Vitol, Mercuria ou Gunvor. Ces opérateurs font le pont entre un producteur et un consommateur en acheminant le brut comme les produits pétroliers physiques. La marge bénéficiaire de ces négociants rusés provient des arbitrages (géographiques ou techniques) qui existent sur le vaste marché de l'énergie. Ils détiennent aussi des participations dans des compagnies minières ou achètent des entrepôts, des installations portuaires ou des réseaux de distribution pétroliers. Les volumes traités quotidiennement sont énormes. Le nombre de barils-jour gérés par un Trafigura est équivalent à la production de l'Irak ou d'Abou Dhabi.

L'autre acteur sur les marchés physiques ? Ce sont les majors pétrolières et leurs clients, compagnies aériennes, transporteurs maritimes ou groupes industriels. Le parcours d'un baril (159 litres) de brut de Brent, extrait du gisement d'Alwyn en mer du Nord appartenant à Total, permet de mesurer leur rôle.

Filtré et séparé, le pétrole extrait du réservoir par la plate-forme d'Alwyn est envoyé, par oléoduc tapi au fond de la mer, au terminal de Sullom Voe dans les îles Shetland.

Sur les cartes d'état-major, l'ouvrage d'Alwyn ne représente qu'un point au crayon. Mais dans un immeuble gris parmi tant d'autres, à l'extérieur de Genève, la somme des petits points que possède Total de par le monde constitue une formidable manne financière. Sur sa console, le trader de Total va d'un tableau à l'autre afin de repérer les qualités qui s'échangent sur le plan mondial, les prévisions de la météo, les mouvements des superpétroliers ou du dollar – la monnaie de référence du secteur –, sans oublier, bien sûr, l'actualité politico-économique. L'opérateur s'use les nerfs à acheter et à vendre à terme des cargaisons de brut qu'il ne voit jamais !

Pour des raisons de convenance, Total ne distribue pas uniquement sa production. La société vend à une autre compagnie ou à une raffinerie une partie de ce qu'elle produit, et achète à d'autres une portion de ce qu'elle commercialise. La priorité est d'optimiser les qualités et de réduire les distances de transport. Sur l'ordinateur du trader tombe par exemple la commande d'une raffinerie du groupe : tant de barils, de telle qualité, pour telle période, dans telle fourchette de prix… Si cette cargaison n'est pas disponible dans la production maison, il l'achète sur le marché. Une équipe spécialisée affrète ensuite un navire pour le transport.

Et le pétrole de la plate-forme d'Alwyn ? Le trader décide par exemple de l'envoyer à Rotterdam, aux Pays-Bas. Il sera vendu soit à un intermédiaire, soit à une raffinerie. À la vitesse d'une mobylette, le trajet par tanker entre Sullom Voe et le port néerlandais mettra une bonne semaine. De là, l'or noir poursuivra sa route par oléoduc souterrain jusqu'à la raffinerie d'Anvers puis vers les stations-service belges et du nord de la France.

À ce stade, rien de répréhensible. Si les mises sont énormes, les industriels échangent de vraies cargaisons, des biens tangibles. C'est l'économie réelle. Ces intervenants doivent certes, entre l'achat et la revente, se protéger des fluctuations de prix, mais cela n'a rien de scandaleux, au contraire. Il peut en effet s'écouler plusieurs semaines entre la prise de possession et la livraison des produits sur les marchés de consommation. La volatilité des cours oblige négociants, pétroliers et clients à vendre les fameux contrats à terme (les *futures*) sur les marchés organisés de Londres et de New York pour se couvrir. Ces activités respectent toutes les règles de la bonne gouvernance.

Là où les choses se corsent, c'est que, parallèlement, entre en scène un troisième acteur bien plus mystérieux du Meccano pétrolier physique : les grandes banques d'affaires. Les établissements financiers achètent eux aussi raffineries, capacités de stockage ou participations dans des groupes parapétroliers de sous-traitance. Ainsi, la Société Générale a acquis les activités nord-américaines de trading de RBS Sempra Commodities, société de distribution de gaz naturel et d'électricité. Goldman Sachs et JP Morgan ? Ils distribuent le gaz en France !

Officiellement, il s'agit de diversification, d'élargissement « de la palette de services offerte au client ». Très bien. Mais en fait, ces nouvelles activités permettent de cacher la fringale spéculative pure et dure sur le baril « papier » des banques. Il faut à tout prix éviter d'être classé spéculateur par les autorités de régulation, car dans ce cas, les appels de marge – l'argent qu'il faut avancer pour que la transaction ait bien lieu – sont plus élevés et les positions limitées.

Le problème est que le pétrole est rarement ce que l'on croit, l'univers implacable et sale des plates-formes en mer, des tuyaux, des tankers ou des pompes. Dans le décor officiel, une autre activité bien moins reluisante s'est développée, celle des conflits d'intérêts, des comptes ahurissants et des appétits boulimiques. Les pirates du capitalisme prospèrent dans l'ombre de ce milieu fermé et obsessionnellement discret, où tout le monde se connaît.

Gardée comme Fort Knox, la filiale de trading de Total sur les bords du lac Léman ne se visite pas. Fin de non-recevoir et salutations. L'explication est simple.

La multinationale optimise ses profits de trading par une ingénierie fiscale qui brouille les cartes : achat du cargo physique par un fournisseur, vente à une filiale de Total d'un nom différent domiciliée dans un paradis fiscal et rachat par la filiale de Total destinataire réelle du cargo, par exemple notre raffinerie anversoise, à cette tête de pont extraterritoriale qui est une coquille vide. L'achat se fait au prix du marché, la vente et le rachat par la filiale du destinataire se font à des prix supérieurs, ce qui permet à la filiale offshore de gagner de l'argent. Beaucoup d'argent.

Une autre raison pour laquelle les cours peuvent être manipulés sans grande difficulté par quelques malins réussissant à se glisser entre les mailles du système est le comportement moutonnier des traders qui disposent des mêmes outils informatiques ou de banques de données similaires. Par ailleurs, un intervenant ne doit mobiliser qu'une faible fraction de sa mise spéculative dans l'espoir de réaliser des gains colossaux.

L'absence de la moindre transparence chez les traders de pétrole en provenance de l'ex-URSS constitue un autre point noir. On ne sait rien de l'origine des fonds du Gunvor Group, quatrième société de négoce au monde. Le cofondateur de cette mystérieuse société installée en Suisse en 2002, Guennadi Timchenko, pivot de la nomenklatura de l'énergie, est un ami de longue date du Premier ministre Vladimir Poutine.

Mais il n'y a pas qu'eux. L'innovation financière dresse un écran opaque sur les activités des banques. Ces institutions organisent, financent et exécutent les transactions des spéculateurs purs et durs, les fameux hedge funds, qui cherchent à tirer parti des anomalies des marchés. Dépourvus de l'infrastructure nécessaire, faute de taille, ces derniers peuvent ainsi avancer masqués sur les marchés. Par ailleurs, les mêmes banques investissent parfois directement dans ces fonds désignés à la vindicte publique à chaque flambée du pétrole, et ainsi de suite pour une suite sans fin. Enfin, les groupes financiers sont souvent eux-mêmes propriétaires de firmes de négoce intégrées ou autonomes, comme Phibro (Citigroup), J. Aron (Goldman Sachs), Bear Stearns (JP Morgan). Les bénéfices de cette activité purement spéculative sont amalgamés. Les mêmes critiques de conflits d'intérêts sont adressées aux négociants en matières premières qui ont créé hedge funds et sociétés de gestion de patrimoine pour faire fructifier leur connaissance pointue des coulisses du marché, en particulier les stocks d'hydrocarbures ultra-confidentiels.

Oui ou non, la spéculation tant décriée est-elle responsable de la volatilité des cours ? Un groupe de travail français a répondu, en décembre 2009, par l'affirmative : « Le jeu de certains acteurs financiers a pu amplifier les mouvements à la hausse ou à la baisse, augmentant la volatilité naturelle des cours du pétrole. » C'est le cas à très court terme. En revanche, peu contestent que ces paris n'influencent guère la tendance des prix à long terme, guidés par les fondamentaux de l'offre et de la demande. « Le prix élevé du pétrole est toujours la conséquence d'un déficit de production ou d'un excès de consommation », insiste Marc Mourre, vice-président du pôle matières premières chez Morgan Stanley à Londres. Les opérateurs se défont vite de leurs positions, car les montants et les volumes en jeu défient l'imagination et la maîtrise du risque s'avère hasardeuse. La réalité est qu'il est impossible de déterminer à combien s'élève la part de spéculation dans la hausse des prix sauf à enlever les acteurs financiers du marché pour déterminer, en leur absence, comment se fixe le cours du baril.

Reste que cette spéculation sur l'or noir crée un énorme climat d'incertitude pour tous les secteurs de l'industrie pétrolière, brouillant l'horizon des entreprises, des États producteurs, du consommateur. Si, individuellement, les opérations des institutions financières se perdent dans la masse des pétrodollars, ensemble, elles pèsent lourd. Attaquant en meute, les traders ont souvent la même façon de raisonner, la même expérience, les mêmes réflexes. C'est pourquoi, au vu des risques systémiques de ces phénomènes, les critiques appellent de leurs vœux une réglementation plus stricte du marché à terme. À l'heure de la globalisation des mouvements de capitaux dans l'espace et dans le temps et au vu de la puissance du lobby bancaire, une pareille tentative de régulation s'est révélée toutefois illusoire.

Après bien des tergiversations, en janvier 2010, la Commodity Futures Trading Commission (CFTC), la commission américaine sur les marchés à terme des matières premières, a annoncé la mise en place de plafonds sur le nombre de contrats d'option portant sur les produits énergétiques – pétrole, essence, fioul domestique et gaz naturel. Aux yeux de l'administration démocrate, le système en vigueur d'autoréglementation par les Bourses de matières premières a montré ses limites. Invoquant « la protection du public américain », de nouvelles restrictions ont été mises en place. Elles sont cependant peu contraignantes.

Dans les faits, la commission, compatissante, a accepté sans ciller les arguments des banques : les spéculateurs apportent de la liquidité et donc de la transparence à un marché planétaire. Les rigidités du secteur des hydrocarbures (investissements insuffisants, main-d'œuvre vieillissante et monopoles d'exploration-production étatiques) seraient bien plus préjudiciables que leurs activités. Ils ont gagné. Heureux hasard : le patron de la Commodity Futures Trading Commission, Gary Gensler, a travaillé dix-huit ans chez Goldman Sachs comme trader ! Une réputation de croisé de la déréglementation pend à ses basques. Est-ce étonnant dans ces conditions que son plan de limitation de la spéculation pétrolière soit un robinet d'eau tiède ?

Dans le grand jeu du vice et de la vertu, la tâche des gendarmes européens est également une variante du supplice de Tantale. Les efforts de la Commission européenne en faveur d'une amélioration de l'information sur l'état du marché, de la transparence des transactions et des limites de positions sont systématiquement bloqués par le gouvernement britannique qui entend protéger cette activité très rémunératrice de la City, première place financière mondiale.

Qu'on se rassure : il n'y a pas péril en la demeure pour BP, Shell et Total, qui vont continuer à couler des jours heureux.

# 17

# La guerre des métaux

Des matières premières agricoles à l'énergie, le champ d'un capitalisme opaque, parfois clanique, semble gagner du terrain malgré les proclamations des sommets internationaux divers et variés comme le G20. Le dernier champ de bataille est aujourd'hui l'objet de luttes féroces : celui de la spéculation sur les métaux. Qui croirait que dans un milieu aussi machiste, c'est une femme, Blythe Masters, qui a la haute main sur le secteur tout entier ? Endurcie au combat par l'âpreté de ses collègues masculins et par la solidarité de l'*old boy network*, le réseau d'influence de l'establishment masculin, elle fait figure d'exception dans une profession où le sexe faible est sous-représenté. Imperturbable, le front haut, tirée à quatre épingles et une maîtrise de soi réfrigérante, elle est entrée au panthéon des grands fauves de l'économie de l'ombre.

Cette travailleuse appliquée et minutieuse se définit comme une adepte du yin et du yang, d'un côté la douceur et de l'autre la dureté. Dans cet univers survolté des salles des marchés, elle trouve son oxygène. Son débit est haché. Elle ne souffre aucune contradiction. Elle est anglaise et non américaine, comme beaucoup se l'imaginent. D'Albion, elle a la finesse, la noblesse distante. Pas de doutes là-dessus. Née dans le Kent, élevée dans un pensionnat privé chic avant d'étudier l'économie à l'université de Cambridge, Blythe Masters a fait toute sa carrière au sein de la banque d'affaires JP Morgan où elle est entrée en 1991.

La jeune femme est affectée au trading des matières premières, d'abord à Londres, puis à New York. Elle se marie à 23 ans à un banquier avec qui elle a un enfant. Lors de l'accouchement, Blythe Masters dissimule dans son sac à main, à l'insu des infirmières, un gadget qui lui permet de suivre les marchés depuis son lit d'hôpital. Voilà une tournure d'esprit originale ! Cette banquière qui laisse peu de prise à l'expression personnelle survit à tous les pièges et à toutes les convulsions que connaît la vénérable maison.

En 2005, Jamie Dimon prend la direction de JP Morgan. Très vite, il repère Blythe Masters. Ce qu'il apprécie chez cette femme ? Sa capacité d'écoute ? Son calme ? Sa collaboratrice lui devient en tout cas indispensable. Dans les réunions, il se tourne toujours vers elle pour avoir son avis. La gardienne du temple, qui connaît tous les secrets, petits et grands, de la banque, lui est indispensable. Un an après son accession aux commandes, le P-DG nomme sa protégée au poste prestigieux de directrice du trading de matières premières. « Un métier très difficile car il faut à la fois comprendre le produit et la dynamique du marché, à savoir qu'est-ce qui fait que quelqu'un vend, afin d'anticiper son action », souligne un concurrent de JP Morgan.

« Assis sur le toit du monde », selon l'expression américaine, sorti renforcé de la crise, surfant sur la vague du succès, JP Morgan voit grand. La mission que Jamie Dimon confie à sa protégée est de bâtir de toutes pièces une organisation destinée à faire de

JP Morgan la banque leader mondial du négoce de matières premières. Le défi est énorme : chasser du pinacle Goldman Sachs et Morgan Stanley. Deux milliards de dollars sont investis dans cette aventure pour attirer les meilleurs éléments. La banque, qui a hérité des opérations de Bear Stearns en 2007, rachète une partie des activités matières premières d'UBS et de la Royal Bank of Scotland, en difficulté – ainsi qu'une société britannique d'entrepôts. Si elle réussit cette gageure, Blythe Masters devrait tout naturellement succéder à Dimon le jour venu, affirment les pythies de Wall Street.

Mais, début 2011, un imprévu surgit : Blythe Masters est accusée d'avoir manipulé à la baisse le cours de l'argent métal sur le marché du Comex à New York pour freiner la hausse et dégager des profits substantiels. JP Morgan mais aussi d'autres banques sont visées par plusieurs plaintes d'investisseurs portant sur des centaines voire plusieurs milliards de dollars de bénéfices illicites. Les soupçons de manipulation des cours sont sérieux, au point d'amener l'organisme américain de tutelle des marchés à terme américains, la Commodity Futures Trading Commission, à ouvrir une enquête.

La chute de Blythe Masters va être aussi brutale que son ascension a été fulgurante. Wall Street, secouée, a bien compris qu'une page de la spéculation sur les matières premières était peut-être tournée. La fin d'une époque ? Si les accusations de manipulation des cours proférées par Andrew Maguire, un négociant en métal précieux de Londres, sont graves, c'est qu'elles donnent tout à coup corps aux soupçons entourant le fonctionnement de cet obscur marché des métaux. Et cette fois, il y va de la crédibilité, nationale et internationale, des États-Unis. JP Morgan est l'agent de la

Réserve fédérale sur les marchés. Le vénérable établissement financier dispose désormais d'un poids gigantesque et c'est, avec Goldman Sachs, la banque qui est sortie renforcée de la faillite de Lehman Brothers et de la crise financière.

Les preuves de manipulation des cours sont difficiles à recueillir. Quelle que soit la suite judiciaire que connaîtra l'affaire, en termes de réputation, le dommage potentiel est déjà énorme. Le scandale donne corps aux accusations d'agissements troubles. Amorale, immorale, « Blythe la magnifique » ? Les faits répondront.

Pourquoi choisir le métal argent ? Comparé par les alchimistes à l'astre de la nuit, le symbole du croissant, ce métal précieux, brillant et blanchâtre, est devenu le nom commun de la monnaie. Au fil des siècles, l'argent a joué de bonheur comme de malheur en alimentant tous les fantasmes de la puissance comme de la chute.

Métal lunatique et imprévisible comme les aiment les traders, l'argent est à la croisée de deux univers, celui de l'industrie et celui de l'investissement. Utilisée dans l'électronique, la téléphonie portable, la photographie, la médecine ou l'agroalimentaire, cette matière première intervient dans le calcul du panier de la ménagère. Parallèlement, sa volatilité plus grande, due à un marché étroit, son rôle de valeur refuge contre l'inflation, l'absence de stocks stratégiques et sa production à flux tendu – Pérou, Mexique, Chine et Chili – excitent l'intérêt des spéculateurs. D'où l'importance d'avoir le plus grand nombre possible d'intervenants. Or une poignée de grosses pointures bancaires contrôlent le marché.

Un autre motif, plus personnel, incite Blythe Masters à spéculer sur ce métal précieux. Dans l'aristocratie et la haute bourgeoisie britanniques, l'argenterie a toujours eu une valeur culturelle. Il suffit de visiter châteaux et manoirs pour mesurer son importance. Or, issue des classes aisées, l'Anglaise sait de quoi elle parle. Celle dont la vie est faite de réunions ininterrompues, de vacances écourtées, de vidéoconférences au milieu de la nuit en raison des fuseaux horaires, prend toujours le temps d'assister aux grandes ventes aux enchères de bijoux, de services de table, de couverts et de chandeliers en argent… Ce marché a toujours intéressé les spéculateurs les plus fanatiques. Deux hommes, deux ambitieux texans, vont faire de l'argent métal un vrai mythe.

À la fin des années 70, ces deux hommes d'affaires pittoresques et balourds, Nelson et William Hunt, en comparaison desquels les Ewing du feuilleton *Dallas* ne sont que d'aimables plaisantins, avaient jeté leur dévolu sur ce marché. Par le truchement d'achats colossaux, plus de 100 millions d'onces, représentant à l'époque entre 2 et 4 milliards de dollars, seront amassés. L'objectif ? Créer la pénurie ! De 6,5 dollars l'once en 1979, le cours avait grimpé à 50 dollars début 1980, avant de s'effondrer quand les autorités boursières obligèrent le duo à vendre précipitamment leur trésor. L'empire Hunt s'était finalement désintégré.

Un dernier facteur explique l'envol de cet argent tant recherché. Barclays Capital, l'un des principaux concurrents de JP Morgan, a lancé le premier ETF (Exchange-traded fund) sur l'argent. Auprès des investisseurs spéculatifs en quête d'une protection contre les incertitudes de l'heure, le succès de ce produit boursier adossé à des stocks du métal précieux est fulgurant. L'avantage de cet actif coté en Bourse, associé à des certificats de possession délivrés par le London Metal Exchange, la première Bourse des métaux non ferreux au monde, permet aux investisseurs de s'engager sur les marchés sans avoir besoin d'acheter directement et de stocker eux-mêmes lesdits métaux. De nos jours, les ETF contrôlent les deux tiers des volumes d'argent qui transitent sur les marchés à terme, provoquant une énorme flambée des prix. Selon nombre d'experts, à force de poursuivre sa marche forcée, l'innovation que représentent les ETF pourrait déclencher la prochaine bulle financière. D'autant que de grosses interrogations se posent sur la transparence, le cheminement et la localisation de l'investissement ainsi que l'assurance de ces entités – extrêmement complexes, obscures et dépourvues de liquidité –, symboles par excellence de l'économie de l'ombre.

L'argent est le parent pauvre de l'or, qui lui aussi concentre une forte valeur sous un faible volume ; il est également stocké sous la forme d'Exchange-traded funds. La production physique de métal jaune est très basse, il y a énormément de demande et une offre faible, les devises « papiers » perdent de la valeur, l'inflation monte et le dollar baisse : ce scénario ne peut qu'aiguiser l'appétit des spéculateurs qui avaient longtemps délaissé « la relique barbare » dénoncée autrefois par le grand économiste britannique Keynes. Les stars des hedge funds – John Paulson, George Soros, David Einhorn – portent désormais aux nues le métal jaune qui a retrouvé son éclat depuis la crise financière. Le mythe de l'or, qui remonte à la nuit des temps, a toujours fasciné certains financiers, comme le milliardaire franco-américain sir James Goldsmith qui se présentait comme « un taureau colossal tout en or ». Ce grand chasseur, mort en 1997, avait prouvé qu'il savait viser juste. Avec ses qualités particulières – il est inaltérable, anonyme, invisible et apatride –, l'or était l'un des terrains de prédilection de ce franc-tireur des affaires.

Le marché est relativement étroit, anonyme et totalement libre, ce qui le rend propice aux manipulations des grands acteurs, gestionnaires alternatifs comme banques d'affaires. La gamme de placements or est de plus en plus sophistiquée et variée – certificats, options, contrats à terme, *swaps* –, et de nature à aiguiser l'appétit des magiciens des montages financiers. La peur du lendemain alimente leur frénésie spéculative. Résultat : certains fonds ETF, qui vendent des actions des stocks d'or qu'ils détiennent vraiment, disposent de davantage d'onces que les réserves aurifères de la Banque centrale suisse ou japonaise.

Les métaux moins nobles, particulièrement ceux qu'on utilise dans la construction et l'industrie, sont eux aussi à l'honneur. Ainsi, à la fin 2010, Blythe Masters avait accaparé plus de la moitié des 350 000 tonnes de cuivre du London Metal Exchange, soit 1,5 milliard de dollars, dans le cadre d'un de ses fonds ETF. Le gendarme des marchés britanniques n'avait pas levé le petit doigt.

Les fauves de la spéculation ne s'intéressent pas qu'aux grands métaux, comme le cuivre et l'aluminium. Ils ont également fondu sur l'étain. En 2009, un discret golden boy danois, Lars Steffensen, associé principal du fonds Ebullio Capital Management, est devenu pour un temps le roi de l'étain en contrôlant 90 % des stocks détenus par le London Metal Exchange. L'activisme de ce fonds spécialisé dans les matières premières a été jugé responsable de l'envolée des cours de ce petit métal au-delà de l'offre et de la demande. Une (très) bonne affaire. D'autant que le fonds pratique l'« optimisation fiscale », comme disent les banquiers. Il est en effet immatriculé aux îles Caïmans.

Pratiquement toutes les semaines, la presse rapporte des vols de métaux par des gangs qui peuvent provoquer de graves perturbations, notamment quand il s'agit de fils de cuivre équipant les lignes ferroviaires. Ces vols sont le reflet de l'envolée des prix des métaux comme on n'en a plus connu depuis le long boom des cours au début du XXe siècle. L'offre ne parvient pas à suivre la demande issue des pays émergents. Les mines, en particulier de cuivre et d'étain, vieillissent. Les nouveaux territoires – l'Afghanistan, le Congo, la Papouasie ou la Mongolie – sont politiquement ou physiquement difficiles à exploiter. Les exigences grandissantes des pays producteurs en matière d'infrastructure ou de protection de l'environnement gonflent les frais généraux des compagnies minières. Le mouvement de concentration qu'a connu l'industrie ainsi que la création de groupes gigantesques comme BHP Billiton, Xstrata ou Rio Tinto compliquent la donne. Ces mastodontes sont confrontés à la concurrence directe des groupes chinois et indiens pour l'exploitation des richesses du sous-sol, particulièrement en Afrique. Ce déséquilibre fondamental alimente la boulimie des spéculateurs pour les matières premières. L'avenir leur apparaît prodigieux.

Pourquoi diable Blythe Masters, brillante technicienne de la finance, bardée de diplômes et de compliments, s'est-elle fourvoyée dans ce sulfureux casino des matières premières ? Un théâtre où les spectateurs comme les acteurs n'ont que faire de l'éthique. Où tout est permis sauf l'échec. « Je suis à l'aise avec les chiffres en même temps que créatrice » : il faut connaître le parcours professionnel de Blythe Masters pour comprendre les ressorts de son ardeur obstinée. Ambitieuse, très attentive aux détails, sûre d'elle-même, la patronne des *commodities* est mue par le souci constant de vouloir tout régenter. Ses collaborateurs se plaignent tous de son interventionnisme permanent. Surtout, la vedette de JP Morgan est une récidiviste du risque hors normes.

« La nana qui a créé les armes financières de destruction massive » : quand éclate la crise en septembre 2008, le *Daily Mirror*, un journal populaire britannique, reprend l'allusion à l'arsenal fantôme de Saddam Hussein pour vouer aux gémonies Blythe Masters. « Frankenstein », « affameuse du peuple », « diablesse » : les accusations fusent de partout. Elle reçoit même des menaces de mort.

La raison de cette haine ? En 1997, la jeune fille à la silhouette longiligne et au teint de pêche a fait partie de l'équipe des « grosses têtes » de JP Morgan qui ont créé les premiers produits dérivés de crédit. À force d'emprunter les sens interdits, les traders franchissent tous les obstacles, sabre au clair, déconstruisant les produits, les regroupant finalement pour les revendre en tranches. Leurs supérieurs comme les régulateurs n'y ont vu que du feu.

Blythe Masters, elle, a poursuivi sa carrière météorique après la dissolution de l'équipe. D'autres prennent le relais de cette course au précipice. Devenue la femme la plus puissante de Wall Street, elle est portée par ses pairs à la présidence de la Securities and Financial Markets Association, l'organisation professionnelle des métiers de la haute finance ! À la fin de 2008, dans la foulée de la tourmente des subprimes, elle déclare : « Notre industrie doit rebâtir sa réputation et la première étape est de reconnaître que nous avons des comptes à rendre. » Pas un mot en revanche sur la boulimie de « fric », la folie des grandeurs, les sommes virevoltant dans un labyrinthe de comptes secrets, de banques offshore, de sociétés-écrans qui règnent. Blythe Masters sort de la crise impeccable, pas un faux pli à son tailleur, pas un cheveu de travers. Et quand de nos jours un audacieux évoque devant l'intéressée les pertes immenses causées par ses mauvais paris sur le métal argent, la reine des métaux pousse la chansonnette en fredonnant le refrain de Frank Sinatra, *That's Life*. C'est la vie… Gagner de l'argent est l'obsession de tous, en faire perdre aux autres, un dommage collatéral regrettable mais au fond sans importance. Telles sont les règles du jeu !

Pendant ce temps, étrangement, le régulateur ferme les yeux. Pour sa part, le bilan de JP Morgan ne précise jamais l'ampleur de son activité de trading, très rémunératrice, sur les matières premières.

Une telle situation n'est pas exempte de dangers systémiques. C'est pourquoi cette folie furieuse des paris est à l'affiche des G20. À lire le rapport d'ouverture du forum économique de Davos qui s'est tenu en janvier 2011, l'explosion des cours des matières premières est l'une des cinq grandes menaces au bien-être des nations, au côté de la guerre cybernétique, du vieillissement de la population, du repli sur soi à l'écart de la mondialisation ou de la détention d'armes de destruction massive par des terroristes. Mais jusqu'ici, les mesures adoptées contre cet affairisme parasitaire amplifiant démesurément les flux commerciaux, jusqu'à créer une bulle susceptible d'exploser à tout moment, ont été bien timides.

# 18

# Fonds souverains : l'arme invisible

Le directeur général de l'Abu Dhabi Investment Authority (ADIA) lui donne cérémonieusement du « cher ami » et lui, de son côté, l'appelle respectueusement « Monsieur ». Sous cette courtoisie presque compassée affleurent vite des liens d'une robustesse à toute épreuve : Jean-Paul Villain, directeur de la stratégie auprès du plus riche fonds souverain au monde, ne se pousse pas du col. Qui est ce conseiller si discret ? Un homme qui pèse très lourd auprès des dirigeants du plus gros portefeuille de la planète. Un spécialiste qui s'impose comme l'investisseur en chef d'un pactole colossal qui se situe entre le PIB de la Belgique et celui de la Russie ou équivaut environ au double des revenus annuels d'ExxonMobil ! Faire fructifier au mieux, en la plaçant à l'étranger, la rente de la manne dégagée par l'Abu Dhabi National Oil Company, la compagnie nationale des hydrocarbures de l'émirat, voilà le joli parcours professionnel de ce Français de 65 ans.

Au siège de béton beige et sans charme de cette caverne d'Ali Baba, en plein cœur de la capitale, Abou Dhabi, Jean-Pierre Villain se préoccupe peu des signes extérieurs du pouvoir. Ce conseiller à l'air modeste et au physique de professeur de math reçoit ses visiteurs dans une salle de réunion aux murs blancs et sans la moindre décoration. Les meubles sont d'un autre âge. Tout semble si banal qu'on pourrait se croire dans un bureau de change d'un bazar du Caire ou de Beyrouth. Les cheveux blancs sagement peignés, le regard bienveillant sous un sourcil à demi levé, Jean-Pierre Villain jouerait à merveille le rôle de l'oncle de province dans un feuilleton soporifique de l'après-midi.

Les cadres du fonds, l'ADIA, doivent garder un profil bas pour remplir leur mission : d'abord financer le budget des Émirats arabes unis qui se confond avec celui de la famille régnante, les Zayed, ensuite préparer l'après-pétrole pour les générations futures. Leur éminence grise, diplômé en sciences politiques, en économie et en mathématiques appliquées, dispose d'au moins deux grands atouts : son expérience de gestionnaire de fortune chez Paribas et… sa rondeur.

« Notre tâche n'est pas de recycler les pétrodollars que nous recevons du ministère des Finances, mais de les distribuer sur les marchés en mélangeant innovation et prudence », insiste ce technicien subtil. Quoique porté vers les placements du style bon père de famille, il sort occasionnellement des sentiers battus, en investissant dans des fonds spéculatifs par exemple.

Ces dernières années, le paysage économique s'est profondément transformé, bouleversé par la mondialisation financière et par les politiques de déréglementation menées par les gouvernements du Golfe arabo-persique.

« Une dernière question ?, propose notre interlocuteur.

– Oui, quelle est la valeur exacte de votre portefeuille ? »

Chut ! Sourire entendu et poignées de main. L'entretien est terminé. Jean-Pierre Villain replonge déjà dans ses dossiers. L'exercice du vrai pouvoir financier est fascinant.

L'influence de ces nouvelles puissances, inconnues du public, est récente. C'est en 2005 que le banquier Andrew Rozanov a inventé le terme de *Sovereign wealth funds* (SWF) traduit en français par fonds souverains. Ces fonds, qui existent depuis au moins le milieu du XXe siècle, ont connu un véritable boom à partir des années 90 sous l'impulsion des pays du Proche-Orient. L'expression désigne les avoirs des structures créées par certains États pour gérer l'excédent de leurs ressources en devises, à l'exemple des pétrodollars issus de la production d'hydrocarbures. Leur mission est de placer ces actifs à l'étranger au profit des générations futures. Ils symbolisent alors le passage progressif du pouvoir économique de l'ouest à l'est de Suez.

La force de frappe financière de ces citadelles ? À la hauteur de leur fortune : colossale. Le bureau de conseil financier britannique Preqin, qui fait autorité en la matière, évalue leurs avoirs totaux à 4 000 milliards de dollars en 2011 contre 3 510 milliards en 2010. Selon le hit-parade de Preqin, en termes d'avoirs sous gestion, avec 625 milliards de dollars, l'ADIA est le plus gros fonds souverain du monde, suivi du fonds de pension norvégien (530 milliards). Les autres acteurs ? Deux entités chinoises, SAFE Investment Company (347,1 milliards) et la China Investment Corporation (347 et 332 milliards), la Government of Singapore Investment Corporation (315 miliards), la Hong Kong Monetary Authority Investment Portofolio (293 milliards). Et les Européens ? Ils n'ont, à l'exception de la Norvège, pas su se constituer une épargne digne de ce nom !

L'augmentation du patrimoine des SWF n'est toutefois pas générale. Les actifs des entités de la Chine, de la Norvège et de l'Australie ont fortement progressé.

Mais les ressources d'autres institutions sont restées stables (Koweït) voire ont reculé (Russie) à cause des ponctions des gouvernements pour faire face aux dépenses courantes ou réduire le déficit budgétaire. Dans le monde arabe, alors que les poids lourds que sont les fonds d'Abou Dhabi et du Qatar ont poursuivi leur ascension, des incertitudes demeurent sur les revenus de pays au cœur de la tourmente du « printemps arabe » de 2011, comme la Libye, Oman, Bahreïn, ou qui pourraient l'être par contagion (Algérie, Arabie Saoudite, Dubaï). Et malgré la politique de diversification, l'évolution de leur cagnotte reste extrêmement tributaire des prix des hydrocarbures.

La guerre civile en Libye a ainsi braqué les projecteurs sur la Libyan Investment Authority (LIA), le fonds souverain libyen, considéré comme le bras séculier du régime Kadhafi aux côtés de la compagnie nationale des pétroles. Tapi au vingt-deuxième étage de la tour Bourj Al-Fatih à Tripoli, cette enseigne a été créée en 2006, dans le cadre d'une certaine ouverture au monde extérieur. À l'image des autres fonds souverains, sa mission consiste à diversifier les pétrodollars au-delà de la seule manne des hydrocarbures en vue de diminuer les risques d'un développement économique centré exclusivement sur l'or noir (80 % à 90 % des recettes de l'État libyen).

À pas rapides, cette cagnotte publique a, dans un premier temps, limité ses investissements extérieurs aux obligations d'État et aux placements en liquide. Par la suite, la LIA s'est diversifiée dans les actions et l'immobilier, en Europe et dans le monde arabe. Son territoire de prédilection est l'Italie, comme en témoignent les prises de participation minoritaires dans Unicredit, la plus grande banque de détail de la péninsule, dans le groupe d'aéronautique et de défense Finmeccanica, dans le domaine des communications et dans le club de foot de la Juventus de Turin. En Grande-Bretagne, le fonds souverain a notamment investi sur le marché immobilier londonien, en particulier dans le prestigieux quartier de Mayfair, à l'ouest de la capitale. En 2010, la LIA a aussi pris une petite part du capital de Pearson, le groupe d'édition qui détient, entre autres, le *Financial Times*.

À la fin 2007, la Libyan Investment Authority s'est lancée dans la haute finance. Une expédition qui s'est révélée désastreuse, comme en témoignent les pertes colossales dans ses placements, en particulier Goldman Sachs et la Société Générale. À l'époque, Tripoli rêve d'émuler les fonds souverains géants du Golfe et d'Asie. Pour ce faire, la LIA cherche à diversifier son portefeuille en investissant dans des placements sortant des sentiers battus, notamment dans des produits financiers « structurés » et dans des hedge funds.

Aux yeux des néophytes qui dirigent la LIA, Goldman Sachs est le nec plus ultra. En particulier, Saïf al-Islam, le fils du Guide, favori des Occidentaux et homme fort de la LIA, est fasciné par la puissance de l'institution reine de Wall Street, par la gamme de ses activités, par la culture d'entreprise unique et surtout par ses associés riches comme Crésus.

Goldman sait, il est vrai, en mettre plein la vue quand il s'agit d'impressionner les nouveaux riches dont elle entend profiter à bon escient. Après tout, Washington, Londres et Paris choient à l'époque le régime de Tripoli redevenu fréquentable. La banque sort de sa manche ses deux atouts maîtres : Michael Sherwood, son codirecteur pour l'Europe, un Britannique plus vrai que nature, réputé pour son inventivité et sa réactivité, et surtout l'arabophone Driss Ben-Brahim, père marocain, mère autrichienne, la star des marchés émergents à Londres, chargé plus spécialement des fonds souverains du Golfe. Au printemps 2007, ce dernier, centralien et diplômé de l'Insead, a défrayé la chronique en touchant le plus gros bonus de l'histoire de la City. Ces deux personnages sûrs d'eux et richissimes impressionnent les représentants de la grande Jamahirya populaire et socialiste !

De janvier à juin 2008, la LIA confie à Goldman Sachs 1,3 milliard de dollars de la rente pétrolière, investis dans des produits à risque basés sur un panier de devises et d'actions. Ces placements parient sur la hausse des cours de six grands groupes financiers et industriels dont EDF. Patatras, la crise financière de l'automne 2008 essore l'investissement. Une semaine avant la chute de Lehman Brothers, Ben-Brahim est recruté à prix d'or par un hedge fund londonien et coupe tout lien avec les Libyens. En février 2010, 98 % de la mise initiale se sont évaporés.

La Société Générale, elle aussi, a dilapidé les fonds libyens[1] : sur 1,8 milliard de dollars confiés à l'établissement français, plus de la moitié ont aujourd'hui disparu.

Comme la LIA, les fonds souverains n'interviennent pas habituellement dans la gestion des entreprises dans lesquelles ils investissent et ils exercent peu leur droit de vote. Neutres ils sont, neutres ils resteront, fidèles à leur doctrine de non-ingérence. Discrets et prudents, ils préfèrent garder un profil bas pour ne pas effrayer les marchés cibles.

Ces achats d'entreprises sont surveillés par les gou-

1. *Le Monde*, 27 mai 2011.

vernements occidentaux qui gardent un œil sur ces fonds d'État du Moyen-Orient. La mésaventure du KIO, le bras armé financier du Koweït, lors de son acquisition de 20 % du capital du géant pétrolier BP en 1988, témoigne de ces peurs. Par crainte d'une mainmise de cet État pétrolier sur les gisements de la mer du Nord, le gouvernement britannique avait immédiatement ordonné une enquête. L'émirat avait alors été contraint de ramener sa part à 9,9 %. En Italie, la montée en puissance des Libyens dans le capital d'Unicredit a provoqué d'importantes tensions au sein du conseil d'administration de la banque au point de provoquer la démission de son président, Alessandro Profumo, à l'automne 2010.

C'est que les fonds souverains illustrent jusqu'à la caricature le capitalisme de l'ombre. À l'exception de l'entité norvégienne ultra-transparente, les SWF avancent toujours masqués. L'opacité est presque totale, malgré l'adoption par les plus éclairés d'un code de conduite de « bonne gouvernance » dit « principes de Santiago », promulgués sous la houlette du Fonds monétaire international.

Cela dit, le fonctionnement de base est simple : il s'agit d'organismes d'État dont la stratégie colle à celle des gouvernants en place. C'est le cas par exemple des trois fonds souverains chinois qui ont massivement investi dans les ressources minières du continent africain. Au Proche-Orient, il est d'ailleurs impossible de séparer, dans les actifs, ceux qui appartiennent à l'État d'une part et ceux qui sont aux membres des familles régnantes d'autre part. Les fonds sont réticents à divulguer des détails sur l'allocation de leurs avoirs. La Libyan Investment Authority s'était certes dotée d'un auditeur et d'un conseiller financier extérieurs, mais leur marge de manœuvre était des plus limitées face aux consignes venues de la Banque centrale de Tripoli.

La non-ingérence dans le management est la pierre angulaire de la philosophie d'un investisseur « dormant » et peu exigeant – sauf, évidemment, en termes de rentabilité. Les princes ou leurs hommes liges se contentent d'un strapontin dans les conseils d'administration. Les cadres étrangers ont généralement la paix, sauf quand le caprice du prince les oblige à investir dans telle ou telle entreprise liée de près ou de loin à la cour… Car le mélange des genres est la règle : le président de l'autorité d'investissement du Qatar, qui gère plus de 60 milliards de dollars issus surtout du gaz naturel, est cheikh Hamad al-Thani, membre de la famille royale, Premier ministre, ministre des Affaires étrangères et l'un des hommes d'affaires les plus prospères de la région. Ce capitalisme-là, au Moyen-Orient, repose largement sur le conflit d'intérêt et, souvent, le népotisme.

La Saudi Arabia Monetary Authority (SAMA) est le principal fonds souverain du royaume wahhabite. En théorie, à l'image de la compagnie nationale des pétroles, Aramco, la SAMA est protégée de l'influence de la famille régnante, nombreuse et secrète. Dans les faits, le fonds est sous la coupe des princes dont beaucoup sont accusés de cupidité, de corruption et d'un train de vie extravagant. Un autre trait caractéristique des fonds proche-orientaux ou asiatiques est leur formidable réseau politique formé d'amis très haut placés dans les cercles du pouvoir, à Londres, Paris ou Washington.

La Libye en fournit le meilleur exemple. Londres est devenue la plaque tournante des investissements libyens en Europe en 2004, quand Tony Blair, alors Premier ministre, a tendu la « main de l'amitié » à Kadhafi. Le statut privilégié réservé aux pétrodollars, les dégrèvements fiscaux en série et les liens traditionnels de la City avec le Proche-Orient et l'Afrique expliquaient ce tropisme britannique du clan du dictateur.

L'Angleterre était d'autant plus permissive que le dauphin présumé de Kadhafi, son fils Saïf al-Islam, grand anglophile, docteur en économie de la London School of Economics, avait constitué un réseau d'influence très puissant, au sein de l'establishment du royaume. Rien que du beau linge, si l'on ose dire : Tony Blair, d'abord, devenu entre-temps conseiller de JP Morgan. Il fallait y ajouter son ex-éminence grise, Peter Mandelson, qui officie aujourd'hui chez Lazard, l'ex-espion du MI6, Mark Allen, recruté par la compagnie d'hydrocarbures BP, très active en Libye, le spéculateur Nathaniel Rothschild ou l'oligarque russe Oleg Deripaska. Le représentant britannique au commerce extérieur, le prince Andrew, fils cadet de la reine, faisait également partie de cette nébuleuse.

Grâce à leurs poches sans fond, les fonds souverains agissent aussi par le truchement d'affairistes nourris dans le sérail et qui en connaissent tous les détours. Né en Syrie, doté d'un passeport saoudien, domicilié à Monaco, installé au Royaume-Uni – un vrai citoyen du monde ! –, Wafic Saïd est l'un des plus importants. Ce fils d'ophtalmologue de Damas a fait fortune dans le BTP en Arabie Saoudite, avant de construire un véritable empire de participations industrielles et financières. Ce mondain charmeur et flatteur a bâti son pouvoir sur une longue pratique de la face cachée des affaires. Tout naturellement, il devient le représentant en Arabie Saoudite du gigantesque groupe d'armement britannique British Aerospace, devenue BAE Systems.

Grâce à son entregent, Wafic Saïd jouera en 1985 un rôle clé d'intermédiaire dans le fameux contrat de vente de cent vingt avions de combat Tornado.

D'où lui vient sa force ? De sa complicité avec les princes saoudiens. Une histoire ancienne : à la fin des années 60, le futur entremetteur en était à ouvrir avec son frère un restaurant de kebabs à Londres. Alors étudiants, les princes Bandar et Khaleed fréquentent assidûment l'établissement et se lient d'amitié avec les deux propriétaires. C'est grâce à ces relations que le jeune homme, entre-temps marié à une Britannique bien née, s'installe dans le royaume saoudien. Enrichi dans les affaires, il en obtient la nationalité en 1981. Deux ans plus tard, le prince Bandar devient l'ambassadeur saoudien aux États-Unis – un poste crucial – tandis que le prince Khaleed poursuit une carrière brillante dans l'armée de l'air.

En 2006, le Serious Fraud Office, service britannique de lutte contre la délinquance financière, lance une enquête visant la distribution de pots-de-vin par BAE Systems dans de nombreux pays. Le prince Bandar aurait bénéficié de plus de 2 milliards de livres de « commissions » en versements échelonnés et d'un Airbus A340 totalement aménagé. Tous les projecteurs sont alors braqués sur le milliardaire Wafic Saïd, le « go between », entre-temps devenu un gros propriétaire de pur-sang, personnage clé de la haute société londonienne, et qui a aussi financé la création de l'école de commerce de l'université d'Oxford qui porte son nom. Un adepte du capitalisme hors la loi ? Sans doute pas, mais sa compagnie, Said Holdings, est tout de même immatriculée aux Bermudes !

En décembre 2006, à la suite d'intenses pressions de Riyad, le Premier ministre, Tony Blair, avait clôturé l'enquête (au nom de l'entente entre les deux pays et de la collaboration antiterroriste). Heureux hasard : BAE Systems a signé par la suite un très important contrat d'armement avec l'Arabie Saoudite portant sur la livraison de soixante-douze avions de combat Eurofighter. Les pétromonarchies sont rassurées et renvoient l'ascenseur au besoin, comme ce fut le cas lors de la crise financière de 2008. Deux fonds souverains proche-orientaux ont alors permis à la banque britannique Barclays d'échapper à l'« ignominie » de la nationalisation partielle de plusieurs établissements financiers, décrétée en octobre 2008 par le successeur de Blair, Gordon Brown.

Les circonstances de ce sauvetage sont en vérité extravagantes. Pour séduire les capitaux des pétromonarchies d'Abou Dhabi et du Qatar, Barclays a fait appel à… deux femmes de choc. Elles s'appellent Amanda Staveley et Diana Jenkins. Leur talent ? Entretenir des contacts au plus haut niveau au sein des familles princières des émirats. Volontiers misogynes et austères, les riches fortunes du Golfe se sont entichées de ces deux femmes d'affaires anglaises aux longues jambes pâles, au look longiligne et à la voix suave comme un bonbon Quality Street.

Malgré son jeune âge, Amanda Staveley a une longue expérience du business au Proche-Orient. Après des études bâclées de langues modernes à Cambridge, elle ouvre un restaurant huppé à Newmarket, haut lieu de l'élevage anglais de pur-sang. Sa clientèle compte la fine fleur des propriétaires de chevaux de course, à commencer par la dynastie Maktoum de Dubaï. Ce clan introduit aussi la femme d'affaires auprès du roi de Jordanie, soucieux d'attirer les investisseurs étrangers. Amanda est ensuite chargée du rachat (avorté) du club de football de Liverpool par Dubaï. En septembre 2008, elle organise, avec succès cette fois, la reprise par le cheikh Mansour d'Abou Dhabi de Manchester City, autre club phare de la Premier League. Sa liaison, en 2003, avec le prince Andrew, lui a permis au passage d'étoffer son carnet d'adresses. Cette belle femme incarne le vieil argent britannique, les milieux équestres, la discrétion alliée à la tradition. Diana Jenkins, réfugiée bosniaque, arrivée démunie, en 1993, au Royaume-Uni, représente, elle, la persévérance de l'outsider. Ses relations avec le Qatar passent par son époux, Roger Jenkins, à l'époque chargé de la zone chez Barclays Capital. Cet Écossais s'est enrichi grâce à son expertise qui permet aux grosses fortunes de payer moins d'impôts en toute légalité. Surnommée « l'impératrice du bikini » en raison de sa participation majoritaire dans une firme de maillots de bain, Diana s'est liée d'amitié avec l'épouse de cheikh Hamad, président du fonds souverain de l'émirat gazier. Les liaisons sentimentales se glissent parfois dans l'économie de l'ombre.

Actualité militaire oblige, c'est une question toute simple, donc redoutable, de l'ONG anticorruption britannique Global Witness qui devrait tarauder les esprits : l'intervention en Libye aurait-elle été nécessaire si les banques occidentales avaient refusé de faire fructifier les avoirs du colonel Kadhafi et de son clan ? Si elles avaient menacé le dictateur de saisir sa fortune ? Si elle aboutit, la traque de l'argent des dictateurs, des présidents déchus d'Afrique du Nord comme du Proche-Orient, ainsi que de leurs proches, devrait confirmer une nouvelle fois que, pour le secteur bancaire, l'argent n'a pas d'odeur.

Après le scandale du blanchiment des « fonds

sales » du Zaïrois Mobutu, du Nigérian Sani Abacha ou du Philippin Ferdinand Marcos, on pensait avoir tout vu en matière d'immoralité de certains professionnels du placement financier haut de gamme. Il faut à nouveau déchanter. Les *politically exposed persons*, comme on appelle dans le jargon les personnalités politiques controversées, parviennent à délocaliser sans problème leurs espèces et métaux précieux ou à acheter dans l'immobilier de luxe. Des institutions financières étrangères, accueillantes et peu regardantes devant les exactions et les crimes commis, les aident dans ce pillage systématique des ressources de leur pays. Pourquoi des enseignes prestigieuses et renommées acceptent-elles d'héberger les richesses de dictateurs, cheikhs ou oligarques sentant le soufre ?

Première explication de cette perméabilité à tous les étages, cumulant coûts et risques faibles : la gestion de tels patrimoines est une activité très lucrative qui passe souvent inaperçue au milieu de milliards de dollars de transactions. Un type de compte facile à rentabiliser : il suffit de modifier de temps en temps la répartition des actifs dans le portefeuille de ces clients assez peu regardants, ce qui permet au passage de multiplier les commissions. Quant aux réglementations, les banques se contentent de suivre les procédures administratives minimales : vérification de l'identité du client et de la provenance des fonds, déclaration des transactions suspectes aux autorités compétentes et respect de l'impressionnant arsenal antiblanchiment de l'argent du terrorisme mis en place dans la foulée des attentats du 11 septembre 2001… L'expression anglaise *ticking the boxes* (« cochez la case correspondante ») résume bien cette stratégie passive face aux déposants originaires de pays où la corruption est endémique.

Mais cette prospérité de l'économie parallèle tient aussi aux capacités d'expertises des grandes places financières occidentales. Celles-ci ont des bataillons de banquiers privés, d'experts-comptables et d'avocats internationaux passés maîtres dans la construction de structures opaques brouillant les pistes. Immatriculés dans l'un de ces paradis réputés pour leur laxisme, les « trusts », qui permettent de cacher l'identité du bénéficiaire des fonds baladeurs, en sont le meilleur exemple. Les pistes sont encore plus brouillées grâce à la multiplication des structures dormantes – siège social, secrétariat, directeurs, actionnaires – disséminées dans différents paradis afin de pouvoir mieux échapper au fisc. « À moins de combattre ces circuits financiers parallèles, la lutte efficace contre le blanchiment, la fraude fiscale, la corruption et toutes les formes de crime organisé est impossible », proclame l'ONG Global Witness.

Mais si ces activités se sont autant développées, c'est qu'elles ont bénéficié de la protection des États. Enfin, de certains États ! En effet, les dictatures disposent de l'immunité souveraine. Dans ce contexte, les grandes banques privées, à Londres comme à Paris, Monaco ou à Genève, ont longtemps cajolé despotes et autocrates.

À ce réquisitoire, le lobby bancaire réplique avec bon sens qu'il lui est impossible de séparer le bon grain de l'ivraie, les actifs nationaux de la fortune personnelle des dirigeants. Jusqu'au déclenchement de la rébellion, Washington, Londres et Paris ont accueilli avec enthousiasme les avoirs de la Libyan Investment Authority contrôlée par des hommes liges du régime. D'ailleurs, ajoutent les financiers, une armée de déontologues est chèrement payée pour veiller à la conformité des opérations avec la loi. C'est vrai aujourd'hui, depuis peu.

Enfin, se défend le monde financier, si les établissements occidentaux bien régulés refusent d'ouvrir un compte aux *politically exposed persons*, d'autres institutions, chinoises, indiennes, latino-américaines ou russes, plus accommodantes avec l'argent d'origine douteuse, s'en chargent toujours sans états d'âme.

À toute chose malheur est bon. La crise financière de 2008 et le sauvetage des banques par le contribuable ont bouleversé la donne. Aux États-Unis, la nouvelle loi Dodd-Frank contraint désormais les compagnies minières et d'hydrocarbures cotées à une Bourse américaine à divulguer les bénéficiaires des royalties versées à l'étranger. L'Union européenne, elle, a imposé un peu de transparence aux opérations des fonds spéculatifs. De surcroît, la coopération internationale en matière d'entraide judiciaire pour tracer les fonds et organiser leur rapatriement s'est nettement améliorée. Enfin, après les graves manquements à la déontologie de tant d'institutions financières lors des « dix glorieuses » précédant la crise des subprimes, l'heure est au retour à une certaine morale en affaires. Bon nombre de banques refusent les actifs des déposants suspects, y compris certains hommes politiques, pour ne pas ternir leur image ou prendre des risques.

Mais les vieilles habitudes ont toujours la vie dure. En particulier dans la City, la plus grosse place financière extraterritoriale qui contrôle un quart des avoirs offshore au monde. Londres offre un traitement de faveur aux riches immigrants extracommunautaires pour pouvoir s'installer au Royaume-Uni. Au cœur de l'Europe, la ville serait-elle le dernier paradis fiscal qui ne dit pas son nom ?

# Conclusion

## Un nouveau krach est-il possible ?

L'idée de ce livre a germé lors de promenades dans l'allée des milliardaires, Kensington Palace Gardens, l'oasis londonienne de verdure et de calme proche de mon domicile. Le roi de l'acier, l'Indien Lakshmi Mittal, habite l'énorme bâtisse victorienne du 18. L'oligarque russo-américain Len Blavatnik occupe les 15, 15A et 15B. Le roi d'Arabie Saoudite, Abdallah, est propriétaire du 12. Jon Hunt, fondateur de Foxtons, la plus grosse agence immobilière d'Angleterre, possède le 10. Le numéro 20 appartient au sultan de Brunei. Un autre oligarque de renom, Boris Berezovski, a acquis deux appartements dans les immeubles de brique rouge de Palace Green, situés près de la porte sud. À côté de ces six grands milliardaires vivent une kyrielle de petits magnats qui ont acheté les nouveaux condominiums. Dans un rayon de deux ou trois kilomètres à la ronde vit également une collection de richissimes hommes d'affaires étrangers reclus dans des immenses hôtels particuliers : le roi du shipping, John Fredriksen, les princes des métaux et du fer, les frères David et Simon Reuben, les Hinduja, Alisher Usmanov et Roman Abramovitch, le champion de la pharmacie, Ernesto Bertarelli, et tant d'autres dont le *Sunday Times* dresse chaque année le palmarès.

La reine est propriétaire de cette enclave située en plein centre-ville, encastrée entre deux arrondissements cossus de la capitale, Notting Hill et Kensington – où l'on trouve aussi le palais de Kensington et une douzaine d'ambassades et de résidences diplomatiques.

L'allée des milliardaires et ses annexes sont au centre de la toile d'araignée dont les fils se tissent grâce à des réseaux, des codes, des méthodes qui ont la vie dure : l'optimisation fiscale, l'offshore, la spéculation sur les marchés de matières premières, le hors-bilan, la déréglementation, l'impunité, ainsi que les connivences politiques. Creusez sous la surface et émergent aussi des histoires sordides de blanchiment d'argent, de corruption, d'évasion fiscale à grande échelle. Le tout sous l'œil complaisant des autorités.

En contemplant la large avenue, légèrement inclinée, bordée d'arbres, une question surgit : un nouveau krach financier est-il possible, cette fois provoqué par ces circuits parallèles qui échappent au radar de la régulation ? La réponse est oui. Cette thèse, étayée par des exemples accablants, peut être résumée ainsi : si l'on n'y prend garde, ce sous-système quasi autonome cachant des transactions financières aussi invisibles que massives et des affaires pourries peut provoquer un cataclysme comme celui qui vient d'affecter le système économique mondial. Avec, à la clé, une nouvelle plongée dans la récession et une chute encore plus grave du niveau de vie.

*Shadow banking* – la banque de l'ombre ! Le grand mot est lâché. Cette structure nébuleuse est-elle désormais le risque principal d'apparition d'une nouvelle bulle capable de faire sauter les places financières comme de vulgaires bouchons ? La réalité est bien sûr moins simple.

En effet, la définition même du *shadow banking* prête à controverse. Pour le lobby bancaire, il s'agit des entités toxiques les plus extrêmes au cœur de la crise des subprimes de 2008-2009, les constructions de style SPV (*special purpose vehicles*) hors bilan, domiciliées dans des paradis fiscaux, la titrisation sauvage, les marchés dérivés de matières premières. Rien de plus. Aux yeux de bon nombre d'économistes et d'experts, au contraire, l'expression couvre toutes les institutions qui ne sont pas des banques de dépôts mais font des crédits ou ont recours à l'endettement. Dans ce cas, outre les structures précitées, le concept de *shadow banking* comprend également les banques d'affaires, les hedge funds ou le capital-investissement, sans parler des complices : bureaux d'avocats, commissaires aux comptes, communicants ou consultants. Déterminer les différentes pièces de ce mystérieux Meccano tient de la gageure.

Ainsi faut-il inclure les hedge funds, les fameux fonds d'investissement qui animent la spéculation internationale, ou le secteur du capital-investissement qui collecte l'argent des investisseurs institutionnels pour les faire entrer au capital des entreprises ? Au sens strict, les deux bras armés de la gestion alternative n'en font pas partie. En revanche, au sens large, en recourant à l'effet de levier à grande échelle, ces sociétés créent un risque systémique potentiel. D'où la nécessité, dans ce cas, de les inclure.

Les représentants des principales puissances de la planète qui constituent le G20 ont apparemment tiré les leçons de la crise économique mondiale. Les dirigeants des pays industrialisés et des grandes économies émergentes ont multiplié à l'échelle internationale les initiatives susceptibles de prévenir une réédition de la tempête financière, en particulier en matière de prévention des risques systémiques dans le domaine bancaire. Des progrès ont été réalisés sur les produits dérivés, les agences de notation, les hedge funds, l'encadrement de la rémunération des opérateurs de marché, l'interdiction des ventes à découvert. La mise en place d'un Conseil de stabilité financière ou le renforcement des pouvoirs du Fonds monétaire international témoignent de cette volonté d'assainissement. Alors que les États ou les fonds souverains ont recapitalisé les banques en difficulté, le relèvement des fonds propres bancaires – le fameux processus dit de « Bâle III » – doit améliorer la couverture des prêts et diminuer la prise de risques. La promulgation de la loi Dodd-Frank et de la règle Volcker aux États-Unis, la création de trois organismes de supervision communautaires au sein de l'Union européenne et le resserrement de la législation financière dans les nations émergentes sont autant d'avancées. Accusés d'avoir été des « tigres de papier » avant la crise, les régulateurs se montrent plus agressifs.

Pour autant, il n'est pas question de chanter un alléluia de bonheur partagé. Tout n'est pas uniformément positif dans ce nouveau paysage financier. La taille excessive des banques dites universelles offrant toute la gamme des services, les conflits d'intérêts entre activités de dépôts et de trading, l'envolée des bonus et le poids excessif du lobby bancaire sont autant de points noirs. Pour qu'une banque puisse survivre à toutes les crises connues depuis le XIX$^{e}$ siècle, il faudrait un ratio de capital quatre fois plus élevé que celui qu'envisage aujourd'hui « Bâle III ». La crise de l'euro a relancé le débat sur l'activité des agences de notation dont les évaluations changent par secousses brutales. Les régulateurs apparaissent dépassés par le développement des transactions ultrarapides automatisées sur les marchés (ce qu'on appelle le trading à haute fréquence). Mais, malgré ces dysfonctionnements, la finance officielle – celle des banques de dépôts et des marchés organisés raisonnables – apparaît désormais bien régulée.

Le problème n'est pas de réformer de fond en comble le capitalisme, un système qui reste le meilleur, faute d'alternative. Il s'agit d'éviter une rechute d'autant plus grave que le contribuable ne pourra plus mettre la main à la poche pour sauver les banques. Et encore moins les États. À l'heure de l'austérité draconienne, ceux-ci n'en ont d'ailleurs plus les moyens. Or, aujourd'hui, les autorités sont à nouveau assises sur un engin infernal. De quoi s'agit-il ? Pour échapper au renforcement de la législation, les banques déplacent leurs activités à risque dans la sphère du *shadow banking*, non ou mal réglementée. Le recours à cette structure semi-clandestine leur permet par exemple de tourner l'interdiction de spéculer sur leurs fonds propres ou de posséder des hedge funds. Étonnant paradoxe d'un univers financier qui en compte tant : ceux qui pervertissent ainsi le capitalisme sont ceux qui prétendent en être les champions…

Pris isolément, les intervenants de la finance de l'ombre ne constituent pas un péril. Si un hedge fund fait faillite, c'est son problème. N'a-t-il pas emprunté auprès des banques, des marchés ou des fonds souverains qui y ont laissé leur chemise ? Cela fait partie des risques du métier. Reste qu'en raison de l'endettement excessif et de l'interconnexion des marchés, si ces acteurs font défaut en grand nombre au même moment, l'ensemble du système sera à nouveau menacé d'implosion. L'effet domino peut se répercuter dans le secteur bancaire traditionnel. Les cycles font partie de la vie économique depuis la nuit des temps. Aujourd'hui, les innovations technologiques, les monstres informatiques et la mondialisation galopante peuvent transformer le moindre battement d'aile d'un papillon en une crise systémique.

C'est par exemple le cas de la spéculation complexe sur les matières premières dont les retombées peuvent déstabiliser la vie quotidienne des foyers, et même leur survie dans le tiers-monde. Les ETF (Exchange-traded funds), un produit boursier hyper-spéculatif adossé à des stocks de matières premières, pourraient déclencher la prochaine bulle financière. Et que se passerait-il si un mouvement de panique devait provoquer des ventes massives de ces instruments peu transparents ? Dans le sillage de la déroute des ETF, obligations, actions et devises s'effondreraient à leur tour. Il y a péril en la demeure. De plus, ces bombes à retardement sont, comme c'est souvent le cas, immatriculées dans des centres pionniers offshore, zones de non-droit. L'absence de pressions internationales et de sanctions dignes de ce nom et d'un vrai gendarme ont préservé l'attractivité et la nocivité de ces « trous noirs » de l'économie internationale.

S'attaquer à cette économie hors la loi est le chantier des chantiers. Il faut pour cela une volonté politique irrévocable d'« aller au charbon ». Sinon, le capitalisme risque à nouveau de rencontrer de fortes turbulences. Et ce sont les peuples qui paieront.

# Lexique

***Agences de notation.*** La mission des agences de notation est d'informer les porteurs d'obligations sur le risque de non-remboursement des sommes qu'ils ont prêtées. Une agence donne une opinion sur un risque d'occurrence future, sur la base de données passées et présentes. La réglementation européenne, entrée en vigueur le 7 décembre 2009, leur impose de respecter un délai de douze heures entre l'information de l'émetteur et la diffusion de l'information au public. Le processus est identique pour les entreprises et pour les gouvernements. Les trois « grands » qui dominent le secteur sont Moody's (1909), Standard & Poor's (1941) et Fitch Ratings (1997).

***Asset-backed securities (ABS).*** Il s'agit de « titres garantis par des actifs ». Des créances (crédits automobiles, prêts immobiliers…) sont logées dans une société créée pour l'occasion. Classées selon leur degré de risque, elles sont revendues sous le nom de cette société. Les recettes des créances doivent garantir les revenus des titres.

***Banques centrales.*** Les Banques centrales exercent toutes la même mission : préserver la stabilité de la monnaie. Elles opèrent sur les marchés pour influencer les cours de change en intervenant directement (achat ou vente de devises) ou indirectement en jouant sur les niveaux de taux d'intérêt, c'est-à-dire de rémunération des placements à court terme effectués dans leur monnaie nationale. Les interventions sur le marché monétaire, par le biais des taux d'intérêt, ont notamment un effet direct sur la trésorerie des banques.

***Collatéral.*** Lorsque les banques commerciales empruntent de l'argent à la Banque centrale européenne (BCE), elles déposent en garantie des titres, qui constituent le « collatéral ». En cas de faillite, la BCE saisit ce collatéral et se rembourse en le vendant. En matière de refinancement, lorsque la BCE prête de l'argent aux banques, ce sont les seize Banques centrales de la zone euro qui effectuent l'opération et qui conservent le collatéral. Les données sont centralisées à la BCE.

***Collateralized debt obligations (CDO).*** L'acheteur du CDS paie une prime d'assurance au vendeur sans que celui qui assure ait l'obligation de mettre de côté des fonds pour garantir la transaction.

***Credit default swaps (CDS).*** Contrats d'assurance sur une dette, qui garantissent au créancier qu'il sera remboursé même si son débiteur se défausse. Principalement contractés entre institutions financières, ils offrent aux investisseurs la possibilité de limiter les risques associés à des obligations d'où qu'elles viennent – État ou entreprise. Théoriquement destinés à protéger un défaut de paiement, ils sont devenus des instruments de spéculation – la probable mise en défaut de l'entreprise ou de l'État aux yeux des marchés financiers créant une plus-value. Des situations extrêmes en résultent, le montant couvert par les CDS dépassant souvent, à l'instar des obligations grecques, le montant de la dette. Cela provoque des mouvements de panique sur les marchés financiers qui obligent l'État ou l'entreprise à emprunter à des conditions plus onéreuses.

***Exchange-traded funds (ETF)***, ou trackers. Ces fonds cotés en Bourse permettent de parier à moindre coût sur une multitude d'indices. Les ETF sont classés en quatre sous-catégories : trackers sur indices de marché, trackers sur indices de stratégie, trackers sur indices de matières premières, ETF actifs. Le sous-jacent (ou l'indice sous-jacent) d'un tracker est l'indice dont l'ETF réplique la performance. Les trackers se négocient comme n'importe quelle action cotée. Les ordres sont exécutés en temps réel et supportent les frais habituels appliqués par l'intermédiaire financier.

***Fonds de capital-investissement (private equity).*** Ils prennent des parts au capital des entreprises, en espérant les revendre quelques années plus tard avec une plus-value correspondant à deux ou trois fois la mise.

***Fonds de pension.*** Ils placent et collectent l'épargne de salariés pour financer les retraites, se substituant ou remplaçant le système par répartition. Une partie est parfois investie dans des fonds spéculatifs afin de doper les rendements.

***Fonds souverains.*** Fonds d'État créés pour placer la trésorerie excédentaire du pays, généralement producteur de matières premières. Issus de Russie, Chine, Norvège ou des pays du Golfe, leurs ressources proviennent essentiellement de la manne des hydrocarbures.

***Fonds vautours.*** Fonds spéculatifs spécialisés sur le marché de la dette, ils rachètent les obligations ou produits dérivés de créances de sociétés en difficulté ou en faillite. Ils se remboursent via la liquidation des actions ou la restructuration de la société.

***Futures.*** Ces contrats à terme offrent la possibilité d'acquérir ou de vendre un titre, une devise ou un bien à une date ultérieure et à un prix fixé à l'avance. Cela permet de parier sur la hausse ou la baisse des actions, des indices, des obligations, des matières premières… Les *futures* traités sur des marchés organisés sont standardisés en termes de dates de livraison et de quantités du produit « sous-jacent » qu'ils représentent.

***Hedge fund.*** C'est une structure qui investit les fonds de clients – essentiellement investisseurs institutionnels (fonds de pension, compagnies d'assurances, fondations philanthropiques, universités…) ainsi que des particuliers aisés – en leur offrant une véritable alternative à la gestion traditionnelle. Par le truchement de stratégies de placement très complexes, ces sociétés en majorité privées visent à obtenir une performance déconnectée de l'évolution globale des marchés. Les hedge funds recherchent des investisseurs à long terme et imposent en général une durée minimale de placement.

***Hors-bilan.*** Le bilan des banques n'est plus la photographie de leur patrimoine. La déréglementation et le progrès technologique ont donné aux institutions financières de multiples possibilités d'innover en matière de crédit et d'assurance financière, tout en échappant aux règles de prudence classiques en matière de fonds propres. Cela a fini par créer une bulle financière échappant à tout contrôle.

***Indices.*** Les indices boursiers sont des paniers de valeurs. Ils reflètent la tendance globale d'un marché financier (le Cac 40 à Paris, le FTSE ou Footsie à Londres, le Dax à Francfort, ou le Dow Jones à New York) d'un secteur, ou d'une zone géographique.

***Injection de liquidités.*** Lorsque les banques ne peuvent – ou ne veulent plus – se prêter entre elles, elles se tournent vers la Banque centrale. Celle-ci prête alors à court terme (de un jour à trois mois) en échange de titres.

***Marché à terme.*** Il fournit des instruments de couverture ou de protection contre les variations de cours de matières premières, de monnaies, de taux d'intérêt… Le principe d'une opération à terme est le suivant : il s'agit d'un contrat d'achat ou de vente ou d'une option d'achat ou de vente qui stipule que la livraison et le paiement auront lieu à une date ultérieure, mais dans des conditions convenues aujourd'hui. La quantité de marchandise, la date et le lieu d'exécution ainsi que les prix sont fixés lors de la conclusion de l'affaire.

***Marché des changes.*** Le marché des changes est le lieu où se négocient l'offre et la demande de devises provenant de transactions commerciales et financières. À l'origine, les opérations d'achat et de vente des devises servaient avant tout à régler les importations et les exportations. Aujourd'hui, elles s'appliquent, pour l'essentiel, à des mouvements de portefeuille, des investissements directs et des arbitrages.

***Marché interbancaire.*** Chaque fois qu'une banque prête 1 000 euros, elle met en réserve, sur un compte de la Banque centrale, 2 % de crédit, soit 20 euros. Si une banque n'a pas assez de réserves pour prêter, elle peut emprunter les réserves des autres banques. Ces prêts entre banques ont lieu sur le marché interbancaire.

***Marché monétaire.*** Le marché monétaire est le lieu de rencontre de l'offre ou de la demande de fonds à court terme. Il permet de placer des excédents de liquidités ou de gérer des besoins de trésorerie. Les fonds sont placés ou empruntés sur des durées allant du jour le jour à douze mois maximum.

***Produits dérivés.*** Ces contrats à terme et autres options d'achat et de vente sont « normalement » utilisés par les établissements financiers et les entreprises pour se prémunir contre les évolutions de change, de taux d'intérêt ou de prix des matières premières. Ils « dérivent », en ce sens que leur valeur dépend étroitement de celle des devises, des titres ou des cours des matières premières auxquels ils sont liés. Leur avantage est d'utiliser le principe de l'effet de levier (endettement). La valeur d'une option ou d'un contrat à terme augmente bien plus rapidement que celle des titres, monnaies et matières premières dont ils dérivent. Si une mise de fonds modérée peut entraîner des gains très importants, la réciproque est également vraie. L'utilisation de ces produits, toujours plus complexes, à des fins spéculatives et non pas de protection de portefeuilles sur un marché gigantesque et peu réglementé, a coûté très cher à de nombreuses sociétés, collectivités ou États imprudents.

***Subprime.*** Aux États-Unis, crédit hypothécaire accordé aux ménages modestes par des établissements financiers sans considération de leur capacité à rembourser.

***Titrisation.*** Montage permettant à un établissement financier de transformer un lot de créances (immobilier, consommation…) en titres commercialisables dans le but de transférer à un tiers le risque de non-remboursement du crédit initial.

***Trust.*** Il s'agit d'une structure de préservation du patrimoine propre aux pays anglo-saxons permettant à un détenteur de biens de les confier à perpétuité à un tiers, le *trustee*, au profit de bénéficiaires dont l'identité n'est pas connue. Le trust est administré par un avocat ou un comptable. Les bénéficiaires et les grandes lignes de la stratégie de fructification du patrimoine figurent dans la lettre d'intention signée par les deux parties. Le trust, entité à la fois légale et virtuelle, ne peut s'adonner à aucune activité commerciale. C'est pourquoi, selon ses défenseurs, les trusts doivent être domiciliés dans des paradis fiscaux. Le coût d'établissement d'un trust dépend de sa complexité. À la mise au point très onéreuse du montage financier s'ajoutent des frais d'administration et des honoraires facturés à l'heure. Petites fortunes s'abstenir…

# Bibliographie

## Ouvrages en anglais

Augar, Philip, *Chasing Alpha : How Reckless Growth and Unchecked Ambition Ruined the City's Golden Decade*, Bodley Head, 2009.

Bootle, Roger, *The Trouble With Markets : Saving Capitalism from Itself*, Nicholas Brealey Publishing, 2009.

Brown, Gordon, *Beyond the Crash*, Simon & Schuster, 2010.

Carey, David et Morris, John E., *King of Capital*, Crown Business, 2010.

Cohan, William D., *House of Cards : A Tale of Hubris and Wretched Excess on Wall Street*, Doubleday, 2009.

–, *Money and Power*, Allen Lane, 2011.

Crisafulli, Patricia, *The House of Dimon : How J.P. Morgan's Jamie Dimon Rose to the Top of the Financial World,* Wiley, 2009.

Ellis, Charles D., *The Partnership. The Making of Goldman Sachs,* Penguin Books, 2008.

Endlich, Lisa, *Goldman Sachs : The Culture of Success*, Knopf, 1999.

Ferguson, Niall, *The Ascent of Money : A Financial History of the World*, Penguin, 2008.

Galbraith, John Kenneth, *The Great Crash : 1929*, Houghton Mifflin, 1997 (réédition).

Johnson, Simon et Kwak, James, *Thirteen Bankers : The*

*Wall Street Takeover and the Next Financial Meltdown*, Pantheon, 2010.

Kelly, Simon, *Breakfast with Anglo*, Penguin Books, 2010.

Kroijer, Lars, *Money Mavericks. Confessions of a hedge fund manager Lars Kroijer*, Prentice Hall-Financial Times, 2010.

Lewis, Michael, *Liar's Poker : Rising Through the Wreckage on Wall Street*, Penguin, 1990.

–, *The Big Short : Inside the Doomsday Machine,* Allen Lane, 2010.

Lowenstein, Roger, *The End of Wall Street*, The Penguin Press, 2010.

Lynn, Matthew, *Bust*, Bloomberg Press, 2010.

McDonald, Duff, *Last Man Standing : The Ascent of Jamie Dimon and JP Morgan Chase,* Simon and Schuster, 2009.

McDonald, Lawrence G., et Robinson, Patrick, *A Colossal Failure of Common Sense : The Inside Story of the Collapse of Lehman Brothers,* Crown Business, 2009.

McGrath Goodman, Leah, *The Asylum*, William Morrow, 2011.

McLean, Bethany, et Elkind, Peter, *The Smartest Guys in the Room*, Los Angeles, 2006.

McLean, Bethany, et Nocera, Joe, *All the Devils are Here*, Portfolio Penguin, 2010.

Ross, Shane, *The Bankers. How the banks brought Ireland to its knees*, Penguin, 2009.

Sarna, David E. Y., *History of Greed*, Wiley, 2010.

Shaxson, Nicholas, *Treasure Islands : Tax Havens and the Men who stole the World*, The Bodley Head, 2011.

Zuckerman, Gregory, *The Greatest Trade Ever : The Behind-the-Scenes Story of How John Paulson Defied Wall Street and Made Financial History*, Broadway Business, 2009.

**Ouvrages en français**

Aglietta, Michel, *La Crise. Pourquoi on en est arrivé là ? Comment en sortir ?*, Michalon, 2008.

Attali, Jacques, *La Crise, et après ?*, Fayard, 2008.

–, *Survivre aux crises*, Fayard, 2009.

Betbèze, Jean-Paul, *Crise : une chance pour la France*, PUF, 2009.

Brender, Anton, et Pisani, Florence, *La Crise de la finance globalisée*, La Découverte, 2009.

Cohen, Daniel, *La Prospérité du vice. Une introduction (inquiète) à l'économie*, Albin Michel, 2009.

Dockès, Pierre, et Lorenzi, Jean-Hervé (dir.), *Fin de monde ou sortie de crise ?*, Librairie académique Perrin, 2009.

Galbraith, J.K., *Les Mensonges de l'économie*, Grasset, 2004.

Gravereau, Jacques, et Trauman, Jacques, *L'Incroyable Histoire de Wall Street*, Albin Michel, 2010.

Jovanovic, Pierre, *Blythe Masters*, Le Jardin des livres, 2011.

Kaprielian-Barthet, Laurianne, *La Crise vue de l'intérieur*, Books on Demand, 2009.

Kerviel, Jérôme, *L'Engrenage. Mémoires d'un trader*, Flammarion, 2010.

Lacoste, Olivier, *Comprendre les crises financières*, Eyrolles, 2009.

Le Bret, Hugues, *La semaine où Jérôme Kerviel a failli faire sauter le système mondial*, Les Arènes, 2010.

Lordon, Frédéric, *La Crise de trop. Reconstruction d'un monde failli*, Fayard, 2009.

Louis-Dreyfus, Robert, Bourbon, Jean-Claude, et Martin, Jacques-Olivier, *L'Incroyable Odyssée d'un rebelle des affaires*, Michel Lafon, 2009.

Nora, Dominique, *Les Possédés de Wall Street*, Gallimard, coll. « Folio Actuel », 1989.

Ramonet, Ignacio, *Le Krach parfait. Crise du siècle et refondation de l'avenir*, Galilée, 2009.

Tarlé, Alex, *Petit manuel éconoclaste pour comprendre et survivre à la crise*, J.-C. Lattès, 2009.

**Blogs**

The Balance Sheet (James Surowiecki)
http://www.newyorker.com/online/blogs/jamessurowiecki

Beat the Press (Dean Baker)
http://www.prospect.org/csnc/blogs/beat_the_press

Calculated Risk
http://www.calculatedriskblog.com/

The Conscience of a Liberal (Paul Krugman)
http://krugman.blogs.nytimes.com/

Grasping Reality with Both Hands (J. Bradford DeLong)
http://delong.typepad.com

Econbrowser (Menzie Chinn and James Hamilton)
http://www.econbrowser.com/

Econlog (Anorld Kling, Bryan Caplan, and David Henderson)
http://econlog.econlib.org/

Economists' Forum (Martin Wolf and guests)
http://blogs.ft.com/economistsforum/

Economists' View (Mark Thoma)
http://economistsview.typepad.com/

Economix (*New York Times* reporters and guest economists)
http://economix.blogs.nytimes.com/